# DU MÊME AUTEUR

La belle mortelle de Samson (Vampires Scanguards - Tome 1)

La provocatrice d'Amaury (Vampires Scanguards - Tome 2)

La partenaire de Gabriel (Vampires Scanguards - Tome 3)

L'enchantement d'Yvette (Vampires Scanguards - Tome 4)

La rédemption de Zane (Vampires Scanguards – Tome 5)

L'éternel amour de Quinn (Vampires Scanguards – Tome 6)

Les désirs d'Oliver (Vampires Scanguards – Tome 7)

Le choix de Thomas (Vampires Scanguards – Tome 8)

Discrète morsure (Vampires Scanguards – Tome 8 1/2)

L'identité de Cain (Vampires Scanguards – Tome 9)

Le retour de Luther (Vampires Scanguards – Tome 10)

La promesse de Blake (Vampires Scanguards – Tome 11)

Fatidiques retrouvailles (Vampires Scanguards – Tome 11 ½)

L'espoir de John (Vampires Scanguards – Tome 12)

Séduisant (Le Club des éternels célibataires – Tome 1)

Attirant (Le Club des éternels célibataires – Tome 2)

Envoûtant (Le Club des éternels célibataires – Tome 3)

Torride (Le Club des éternels célibataires – Tome 4)

Attrayant (Le Club des éternels célibataires – Tome 5)

Passionné (Le Club des éternels célibataires – Tome 6)

# L'IDENTITÉ DE CAIN

LES VAMPIRES SCANGUARDS - TOME 9

TINA FOLSOM

# 1

Si le péché avait été une femme, il lui aurait ressemblé, incontestablement.

De longs cheveux foncés tombant en cascade sur ses épaules dénudées venaient caresser sa robe-bustier, robe qui accentuait la volupté de ses seins. Cintrée à la taille, la soie rouge retombait jusqu'au bas des jambes et par-dessus de jolis orteils qui dépassaient des sandales dorées à hauts talons.

Lorsqu'elle fit mine de s'en débarrasser d'un coup de pied, Cain lui proféra un ordre.

— Garde-les.

Il fit une pause et poursuivit.

— Enlève tout le reste.

Elle laissa échapper un léger rire aussi délicat qu'un murmure dans le vent.

— Oh, Cain, dit-elle, d'une voix traînante au léger accent du Sud, laquelle enflamma son entrejambe et emplit de désir son corps tout entier.

— Tu sais à quel point j'aime ça quand tu me fais un strip-tease.

Il lança la veste de son smoking sur un fauteuil et jeta un coup d'œil tout autour de lui.

La suite, grande et opulente, consistait en une chambre et un salon reliés entre eux par une grande double porte ouverte. L'absence de fenêtres faisait de cette suite une résidence idéale pour un vampire, car elle procurait sécurité de même qu'intimité. D'inestimables œuvres d'art ornaient les murs, et d'élégants meubles prodiguaient une atmosphère digne d'un roi. Quoiqu'elle se situât en sous-sol, ce n'était pas une caverne. C'était une forteresse impénétrable.

La séductrice fit un pas vers lui, son corps se déplaçant avec la grâce d'une tigresse s'approchant de sa proie. Et Cain aurait tout aussi bien pu être cette proie, quoiqu'une proie très disposée. Tout comme elle était la sienne.

Lorsqu'elle entrouvrit les lèvres, il aperçut ses canines en train de s'allonger.

— On commence sans moi, mon amour ? demanda-t-il en secouant la tête en guise de douce réprimande, tandis qu'au même moment, la bête en lui se réjouissait de la réaction primaire que sa partenaire affichait tout en se préparant à réagir de la même manière.

Un vampire n'avait que deux raisons de montrer ses canines : par désir de sang ou de sexe.

Et il était certain que ce beau spécimen, lequel amenait à présent les mains derrière le dos afin de baisser la fermeture éclair de sa robe, n'avait pas faim de sang. Cela n'aurait toutefois pas dérangé Cain de la mordre tout en l'empalant sur son membre. Ce souvenir se manifesta à présent sur sa langue. Si doux, si riche, si empreint de passion. Un étrange sentiment de nostalgie et de perte vint le frapper, mais ce dernier disparut tout aussi vite et laissa place à de plus agréables pensées.

Ses gencives le démangèrent, et il permit à ses canines de pointer, se préparant à ce qui était à venir. L'anticipation le chauffa intérieurement, dissipant ainsi la fausse croyance que les vampires étaient froids. Entrouvrant les lèvres, Cain conscientisa la belle de son désir pour elle, quoiqu'il fût certain que la lueur rouge dans ses yeux l'eût déjà trahi.

Son sang lui martelant les veines, il la regarda ôter le tissu rouge de son torse. L'air se coinça dans sa gorge lorsqu'elle dénuda ses mamelons roses déjà durcis et au garde-à-vous pendant que, des mains, il lui caressait nonchalamment la peau, et qu'elle repoussait sa robe plus bas que le niveau de ses hanches. Emprisonné par ces généreuses proportions qui, de nos jours, étaient peut-être moins habituelles, le vêtement se coinça à cet endroit pendant un moment. Les femmes aux formes si généreuses étaient rares, et peut-être était-ce une des raisons pour lesquelles Cain était si fasciné par elle. Si attiré par elle.

Il s'imagina en train d'enfoncer les doigts dans ses hanches, la maintenant pendant qu'il assénerait de grands coups à l'intérieur de sa douceur. Elle était presque aussi forte que lui et, dès lors, le fait de savoir qu'il pouvait la prendre aussi violemment qu'il le voulait se manifesta par la volonté de ses doigts de se transformer en griffes, griffes de la bête qui vivait en lui. Mais, non désireux d'abîmer cette peau parfaite qui recouvrait la chair si alléchante, il réprima ce besoin irrépressible. Pas plus qu'il ne voulut lui rappeler la violence qu'elle avait connue dans son passé, la douleur qu'elle avait endurée sous les mains cruelles d'un maître. Il n'autoriserait plus jamais quiconque à lui faire du mal. Pas même lui.

— Encore ! exigea à présent Cain, remarquant, ce faisant, le changement dans sa voix. L'enrouement attestait de son état d'excitation. Il baissa les paupières et jeta un coup d'œil à l'avant de son pantalon. Il était difficile de ne pas remarquer la protubérance qui s'y était formée. Il n'essayait même pas de la lui cacher. Il voulait lui montrer l'effet qu'elle avait sur lui, l'étendue du pouvoir qu'elle exerçait sur lui.

— Oh, je ne sais pas si tu pourras en supporter davantage.

Un impertinent sourire souligna ces paroles.

Il fit un pas vers elle, tandis que ses mains s'affairaient à le débarrasser de son nœud papillon et de sa chemise à la vitesse du vampire. Il les lança tous deux sur le fauteuil afin qu'ils pussent tenir compagnie à sa veste.

— Quelque peu impatient ?

— Fais comme je le dis ! ordonna Cain, la poitrine se soulevant sous l'effort que conserver un minimum de courtoisie lui coûtait, alors qu'en lui, le vampire faisait rage du besoin de la prendre, de la faire sienne.

Des mains élégantes poussèrent la robe au-dessous des hanches, faisant ainsi tomber le vêtement au sol en un doux *zou*. Mais Cain ne regarda pas ce qui traînait à présent aux pieds de la séductrice. Il fixa plutôt le sombre triangle de poils gardien de son sexe.

L'eau à la bouche, ses yeux dérivèrent jusqu'à son visage.

— Tu ne portais rien en-dessous ?

Elle l'admit par un sourire de pécheresse.

Se dépêtrant les pieds de la robe, elle avança à grands pas vers lui, ses hauts talons claquant sur le plancher et faisant écho dans le vaste espace dépourvu de fenêtres.

Le sexe de Cain était à présent rigide, poussant douloureusement contre sa fermeture éclair. Instinctivement, sa main se dirigea à cet endroit, mais la séductrice fut plus rapide. La chaleur de la paume de sa main l'engloutit instantanément, lui envoyant un frisson à travers tout le corps qui lui fit presque perdre le contrôle. Imprégné de désir, l'air ambiant se mit à ronronner.

— Tu as un cadeau pour moi ? murmura-t-elle en se frottant contre lui, tandis que, de la main, elle pressait la chose dure qu'il y avait dans son pantalon.

— Un cadeau multiple.

Cain glissa la main sur la nuque de sa partenaire et attira son visage vers lui de sorte que leurs lèvres ne fussent plus qu'à quelques millimètres de distance. Si proches, et pourtant si lointaines.

— Tu m'as manqué, ajouta-t-il.

Le souffle qu'elle émit en ouvrant la bouche vint rebondir contre le sien. Il l'inhala, autorisant son parfum à remplir ses poumons et à le doper.

— Qu'est-ce qui t'a le plus manqué ? Mes lèvres sur ton sexe ? Moi te chevauchant ? Ton engin qui s'enfouit en moi ?

Quoiqu'il aimât toutes ces suggestions, il riposta.

— Je pense que tu oublies quelque chose.

Il lui caressa un côté du cou et traça la veine bien dodue sous sa peau. Le pouls vint cogner contre la pulpe de ses doigts, comme pour signaler son consentement.

— Mes canines dans ton cou, ajouta-t-il.

Elle inspira, et sa poitrine vint se presser tout contre la sienne.

— Je n'ai pas oublié. Je garde toujours une place pour le dessert.

Sur cette dernière parole, Cain lui captura les lèvres et l'embrassa. Il n'y avait rien de timide ou d'hésitant dans ce baiser, pas plus que dans la manière dont elle y réagit. Il goûta à sa douceur sur sa langue, tandis qu'il fouillait en elle et lui montrait qui était le maître. Et pourtant, elle n'était nullement soumise. Elle répondait à son baiser comme une égale, une femme vampire forte qui savait ce qu'elle voulait. Il pouvait le sentir à chaque caresse de sa langue contre la sienne, à chaque fois que ses lèvres glissaient sur sa bouche, et à chaque poussée des hanches qu'elle assénait contre son bas-ventre. Elle le voulait, et le savoir ne fit qu'accroître son désir pour elle.

Les doigts de Cain s'ouvrirent en éventail et glissèrent dans ses cheveux avant de lui enrober l'arrière du crâne. Les soyeuses boucles brunes lui caressèrent la main, lui remémorant les précédentes rencontres de ce type. Lui rappelant avoir trouvé l'extase dans ses bras, par le passé.

Les doux soupirs qu'elle émit dérivèrent vers ses oreilles, tandis que la rapidité de ses battements de cœur retentissait dans sa poitrine, faisant écho aux siens. Son autre main se dirigea plus bas, glissant le long de la courbe de son dos vers son joli postérieur. Alors qu'il l'enrobait et la tirait plus fort contre lui, elle gémit dans sa bouche avant que sa langue ne vînt lui fouetter une canine.

Haletant fortement, Cain arracha ses lèvres des siennes.

— Putain !

Se faire lécher les canines était la chose la plus érotique qu'un vampire pût expérimenter, à moins d'avoir un véritable rapport sexuel. Et bien qu'elle lui eût déjà léché les canines par le passé, cet intense plaisir qui lui parcourait à présent le corps le réduisit presque à néant.

— Je sais que c'est ce que tu veux, l'amadoua-t-elle, le regard séducteur.

Il prononça un juron, l'agrippa, fit quelques pas vers le mur et l'y poussa, toute patience s'en étant allée, volatilisée.

— Comme tu veux.

Puis, il lui captura à nouveau les lèvres. Ce ne serait qu'un court interlude si elle continuait à user de ses atouts de la sorte. Mais, bon Dieu, il ne voulait pas l'arrêter. Il tenta plutôt d'ouvrir son pantalon d'une main jusqu'à ce qu'il sentît celles de sa partenaire venir l'y aider. De toute évidence, elle était toute aussi impatiente que lui.

Quelques instants plus tard, son pantalon de smoking tomba à terre. Il portait toujours ses chaussures de ville, mais ne prit pas le temps de les enlever. Pas plus que ses chaussettes. Il laissa plutôt son pantalon retomber sur ses chevilles. Elles ne le gêneraient pas dans ses mouvements –du moins pas dans le genre de mouvements qu'il était sur le point d'entamer.

Cain lui saisit les cuisses et la souleva tout en continuant à lui presser le dos contre le mur. Il lui écarta les jambes et exposa son sexe bien lubrifié. Il baissa les yeux, bascula les hanches en arrière et ajusta son angle. Lorsque le bout de son membre toucha les grandes lèvres, il inspira fortement. Il avait eu raison : ceci ne durerait pas longtemps du tout.

— J'en ai besoin, l'encouragea-t-elle. J'ai besoin de toi.

Cain plongea en elle sans préambule, prit place dans la chaleur de son canal, ses testicules venant claquer contre la chair, brûlantes sous la force de l'impact. La première fois ressemblait toujours à cela, intense, urgente. Plus tard dans la nuit, il prendrait son temps mais, dans l'immédiat, il avait besoin d'apaiser l'envie qu'il avait d'elle.

De l'air se précipita hors des poumons de la belle.

— Cain ! Oui !

Elle était parfaite, mieux que toute autre chose dans sa vie. Comme si elle était la solution à tous ses problèmes, à toutes ses inquiétudes. Comme si elle pouvait encore tout arranger.

Ses yeux rencontrèrent les siens et, lentement, Cain commença ses mouvements de va-et-vient en elle. Les yeux verts de sa partenaire étaient à présent rouges, signe que son côté vampire la dominait. Cain fut pris d'un sentiment de possessivité, et la pensée qu'elle pût jamais se trouver dans les bras d'un autre homme agita la bête qui était en lui. La colère le prit au bide, et il grogna tel un animal.

— Tu es à moi !

Les yeux brillants, elle inclina la tête sur le côté, dévoilant ainsi la pâleur de son cou.

— Alors, fais-moi tienne.

Sans réfléchir, il enfonça les canines dans son cou et perça la peau chaude. Du sang riche vint lui toucher les canines et lui remplir la bouche. Tandis que ce sang coulait dans sa gorge et l'enveloppait, plus en bas, son propre sang martelait ses veines, remplissant davantage son sexe. Et à chaque aspiration sur la veine et à chaque coup en avant dans la féminité de sa partenaire, son côté sauvage grandissait.

Désireux de lui dire ce qu'elle représentait pour lui, il ôta ses canines durant un instant. Il entrouvrit les lèvres afin de parler, mais son prénom ne roula pas sur ses lèvres. Il tenta à nouveau, mais sans succès. Il la regarda droit dans les yeux et y vit de la confusion.

— Qui es-tu ? murmura-t-il.

Avant même qu'elle n'eût pu lui fournir une réponse, les yeux colorés d'incrédulité, Cain sentit une douleur aigüe lui percer le crâne. Toujours enfoui en elle, il stoppa ses mouvements.

Sa vision s'obscurcit. Il amena une main sur son visage et sentit couler ce liquide chaud et gluant. Il le flaira également. L'odeur métallique était reconnaissable entre toutes.

Du sang. Du sang sortait de son crâne. Il posa la main un peu plus en haut et y sentit un trou. Du sang en jaillissait.

— Non ! hurla-t-elle. Non ! Ne me laisse pas !

Il ne pouvait plus voir son visage et, soudain, il ne tenait plus rien, comme si elle lui avait glissé des mains. Il la chercha dans l'obscurité, mais tout ce qu'il sentit fut le vide. De la désolation. Du désespoir.

Était-il mort ?

— Non ! hurla Cain.

Mais elle ne lui répondit pas. Elle était partie.

Soudain, sa vision s'éclaircit, et une source de lumière attira son attention. Quelque chose de rouge clignotait. Il y focalisa le regard. Des nombres apparurent. 07:24. Il fixa cette apparition. Il lui fallut une seconde pour réaliser qu'il regardait une horloge digitale.

D'un mouvement brusque, Cain se mit en position assise.

La pièce dans laquelle il s'était trouvé avait disparu et était remplacée par une chambre avec peu d'effets personnels. Pas la moindre opulence. Aucun luxe. Juste une simple chambre à coucher avec un grand lit, une commode et une chaise sur laquelle des vêtements de tous les jours reposaient. Aucun smoking en vue.

Cain laissa courir une main tremblante à travers ses cheveux ultra courts et réalisa qu'il baignait dans sa sueur.

Il fut empli de regret. Tout cela n'avait été qu'un rêve : la femme, la pièce, le sang.

Rien n'était réel. Tout comme lui-même. Car, comment pouvait-il être réel quand il ne se rappelait rien de son passé ?

Depuis plusieurs mois maintenant, il faisait ces rêves. De différents, mais tous impliquaient la même femme, et tous se terminaient de la même façon : avec du sang jaillissant de son crâne. Comme s'ils étaient un avertissement que quelqu'un essayait de lui adresser. Ou un message du passé.

Cain balança les jambes hors du lit et secoua la tête. Rêve qu'il avait pris pour la réalité ! Un peu plus d'une année plus tôt, il s'était réveillé, une nuit, sans le moindre souvenir. Une voix masculine était tout ce dont il se rappelait. *Ton nom est Cain*, avait dit l'homme. Autant il avait tenté d'en découvrir à propos de son passé, autant il n'avait encore rien trouvé.

Il était hanté par les rêves qui lui balançaient des informations sans pour autant ne jamais le laisser se rapprocher suffisamment pour en capturer un et l'analyser. Cela l'avait rendu irritable et imprévisible. Ses collègues de Scanguards, là où il travaillait en tant que garde du corps, avaient commencé à le remarquer et l'évitaient à chaque fois qu'il se trouvait dans une de ses sombres humeurs.

Et en ce moment précis, une de ces sombres humeurs était en train de l'envahir et le flagellait à coups de désespoir et de désolation, tel un tortionnaire en train de le fouetter. La douleur le paralysait et faisait en sorte qu'il voulût infliger la même aux autres. Mais il n'y avait personne sur qui faire passer sa colère.

Une sonnerie vint soudain pénétrer le silence de sa chambre. Il se tourna vers la table de chevet et tendit la main vers son téléphone portable.

— Ouais ?

— Putain, mais où es-tu ?

Cette voix grave et furieuse était celle d'Amaury, un de ses supérieurs chez Scanguards.

La colère se mit à bouillir en Cain. Il n'appréciait pas le ton employé par Amaury, pas plus qu'il n'aimait être questionné à propos de l'endroit où il se trouvait. Il détestait être commandé.

— Bordel, qu'est-ce que tu veux ? répondit Cain en haussant la voix.

— Tu étais censé patrouiller, ce soir ! grogna Amaury. Et ne prends pas cette putain d'attitude avec moi. Je suis ton patron !

Cain sauta du lit et cogna du poing contre la cloison sèche, y laissant une bosse.

— Je n'ai pas besoin d'un patron ! Je suis mon propre maître !

Au moment où il le dit, il sut que c'était la vérité. Il n'était pas habitué à ce que quelqu'un lui dît ce qu'il avait à faire. Il avait l'habitude de donner les ordres.

À l'autre bout de la ligne, Amaury respira fortement avant de donner sa réponse.

— Très bien ! Tu veux qu'on mette ça au clair, une fois pour toutes ? J'en ai marre de ton attitude, ces derniers temps. Je pense que c'est le moment d'avoir une conversation afin que tu comprennes qui est en charge, ici.

La façon dont il parlait indiqua clairement à Cain que ce serait un genre de discussion très physique.

— Chez moi. Dans dix minutes, ou tu te débrouilles tout seul.

Cain releva le défi.

— D'accord !

Une bagarre avec le vampire à la carrure d'un déménageur était juste ce dont il avait besoin dans l'immédiat. Peut-être se sentirait-il alors mieux.

# 2

———

Le jardin d'hiver était aussi beau la nuit qu'il n'était mortel durant la journée. Recouvert par du verre à l'épreuve des balles sur trois côtés, il ne protégeait pas du soleil.

Faye leva les yeux vers le ciel étoilé. L'observait-il, depuis là-haut ? Ou les vampires étaient-ils condamnés à brûler en enfer quand ils rencontraient la vraie mort ?

Elle ne pouvait se souvenir du nombre de fois où elle avait fixé le ciel, la nuit, à se poser ces questions depuis sa mort. Chaque fois qu'elle le faisait, elle ressentait le même genre de nostalgie, le même genre de vide. Mais la vie devait continuer. Elle le savait. La fin du deuil était proche.

Des pas lui firent comprendre qu'elle n'était plus seule. Même avant de se retourner, elle sut qui était entré dans le jardin d'hiver depuis la maison. Enfin, on ne pouvait pas réellement l'appeler maison. C'était un palace.

Faye inclina légèrement la tête avant de lever les yeux vers le visiteur.

— Majesté.

— Faye, Faye, combien de fois t'ai-je dit qu'il n'y a aucune formalité entre nous. Pour toi, je suis toujours Abel. Et le serai toujours. De plus, je ne suis pas encore roi.

— Naturellement.

Elle autorisa ses yeux à errer sur lui. Il y avait des jours où elle pouvait à peine le regarder, tant il lui rappelait l'homme qu'elle avait perdu. L'homme qu'elle avait aimé.

Abel désigna un banc, lui faisant signe de s'y asseoir en sa compagnie. Elle prit place, et il la rejoignit.

— Je suis venu te parler.

L'estomac de Faye se noua instantanément. Elle savait de quoi il s'agissait. Elle avait également compté les jours, pour d'autres raisons, cependant.

— Il nous manque tous, commença Abel.

Faye pinça les lèvres, réprimant les émotions qui menaçaient de la submerger et de la priver de toute clairvoyance. Elle se devait de demeurer forte.

— Le temps est presque venu.

Elle acquiesça d'un hochement de tête.

— Un an, un mois, et un jour. Je l'ai écrit sur mon calendrier.

Quoique cela n'eût pas été nécessaire. Elle se souviendrait toujours de cette horrible journée où on lui avait volé l'amour de sa vie.

— Oui, dans moins de deux semaines, son règne officiel prendra fin, et le nouveau roi sera couronné.

— Je n'ai jamais vraiment compris pourquoi il y a une si longue période entre la mort d'un roi et l'intronisation de son successeur, dit Faye afin de combler, par des mots, le vide qu'il y avait entre eux.

Abel lui prit la main et la serra. Elle frissonna intérieurement, mais le laissa faire. Bientôt, il serait son roi, et sa destinée se trouverait entre ses mains. Les privilèges dont elle avait bénéficiés en tant que fiancée du défunt roi expireraient au couronnement du nouveau. Elle perdrait sa maison, son standing dans leur société, son influence. Quoique, de toute façon, plus rien n'eût encore de l'importance à ses yeux. Seul l'amour pour les vampires qui seraient devenus ses sujets, si son fiancé avait vécu, l'avait fait rester. Sans cela, elle aurait complètement quitté le clan.

— C'est pour donner du temps au peuple de faire son deuil, sans avoir à prêter allégeance au nouveau roi alors qu'il pleure encore l'ancien, expliqua Abel.

— Néanmoins, cela doit être dur pour le roi en attente.

— En tant que régent, je détiens déjà plusieurs des pouvoirs du roi. Et cela me donne une chance d'apprendre à mieux connaître mes sujets et de savoir ce qu'ils attendent de moi.

Il rapprocha la main de Faye de son propre visage.

— Ou ce que j'espère d'eux, ajouta-t-il.

Faye en eut le souffle coupé.

— Oui, oui, bien sûr.

Elle se leva, ce mouvement l'amenant à relâcher sa main, et se dirigea vers un parterre d'arbustes surélevé. Elle attrapa la paire de cisailles et commença à les tailler.

Depuis ce jour horrible, un an auparavant, aucun homme ne l'avait touchée. Penser aux mains ou aux lèvres d'un autre sur elle l'affola, et elle ressentit cette sensation de panique tout le long de sa colonne vertébrale. Elle savait qu'elle devait faire quelque chose à ce sujet, mais ce soir n'était pas le moment opportun.

Derrière elle, Abel se leva à son tour du banc. Elle entendit ses pas se rapprocher.

— Des décisions doivent être prises. Comme tu le sais, bientôt—

— Je sais, l'interrompit-elle. J'y ai pensé. Je me prépare à partir.

Une fois de plus, elle se retrouvait sans protection. La dernière fois que cela s'était produit, elle était tombée sous la coupe de vampires des plus cruels.

Lorsque les mains d'Abel lui étreignirent les épaules, elle inspira afin de tenter de se calmer.

— Je ne suis pas venu te demander de partir. Je suis venu te demander de rester.

Faye tourna la tête à moitié.

— Mais la loi qui régit le clan est claire à ce sujet.

— Je me fiche de la loi du clan. Dans deux semaines, *ma parole* sera la loi.

Surprise par ce ton brusque, la fréquence cardiaque de Faye doubla immédiatement. Elle savait qu'il la percevrait. L'ouïe d'un vampire était suffisamment fine. De plus, les mains d'Abel reposaient toujours sur ses épaules et, en la touchant, il ressentirait non seulement son rythme cardiaque, mais percevrait également le sang qui se précipitait dans ses veines tel un train en folie.

— Oublie ce que j'ai dit, ajouta rapidement Abel. Tout ceci n'a rien à voir avec la loi. C'est de toi dont il s'agit. Tu étais destinée à être reine. Les membres de notre clan t'aiment. Ton rêve n'a pas à cesser avec mon couronnement.

Ces paroles implicites furent immédiatement assimilées. Lorsqu'il la retourna afin qu'elle lui fît face, elle voulut éviter son regard mais, par respect du rang qu'il occupait, elle n'en fit rien.

Ses yeux sombres la regardaient avec une intensité qu'elle avait toujours aimée chez son frère. Mais chez Abel, celle-ci la terrifiait. Ou était-elle tout simplement effrayée parce que cela signifiait qu'elle allait devoir finalement admettre qu'il était temps d'avancer et de se débarrasser des souvenirs qu'elle chérissait, les souvenirs de son véritable amour ?

— J'ai besoin d'une reine. Une femme comme toi, qui soit aimée par ses sujets. Je sais que je ne suis pas comme lui. Jamais je ne pourrai être le chef intègre qu'il était. Mais avec toi à mes côtés, avec toi pour me guider et me montrer ce qu'il aurait fait à ma place, je peux être un bon roi. J'ai besoin de toi.

Faye le chercha des yeux, tentant de voir ce qui se cachait derrière ces mots, derrière ce visage qu'il lui montrait. Le pensait-il vraiment ? Avait-il réellement besoin d'elle afin d'être le genre de roi dont leur vaste clan avait besoin ? Et pouvait-elle vraiment l'aider à être cet homme ? Était-ce sa vocation ? Être reine afin qu'il pût être roi ?

Sa poitrine se souleva, tandis qu'elle prenait une inspiration.

— Je ne sais pas, Abel. J'aimais ton frère.

Abel appuya un doigt contre ses lèvres.

— Et il t'aimait. Il voudrait cela pour toi. Il voudrait que tu aies ce qui t'était destiné. Il voudrait que tu passes à autre chose et sois à nouveau heureuse. Te voir sourire à nouveau. Je me souviens de ce sourire. Mais je ne l'ai plus vu depuis si longtemps.

Elle baissa les paupières et hocha la tête.

— C'est difficile de surmonter la mort de quelqu'un d'aussi…

Elle ne put même pas poursuivre le fil de sa pensée, pas plus que prononcer son nom sans risquer de fondre en larmes.

— Accorde-moi une chance, dit doucement Abel.

— Tout ceci est si inattendu. J'ai besoin de temps pour y songer, répondit-elle rapidement, ne cherchant qu'à gagner du temps sans l'offenser. C'était une décision qu'elle ne pouvait prendre sans réfléchir aux conséquences. Elle n'aimait pas Abel. Il était tellement différent de son frère. Alors que ce dernier avait été aimable et clément, Abel était dur et sévère. Leur personnalité ne pouvait être plus différente l'une de l'autre.

Faye voulut crier afin de déplorer la mort du meilleur des frères. Si seulement, cette nuit-là, elle l'avait gardé dans ses bras. Il serait toujours en vie. Il serait toujours roi, et elle serait toujours sa compagne de sang-lié et sa reine.

— Fais-le pour le clan, si pas pour moi.

Faye regarda derrière lui, les yeux scrutant l'obscurité régnant à l'extérieur du palais dans lequel elle vivait. Celui-ci était vaste, une énorme structure construite comme une forteresse, impénétrable et impressionnante. Un grand palais pour un grand clan, un clan qui s'étendait sur toute la Louisiane et débordait en dehors de ses frontières. Ce clan était si secret, quoique si influent bien au-delà de ses limites territoriales, que peu de vampires à l'extérieur avaient connaissance de son existence. Tous les rois précédents avaient voulu qu'il en fût ainsi, l'anonymat garantissant la sécurité.

Les traditions étaient toujours bien ancrées dans le clan. Les lois selon lesquelles ils vivaient avaient été transmises par leurs fondateurs. Néanmoins, le château, lequel était dissimulé dans une zone boisée isolée au nord d'Orléans, était équipé d'un système de sécurité dernier-cri, et les espaces d'habitation étaient modernes. Tout comme cela incombait à un roi. Les gardes et autres membres importants du clan vivaient au palais, tandis que les autres vampires avaient élu domicile dans des bâtiments à proximité, sur des terrains bien entretenus du domaine.

Les yeux de Faye dérivèrent de nouveau vers Abel.

— Tu mérites une compagne qui t'aime.

Il sourit.

— Je me contenterai d'une qui pourra, un jour, *apprendre* à m'aimer.

Elle soupira.

— Je ne sais pas.

— Nous pourrions être couronnés, ensemble, dans deux semaines, si tu dis oui.

Elle déglutit difficilement.

— Je te donnerai ma réponse. Bientôt.

Elle se retourna ensuite rapidement et se précipita par la porte ouverte du corridor. Elle se heurta à quelqu'un et, sous le choc, leva les yeux.

— Toutes mes excuses, Faye, dit-il. Je ne voulais pas t'effrayer.

— John, euh, tu ne m'as pas fait peur, mentit-elle, désireuse de s'éloigner de lui aussi rapidement que possible.

John était grand et large, un vampire fort à la main rapide et à l'esprit vif. C'était ces qualités qui avaient fait de lui le chef de la garde d'élite du roi, le petit groupe de vampires soigneusement sélectionnés qui protégeaient les souverains.

Mais John avait failli à sa tâche vis-à-vis de son roi. Ce dernier avait été assassiné sous sa surveillance. Lorsque Faye avait vu les cendres révélatrices ainsi que la chevalière à terre, soit ce qui restait de son amant, elle avait accusé John d'avoir négligé son devoir. De honte, il avait baissé la tête et avait accepté, stoïque et silencieux, les paroles de haine qu'elle lui avait adressées sans même jamais tenter de lui présenter ses excuses.

Elle n'avait jamais compris pourquoi Abel n'avait pas puni John. Si elle avait été en position de proférer des ordres, elle aurait exigé son exécution pour avoir failli à la sécurité du roi.

Elle fit une pause pendant un moment. Peut-être Abel était-il meilleur que ce qu'elle ne l'en avait cru capable, et peut-être était-ce elle la méchante d'avoir voulu punir le chef de la garde du roi.

**3**

———————

Non seulement Amaury vivait dans l'un des quartiers les plus minables de San Francisco, mais, de surcroît, il y possédait tout un building à appartements. L'appartement-terrasse du bâtiment était leur chez-eux, à Nina, sa compagne humaine, et à lui, comme ils l'appelaient tous deux. Lorsque Cain avait un jour interrogé son semblable quant à la raison pour laquelle il avait acheté la propriété, Amaury avait dit que personne d'autre n'en avait voulu et qu'elle était devenue bon marché.

Cain leva les yeux vers ce building à appartements de six étages et remarqua la lumière provenant de celui du dessus. Une ombre assez large se mut devant une des grandes fenêtres, ensuite, une plus petite la rejoignit jusqu'à ce que les deux se fondissent en une seule silhouette. Une seconde plus tard, celle-ci s'éloigna de la fenêtre.

Cain ne dut pas attendre longtemps. Apparemment, Amaury était tout aussi désireux que lui d'en finir avec ça. Le bruit d'une porte qui s'ouvre lui parvint et, un instant plus tard, Amaury émergea.

Le garde du corps aux longs cheveux bruns à hauteur d'épaule était bâti comme un char d'assaut. Techniquement, Amaury n'était plus garde du corps ; il était un directeur de Scanguards mais, malgré son grade dans la compagnie, il aimait se salir les mains.

Amaury fit un signe de la tête et s'engagea dans l'allée longeant le bâtiment. Cain le suivit sans un mot et, lorsque qu'Amaury s'arrêta devant une benne à ordures, Cain s'immobilisa à environ un mètre de lui.

— Putain, mais qu'est-ce qui ne va pas chez toi ? demanda Amaury sans le saluer.

Cain étira les épaules vers l'arrière et élargit instinctivement sa posture. Il était prêt pour ce combat.

— Je n'aime pas le ton que tu emploies.

— Je suppose que nous avons ça en commun. Parce que je n'aime pas le tien, non plus.

Amaury le regarda furieusement et poursuivit.

— Qu'est-ce qui t'est arrivé ? Quand nous t'avons embauché, je pensais que nous avions touché le gros lot ! De tous les gardes du corps que je connais, tu t'es avéré être le plus instinctif. Comme si cela était inné chez toi ! Et regarde-toi, maintenant !

Cain fit un pas vers lui en serrant les poings.

— Rien n'a changé !

— Mon cul que ça n'a pas changé ! Depuis le mariage d'Oliver, il y a trois mois, tu es négligent ! Tu ne te pointes pas pour assurer tes gardes. Et quand tu le fais, tu es d'une humeur infecte !

— Mon humeur ne regarde que moi, ce ne sont pas tes affaires ! grogna Cain, les dents serrées.

Amaury plissa les yeux.

— Ce le sont quand tu deviens un connard insubordonné !

Il lui montra ses canines.

— Il y a des règles si tu veux continuer à travailler pour Scanguards, ajouta-t-il. Et tu ferais mieux de les respecter ou—

D'elle-même, la main de Cain arriva comme une flèche et claqua Amaury contre la benne à ordures, comme si quelqu'un d'autre avait pris le contrôle de son corps.

— Tu penses que tu peux me commander ?

Son instinct lui dictait qu'il n'avait pas pour habitude de suivre des ordres. Il était destiné à les donner.

Amaury le repoussa en faisant usage des deux mains pour le catapulter contre le mur du bâtiment.

— Maintenant, tu vas m'écouter, toi, petite merde ! Samson et moi avons convenu de ceci. Soit tu respectes ces putains de règles, soit tu es dehors. Tu me comprends ?

Ainsi, ils avaient tous conspiré derrière son dos. C'était tout simplement parfait ! Sacrément parfait !

— Va te faire foutre, Amaury ! Allez tous vous faire foutre !

Mais simplement maudire Amaury n'était pas suffisant. Lui balancer des mots ne le satisfaisait pas. Seule une chose pouvait à présent le faire.

Cain leva le poing et asséna un uppercut dans le menton d'Amaury, faisant ainsi tituber à reculons ce balourd de vampire. Ce dernier se reprit tout aussi rapidement et lança un regard furieux à Cain.

— Tu veux te battre ? Bien, cracha Amaury. Battons-nous.

Avant que le dernier mot ne fût prononcé, un poing vint cogner le visage de Cain, lui fouettant la tête sur le côté. La douleur irradia dans son corps et le fit se sentir plus vivant qu'il ne l'avait été tout au long de cette année écoulée. C'était mille fois mieux que cette sensation d'engourdissement et de vide qu'il ressentait.

En un grognement, Cain menaça Amaury des poings et délivra coup après coup. Mais l'énorme vampire n'était nullement disposé à servir de punching-ball. Il riposta à chacun d'eux, alternant coups de pieds et coups de poings. Malgré sa stature, il était plus agile sur ses pieds qu'on n'aurait pu le deviner.

Cain se laissa guider par son instinct. Il se savait un combattant remarquable et, dans ce duel à mains nues contre Amaury, il sentait que ses compétences étaient supérieures à celles de son patron. Amaury avait dit une chose qui sonnait vrai : chez lui, le combat était inné. Il n'était pas un débutant, et il le prouvait, en ce moment, en rouant Amaury de coups de poings et de pieds, en mouvements habiles et rapides comme l'éclair, tandis que son adversaire se voyait forcé de se défendre.

Un sentiment de satisfaction surgit chez Cain. Cela sembla juste. Voir un autre vampire se soumettre à lui après qu'il l'eût tabassé et montré qui était le plus fort provoqua une étincelle en lui. Comme si une minuscule bougie illuminait quelque chose de son passé. Quelque chose qui se trouvait juste à portée de main. Si proche, et pourtant si lointain à la fois.

Le coup de poing suivant d'Amaury le heurta dans l'estomac et le força à se plier en deux pendant un instant. Un autre coup s'ensuivit, lui confirmant que son moment de contemplation lui avait coûté l'avantage qu'il avait eu précédemment.

— Putain ! grogna Cain, se libérant ainsi l'esprit.

Il évita le coup de poing suivant en pivotant et en sautant derrière son adversaire. Il lança la jambe et toucha Amaury à l'arrière des genoux. Le vampire à la carrure de déménageur perdit l'équilibre et tomba à la renverse avant d'atterrir lourdement sur le béton.

La poitrine d'Amaury expulsa un souffle, mais déjà, il tentait de se relever. Cain fut plus rapide. Il atterrit sur lui, l'épinglant au sol, tandis qu'Amaury, sous le choc, le fixait soudain du regard.

Cain mit une seconde à réaliser ce que son collègue observait.

Horrifié, Cain eut un mouvement de recul et se mut vers l'arrière afin de libérer son collègue, tandis que, incrédule, il observait sa propre main. Il y tenait un pieu. Un souffle irrégulier lui déchira la poitrine. Il n'avait même pas remarqué avoir extirpé son pieu de la poche de sa veste.

— Merde ! jura-t-il en le laissant tomber à terre.

Amaury se rassit.

— Je n'ai jamais vu quelqu'un d'aussi rapide que toi.

Cain se passa une main tremblante sur le visage.

— Je ne voulais pas—

Les sonneries simultanées de deux téléphones portables lui épargnèrent de finir sa phrase. Avec automatisme, il sortit son téléphone de sa poche afin d'y jeter un œil.

*Problèmes au End Up. Suspicion de vampires impliqués*, disait le texto. *Acceptez ou refusez*, apparut à l'écran, un instant plus tard.

Le End Up était une boîte de nuit populaire au sud du district du Market. D'expérience, Cain savait que ce pouvait être un point chaud. Mince ! La plupart des boîtes de nuit de la ville l'étaient.

— Merde ! jura Amaury, lequel avait visiblement reçu le même message.

Leurs regards se rencontrèrent.

— Tu es avec moi ? demanda Amaury.

Ce n'était pas un ordre, mais bien une requête que Cain lisait dans les yeux de son collègue vampire. Cela faisait toute la différence.

— Allons botter quelques culs, répliqua Cain en se relevant avant de tendre une main à Amaury.

Ce dernier afficha un sourire.

— Ils n'auront aucune idée de ce qui les aura frappés.

## 4

Une bruyante musique techno émanait depuis la porte du End Up, laquelle était gardée par un videur aux bien trop nombreux tatouages sur le visage, le cou et les bras. Une foule de jeunes faisait la queue en attendant de pouvoir rentrer.

Sans hésitation, Cain suivit Amaury, tandis que celui-ci remontait la file d'attente avant de s'arrêter devant le videur en ignorant les protestations verbales des habitués qui attendaient.

— Hé, faites la queue ! se plaignit l'un d'entre eux.

Cain se tourna, laissant Amaury faire ce qu'il avait à faire auprès du videur et lança un regard furieux au gamin qui avait osé protester.

— Affaire officielle. Alors, ne t'en mêle pas, petit voyou.

Sans attendre de réponse, il se retourna juste au moment où le videur faisait un signe, les invitant, Amaury et lui, à rentrer.

La *chose* qu'Amaury avait faite était une petite astuce connue sous le nom de contrôle de l'esprit. Chaque vampire possédait cette faculté réputée, depuis toujours, pour ne fonctionner que sur les humains. Toutefois, ils avaient récemment découvert, à leurs dépens, qu'il y avait des vampires capables d'exercer ce contrôle de l'esprit sur ceux de leur espèce. À la connaissance de Cain, ces derniers avaient tous été éradiqués. Tous sauf un : Thomas, le chef du service informatique de Scanguards. Et heureusement, Thomas, lequel était absolument dévoué à cette compagnie, était l'une des créatures les plus douces que Cain eût jamais rencontrées. Presque aussi dévoué qu'il ne l'était envers son compagnon de sang-mêlé, Eddie.

Cain entra dans la boîte de nuit, sa vision s'ajustant instantanément à l'obscurité ambiante. La vision d'un vampire était supérieure à celle d'un humain, et il pouvait tout voir aussi nettement que si l'endroit était éclairé tel un sapin de Noël. Le bruit était assourdissant et, malheureusement pas quelque chose qu'il pût aisément estomper.

Il ne fut pas difficile de voir pourquoi Scanguards avait reçu un appel d'un de leurs informateurs. Ces derniers étaient des humains dignes de confiance ou des vampires en civil qui restaient à l'écoute afin d'alerter Scanguards à propos de tout problème devant être pris en charge immédiatement.

Tandis que Scanguards était principalement une compagnie qui fournissait des gardes du corps et tout autre personnel de sécurité aux politiciens, célébrités, dignitaires étrangers et autres riches personnalités, le maire de San Francisco, lui-même un hybride, mi-humain et mi-vampire, les avait récemment engagés en tant qu'unité clandestine de sécurité dont ses forces de police n'avaient même pas connaissance. En tant que telle, Scanguards était à présent chargée d'éradiquer les problèmes que les officiers de police humains ne pouvaient traiter tant ils étaient mal équipés.

Amaury désigna le coin le plus éloigné, lequel était presque plongé dans la plus complète obscurité.

— Je les vois, répondit Cain.

Se frayant un chemin à travers la foule des danseurs présents sur la piste, celle-ci occupant la moitié de la boîte de nuit, Amaury fonça tout droit, Cain sur les talons. Il ignora les regards aguicheurs qu'il recevait de certaines femmes devant lesquelles il passait.

Les trois voyous semblaient planer mais, au moment où il posa les yeux sur eux, Cain sut que l'alcool et la drogue n'y étaient pour rien. Après tout, ceux-ci n'avaient aucun effet sur un vampire. Seul du sang, en grande quantité, pouvait faire planer un vampire. Soit en grande quantité, soit intoxiqué. Le genre de sang qui coulait dans les veines d'Ursula, la compagne de son collègue, Oliver. Mais à la connaissance de Cain, toutes les femmes possédant ce sang spécial capable de droguer un vampire avaient été éloignées de San Francisco et pourvues de nouvelles identités.

Il s'avérait que les trois jeunes s'étaient accordés une trop grande quantité de cette bonne chose.

Cain échangea un rapide regard avec son collègue.

— Tu te fous de moi.

Amaury grogna.

— Pourquoi est-ce que c'est toujours moi qui me coltine le babysitting ? Ai-je l'air d'un putain d'instituteur de maternelle ?

— Eh bien, sortons-les avant qu'ils ne causent d'autres ennuis.

Les trois vampires ne les avaient pas encore repérés tant ils étaient occupés avec leurs proies, trois femmes en petite tenue ne devant pas avoir plus de dix-huit ou dix-neuf ans. Et qui ne savaient visiblement pas où elles mettaient les pieds. Elles n'avaient absolument pas à se trouver dans ce club. Imaginer la manière dont elles étaient passées devant le videur censé vérifier leurs cartes d'identité était pure conjecture.

Cain dut le concéder aux trois vampires : ils avertissaient leurs potentielles victimes. Des lettres d'un rouge vif étaient imprimées sur leurs t-shirts noirs : *Je suis un vampire. Approchez-vous, et je vous mordrai.*

Les trois gonzesses n'avaient visiblement pas tenu compte de cet avertissement.

— Putains de malades, jura Cain en attrapant une des sangsues et en la soulevant d'une façon telle que cette dernière dut relâcher la femme dans laquelle elle était sur le point d'enfoncer ses canines.

Une protestation de surprise émana du vampire en guise de réponse, tandis que la fille retombait sur le canapé modulaire, ses yeux vitreux témoignant du fait que le vampire avait employé le contrôle de l'esprit sur elle afin de la rendre inconsciente à ce qui allait lui arriver.

Du coin de l'œil, Cain observa Amaury neutraliser les deux autres de la même façon, faisant à peine usage de la force, tandis que les deux voyous se débattaient sous sa poigne.

— C'est quoi ce bordel ? jura celui qui était retenu par Cain.

— Ouais, je pourrais dire la même chose ! gronda Cain. Rétracte tes putains de canines, conard !

Le type ne s'y conformant pas immédiatement, Cain lui asséna un coup de genou dans le dos et le força à se pencher vers le bas tout en lui pliant les bras vers l'arrière de sorte à ce que l'idiot en perdît l'équilibre et tombât face en avant sur le sol. Cain appuya sa botte sur le cou du gars, lui pressant la joue contre le sol.

— Maintenant, laisse-moi traduire ça dans une langue que tu comprends : rétracte tes putains de canines, ou je te les arrache de ta bouche !

— Tu ne peux pas, dit son prisonnier.

— Regarde-moi !

— Pose une main sur moi, et le maire aura ta peau ! clama l'imbécile, le regardant furieusement de ses yeux rouges.

Cain jeta un coup d'œil vers Amaury.

— Tu connais ce voyou ? Il prétend que le maire va le protéger.

Amaury lui lança un rapide regard, tandis que les deux vampires sous sa poigne continuaient toujours de se débattre.

— Putain, mais vous voulez bien arrêter ? les commanda-t-il. Ah, et puis merde.

Avec amusement, Cain observa la façon dont Amaury cogna simplement la tête des deux vampires l'une contre l'autre, anéantissant ainsi instantanément leur résistance.

— Vous devriez apprendre à écouter. Vos mères ne vous ont rien appris ? demanda Amaury avant de tourner de nouveau la tête vers Cain. Bon, qu'est-ce que tu disais ?

Mais avant que Cain n'eût pu répondre, le vampire étendu à terre l'ouvrit à nouveau.

— Mon oncle vous bottera le cul si vous me faites du mal.

Cain échangea un regard avec Amaury.

— Tu veux le dire à notre invité ou dois-je le faire ?

Amaury simula une révérence.

— Vas-y. J'aime observer.

Cain s'accroupit à côté du jeune vampire.

— La situation est celle-ci, mon pote. Le maire nous a envoyés pour nettoyer et, devine quoi : c'est toi le déchet.

Le vampire écarquilla les yeux.

— Je n'ai pas fini, donc ne pense même pas à m'interrompre, l'avertit Cain, quoique sa voix ne fût pas aussi glacée que précédemment.

Il devait admettre qu'il s'amusait, à présent. Travailler pour Scanguards avait ses avantages, tout comme donner une leçon à un trou du cul.

— Les deux nuls qui te servent d'amis, ici, et toi...

Il tourna brusquement la tête en direction des deux vampires dont la tête pendait à présent telle la queue entre les pattes d'un chien.

— ...serez emmenés cette nuit dans une chouette et confortable cellule où vous pourrez cuver. Et une fois que vous serez sobres, le maire vous rendra une visite et décidera de votre sanction.

Il souleva l'abruti par sa chemise.

— Parce que, crois-le ou pas, porter de stupides t-shirts mentionnant que vous êtes des vampires et mordre les gens en public n'est pas quelque chose que nous tolérons, ici, à San Francisco. Vous pouvez peut-être vous comporter de la sorte dans le trou à rats d'où vous venez, mais pas dans notre secteur.

— Il ne me punira jamais ! dit le vampire en plein défi.

— Oh, je vois, tu aimes parier.

Cain sourit à Amaury.

— Tu veux te faire vingt billets facilement ?

Amaury gloussa.

— Ce serait comme prendre le lait d'un bébé. J'ai le sens de l'éthique.

Cain lui adressa un clin d'œil.

— J'oublie tout le temps.

Il effaça ensuite le sourire affiché sur son visage et lança un regard furieux à son captif.

— Maintenant, bouge ton putain de cul d'ici ou je vais réellement m'énerver.

Les deux autres vampires semblèrent frissonner au ton autoritaire de sa voix, mais le neveu du maire serra les mâchoires. Il regarda derrière Cain, comme s'il cherchait une sortie de secours.

— N'y pense même pas, l'avertit Cain.

Lorsque l'idiot se précipita vers une des filles en tentant malencontreusement de l'utiliser comme bouclier ou comme otage, Cain en eut assez. Il sauta et enroula un bras autour du cou du gamin, effectuant une prise d'étranglement. Pendant quelques instants, le neveu du maire lutta en tentant de faire usage de ses mains pour se débarrasser du bras de Cain, mais pas même ses griffes enfoncées dans l'avant-bras de celui-ci n'empêchèrent le garde du corps de le décourager dans sa tentative de provocation.

Ce ne fut que lorsque le gamin se laissa aller dans ses bras que Cain relâcha la pression. Quoique les vampires pussent perdre connaissance lorsqu'ils manquaient d'oxygène, ils ne pouvaient mourir d'un manque d'air.

Amaury haussa les épaules.

— Tu l'as mis KO, tu le portes.

Cain secoua la tête.

— J'ai une meilleure idée. Vous deux, vous le portez, ordonna-t-il en désignant les deux autres vampires.

— Vous l'avez entendu, consentit Amaury en désignant le fond de la boîte de nuit. Sortie arrière. Maintenant.

Cain n'avait jamais vu deux jeunes vampires obéir à un ordre aussi promptement sans se plaindre. Il ne fallut que quelques instants avant qu'ils n'atteignissent la porte de la sortie arrière. Cain l'ouvrit, jeta attentivement un œil à l'extérieur et examina le secteur.

— La voie est libre.

Tandis qu'ils mettaient un pied dehors, Amaury sortit son portable de sa poche.

— Je vais nous appeler un fourgon.

Cain acquiesça d'un hochement de tête et garda les yeux sur les trois délinquants.

— Vous déshonorez notre race.

— C'était son idée, dit le plus petit en désignant son ami encore inconscient. Je le promets.

C'était très probablement vrai étant donné que celui auquel Cain s'était mesuré était celui qui avait émis le plus de résistance.

— Cela ne justifie pas un mauvais comportement !

Le vampire laissa tomber la tête.

— Non, Monsieur.

— Ne m'appelle pas monsieur ! grogna Cain.

— Non, ne l'appelle pas comme ça. Il mérite plus que cela, dit calmement une voix depuis l'autre extrémité de l'allée.

Cain fouetta la tête en direction du nouveau venu. Selon son aura, il lui fut immédiatement évident que c'était un vampire. Et pas simplement cela. Il ressemblait à un guerrier, un de ceux qui avait vu d'innombrables batailles et avait émergé en vainqueur. Une force à ne pas sous-estimer.

— Si vous devez vous adresser à lui, montrez-lui le respect qu'il mérite. Appelez-le *Votre Majesté*.

**5**

———

Sous le choc et n'en croyant pas ses oreilles, Cain regarda fixement l'étranger. En années humaines, il semblait n'avoir pas plus de trente-cinq ans, mais il n'y avait aucune indication témoignant de son âge réel. Quoiqu'à la façon dont il se tenait, Cain suspecta qu'il fût un vampire depuis longtemps. Il portait un ample pantalon cargo pourvu d'innombrables poches qui semblaient être remplies d'armes. Un t-shirt noir sur son torse musclé et une veste ouverte faite de la même étoffe que son pantalon venaient compléter sa tenue.

— Qui es-tu ?

Le vampire jeta un coup d'œil en direction des deux jeunes encore en train de porter celui qui était toujours inconscient.

— Si vous vous souveniez de quoi que ce soit de votre précédente vie, vous ne voudriez pas que je révèle cette information devant des étrangers.

Aux côtés de Cain, Amaury grogna de mécontentement. Cain posa une main sur son avant-bras afin de l'empêcher de faire ce qu'il était sur le point de faire. Si cet étranger savait la moindre chose à propos de son passé, Cain devait découvrir ce que c'était.

Il se tourna vers son collègue.

— Je dois m'occuper de ça.

— Non, pas seul, le contra Amaury. Scanguards veille sur ses membres.

Pendant un instant, il voulut objecter, mais il connaissait suffisamment bien Amaury pour savoir que ce vampire à la stature d'un déménageur n'accepterait pas un non en guise de réponse. Et en même temps, le fait qu'Amaury reconnût qu'il appartenait toujours à Scanguards lui apaisa l'esprit.

— Bien. Laissons-les partir, répondit Cain en désignant les trois jeunes vampires.

Amaury hésita, puis, un instant plus tard, grogna en guise d'approbation.

Cain pointa les trois jeunes du doigt.

— Ce soir est votre soir de chance. Nous vous laissons partir. Mais ne pensez pas que vous êtes tirés d'affaire. Si nous entendons dire que vous vous conduisez à nouveau de manière inappropriée, tous les trois, nous serons sur votre dos comme une mouche sur de la merde. Est-ce clair ?

L'air abasourdi, les deux acquiescèrent d'un hochement de tête.

— Dites-le à votre ami et faites-lui comprendre que, s'il ne s'y conforme pas, il regrettera un jour d'avoir été transformé.

Les garçons écarquillèrent les yeux, mais opinèrent rapidement de la tête.

— Oui. Nous le promettons.

Amaury grogna à leur intention.

— Maintenant, foutez-le camp d'ici !

Les deux se ruèrent hors de l'allée en emmenant leur ami inconscient. Dès qu'ils furent hors de portée de voix, Cain se retourna vers le mystérieux vampire.

— Maintenant, parle !

L'étranger observa Amaury.

— Et lui ?

— Je n'ai aucun secret pour Amaury.

— Très bien, répondit l'homme avant de prendre une profonde inspiration. Je suis John Grant, le chef de votre garde personnelle.

Cain haussa un sourcil.

— Garde personnelle ?

John inclina légèrement la tête.

— La garde personnelle du roi des vampires de Louisiane. Vous. Cain Montague.

La respiration de Cain se coinça dans sa gorge lorsque cette incroyable affirmation atteignit son cerveau.

— Putain d'espèce de fou !

La colère qui bouillonnait dans son ventre remonta. D'une façon ou d'une autre, ce vampire avait appris l'amnésie de Cain et essayait à présent de le ridiculiser.

— Je n'ai pas besoin qu'on se moque de moi !

— Je n'oserais jamais me moquer de vous. Vous avez mon plus grand respect, déclara John.

Cain ricana.

— Qui es-tu ? Je veux la vérité !

L'étranger demeura étonnamment calme malgré les remarques cinglantes de Cain.

— Je m'attendais à votre réaction. Si j'étais à votre place, je réagirais de la même façon. Mais cela ne change rien aux faits. Vous êtes le roi.

— Emmenons ce plaisantin aux quartiers généraux et découvrons ce qu'il veut vraiment, suggéra Amaury, d'un ton brusque.

— D'accord, acquiesça Cain, sans quitter une seconde John des yeux.

— Vous commettez une erreur, dit John.

Il leva la main, comme s'il voulait prendre une arme sous sa veste.

Cain et Amaury se précipitèrent simultanément, claquèrent John contre le mur du bâtiment et l'y immobilisèrent. Les poumons du vampire expulsèrent de l'air.

— Je suggère que tu répondes aux questions de Cain, dit Amaury. Et fais vite, car ma main tremble.

Étonnement, il n'y avait aucune crainte dans les yeux de John lorsqu'il regarda Amaury avant de reposer fixement les yeux sur Cain.

— Est-il votre nouveau garde ? Bien, au moins cela signifie que vous êtes toujours instinctif et que vous vous protégez.

— Amaury n'est pas mon garde. Je travaille avec lui. Alors, arrête tes conneries et parle ! ordonna Cain.

Il était à bout de patience. En dépit de la suspicion qu'il ressentait dans l'immédiat à l'égard de John, il était emballé à l'idée de finalement découvrir qui il était. Depuis qu'il s'était réveillé, un soir, plus d'un an auparavant, sans l'once d'un souvenir de son ancienne vie, il avait ardemment désiré se remémorer son passé. Bien qu'il eût fait usage des ressources de Scanguards et de l'aide de leur résident et génie de l'informatique, Thomas, il n'avait encore rien trouvé. Que cet étranger lui dît qu'il était un roi était une blague cruelle pour laquelle ce vampire paierait.

— Il y a eu une tentative d'assassinat. Vous avez été blessé à la tête. Lorsque vous êtes revenu à vous, vous aviez perdu la mémoire. Je n'ai pas eu d'autre choix que vous faire sortir clandestinement du palais tout en faisant croire à l'assassin qu'il avait réussi. C'était pour votre propre sécurité.

Incrédule, Cain dodelina de la tête. L'histoire était trop incroyable pour y croire. Et il prouverait que l'homme mentait en démontant son histoire. Scanguards avait été un bon enseignant en matière de méthodes d'interrogatoire.

— Pourquoi ?

— Pourquoi quelqu'un voulait vous assassiner ? Il pourrait y avoir beaucoup de raisons pour lesquelles quelqu'un voudrait la mort d'un roi.

— Non ! Pourquoi m'avoir fait sortir clandestinement ?

— Parce que vous saviez qui était derrière l'assassinat.

— Quoi ?

La bouche de John afficha une sombre expression.

— C'est ce que vous avez dit. Mais lorsque vous vous êtes réveillé, vous ne vous rappeliez de rien. Pas même qui vous étiez. Mais j'ai pensé que si vous saviez qui c'était, il se pouvait alors que la personne qui était derrière ça le sache également. Vous garder au palais, amnésique, vous aurait mis en danger. Un danger dont je ne pouvais vous protéger.

— Qu'ai-je dit exactement ?

— *Je sais que c'était…* et ensuite, vous vous êtes évanoui. Vous n'avez jamais eu l'occasion de me le dire.

— Cette histoire n'a aucun sens, répondit Cain en jetant un regard vers Amaury, lequel hochait la tête en guise d'acquiescement, avant de dévisager à nouveau son prisonnier. Et tu sais pourquoi ?

Ne dévoilant toujours aucune crainte, John plissa les yeux empreints de défi.

— Pourquoi ?

— Parce que, si j'ai appris une chose depuis que je suis chez Scan-guards, c'est qu'un garde ne doit jamais laisser la personne dont il est responsable sans protection. Tu prétends que tu étais mon garde personnel et, pourtant, tu m'as abandonné dans un monde où je ne connaissais personne, pas même moi. Si j'étais réellement roi, tu m'aurais protégé. Alors, où étais-tu lors de la tentative d'assassinat, et où étais-tu durant cette année ?

Honteux, John baissa les paupières.

— C'était une ruse. Quelqu'un a fait en sorte que je sois conduit dans une autre partie du palais, loin de vous. Je n'ai compris mon erreur que lorsqu'il était presque trop tard. Je vous ai fait défaut.

Le ton sincère des paroles de John donna à réfléchir à Cain. Le vampire semblait véritablement attristé. Après tout, pouvait-il y avoir un fond de vérité dans son histoire ? Cain repoussa ces pensées. Non, il était juste si désespéré d'en apprendre au sujet de son passé qu'il tentait de s'accrocher à tout ce qui pouvait le mener à son ancienne vie. Il ne pouvait autoriser cet étranger à lui bourrer la tête avec des absurdités telles que des rois, des assassinats et des palais.

— Oui, tu as échoué. Et plus d'une fois. Ton raisonnement ne tient pas. Même si tu n'as pas pu empêcher l'assassinat, pourquoi m'éloigner sans protection ?

John le regarda fixement.

— Parce qu'on m'observait ! Je pouvais le sentir. Si j'avais fait la moindre tentative de vous fournir protection, qui que ce soit qui vous voulait du mal vous aurait trouvé et tué. Je ne pouvais prendre ce risque. C'était plus sûr de cette façon. Tout le monde croit que vous êtes mort. Je m'en suis assuré. J'ai pris votre alliance et certains de vos effets personnels et les ai posés près des cendres de l'assassin décédé afin que tout le monde pense qu'il s'agissait de vous.

— Et à présent ? demanda Cain. Pourquoi venir vers moi maintenant ?

— Les événements m'y ont forcé.

— Je ne te crois pas.

— Emmenons-le en ville et enfermons-le, suggéra Amaury.

— Allons-y, consentit Cain, resserrant la prise sur son prisonnier en essayant de l'éloigner du mur.

John résista et désigna sa veste d'un mouvement de tête.

— S'il vous plaît. J'ai une preuve. Dans ma poche intérieure.

Cain hésita.

— Laisse, interrompit Amaury en tapotant l'endroit de la main. Aucune arme.

Cain le gratifia d'un hochement de tête et enfouit la main dans la poche intérieure de la veste du vampire. Il sentit un doux morceau de papier, le saisit et l'extirpa.

Un instant plus tard, son cœur s'arrêta de battre, et il lui sembla que la terre sous ses pieds avait cessé de tourner.

Cain fixa sa propre image. Les vampires ne voyant pas leur propre reflet dans un miroir, Cain ne s'y était donc jamais vu. Mais Scanguards avait pris une photo de lui avant de lui donner sa carte d'identité, et la photo de l'homme qu'il tenait à présent dans les mains et celle de sa carte d'identité étaient identiques. Mais ce fait n'était pas la raison de l'arrêt de son cœur. La cause en était la femme qui se tenait à ses côtés sur la photo.

Elle était la voluptueuse beauté à qui il avait fait l'amour dans ses rêves. La femme dont il ne pouvait se souvenir du nom.

— Qui est-ce ? demanda-t-il, d'une voix égale à un faible écho.

— Faye. La femme que vous alliez épouser.

Désireux de toucher son visage, Cain caressa la photo. Elle était réelle. Il ne l'avait pas inventée. Il rencontra les yeux de John.

— Il faut que je la voie, ajouta-t-il.

John hésita.

— Il y a quelque chose que vous devez savoir.

Une explosion d'adrénaline le percuta dans les entrailles.

— Est-elle en vie ?

— Oui, oui, bien sûr. Mais...

Cain agrippa John par le col.

— Bon sang ! Qu'est-ce qu'il y a, alors ?

— Votre frère, Abel, a demandé à Faye de l'épouser lorsqu'il accèdera au trône dans moins de deux semaines.

Cain relâcha John et eut un brusque mouvement de recul. Cette nouvelle s'abattait sur lui tel un tsunami, le faisant couler sous le poids d'une dévastation dont il n'avait jamais soupçonné l'existence.

— Non !

Ce cri se délogea de la gorge de Cain sans qu'il en fût conscient.

Ce ne fut que lorsqu'il en entendit l'écho dans la nuit qu'il sut qu'il avait hurlé.

De concert avec ce cri, une pensée s'immisça dans son esprit : il allait retrouver son ancienne vie.

**6**

———————

Faye entendit les voix teintées de colère avant d'arriver dans la grande pièce du rez-de-chaussée du palais d'où le roi ou, à présent, le régent, dirigeait les affaires. C'était partiellement un bureau et partiellement un salon pourvu de confortables sièges disposés devant l'âtre d'une cheminée dans laquelle brûlait un feu flamboyant.

Elle se souvint des nombreuses fois où elle s'y était assise dans les bras de Cain, après qu'il eût congédié tout le monde et que son travail de la nuit fût terminé. Elle attendait impatiemment ces rares moments en sa compagnie où il lui parlait de tout ce qui le préoccupait. Elle était devenue sa confidente.

Faye entra rapidement dans la pièce, ignorant les deux gardes qui se tenaient de chaque côté de la double porte ouverte. Auparavant gardes de Cain, ils ne la stoppèrent pas, lui accordant toujours la même courtoisie que durant le règne de ce dernier.

Elle ne fut pas la seule spectatrice de la scène qui se jouait en présence d'Abel. D'autres membres de la cour étaient également présents : des conseillers, des gardes et d'autres membres du personnel. Tous observaient le vampire qui se tenait, vaincu, la tête baissée devant Abel.

Faye le reconnut immédiatement.

— Robert ! s'exclama-t-elle en se ruant vers les deux protagonistes. Que se passe-t-il ?

Abel détourna le regard vers elle, mais Robert, l'homme qui était en charge de se procurer du sang humain pour le palais, tant sous conditionnement que sous la forme de vrais donneurs humains, ne tourna pas la tête.

— J'ai bien peur que Robert n'ait été pris la main dans le sac, dit Abel d'une voix égale.

Il reposa ensuite les yeux sur l'homme en face de lui.

— C'est une grave offense. Je suis certain que tu en es conscient.

— Je ne l'ai pas volé. J'—

Du revers de la main, Abel fouetta la joue de l'autre vampire, la lui lacérant avec la bague en diamants qu'il portait. L'odeur du sang satura instantanément l'air.

Bien que le sang flairé ne fût pas humain, les canines de Faye lui démangèrent involontairement les alvéoles dentaires. Elle savait que c'était un instinct de survie car, à chaque fois qu'il y avait du sang de vampire dans l'air, tous ceux de leur espèce qui se trouvaient à proximité devenaient plus agressifs. À cet égard, ils étaient comme des requins.

— Je n'accepterai aucune excuse ! Sois un homme ! Assume ton délit ! lâcha Abel. À part moi, tu es le seul à détenir une clé de la réserve. Es-tu en train de me dire que c'est *moi* qui ai pris quatre litres de sang dans nos caves ?

Abel montra rapidement ses canines à Robert.

Un seul mot se forma sur les lèvres de l'accusé.

— Non !

— À qui l'as-tu vendu ?

Robert releva la tête de deux centimètres, soulevant les paupières de sorte à lancer un regard provoquant à Abel.

— Je n'ai rien vendu !

Une violente claque sur son autre joue provoqua une autre coupure d'où le sang commença à s'égoutter. Quoique la lacération se mît à cicatriser aussi rapidement que de l'autre côté, l'offense devait blesser la fierté d'un homme comme Robert.

— Ne l'écoutes-tu pas ? interféra Faye. Peut-être qu'il ne l'a pas fait.

Elle connaissait Robert comme un homme honorable, un de ceux qui prenait ses devoirs au sérieux.

Un homme qui, depuis un an, était devenu un ami proche.

Abel se tourna pour la regarder.

— Très bien. Je vais le laisser parler.

Robert prit une profonde inspiration avant de se lancer.

— Je n'ai pas accepté d'argent en échange.

— Tu l'as donné ? tonna Abel. À qui ?

— Aux malheureux qui sollicitent notre aide. Nous l'avons toujours fait. Nous avons toujours aidé ceux de notre espèce qui avaient besoin de nous. Quelques litres de sang à ceux qui sont dans le besoin ne nous fait aucun mal.

Abel fit un pas vers le vampire.

— Tu distribues nos provisions sans mon consentement ?

— Ils en avaient désespérément besoin.

— Je m'en fiche ! Je ne dirige pas une association caritative ! Si ces malheureux ne peuvent pas aller chasser pour trouver du sang humain par eux-mêmes, ils ne méritent pas d'être des vampires. Tu piges ça ? Plus d'aumône !

Faye grimaça. Robert n'était pas le seul à accorder l'aumône aux vampires dans le besoin. Elle était tout aussi coupable que lui, bien qu'elle n'eût directement rien pris dans les caves, mais plutôt puisé dans ses propres provisions pour les partager.

— Et maintenant que c'est clair, enfermez-le en bas, ordonna Abel aux gardes. Je vais t'apprendre à m'obéir.

— Non ! hurla Faye avant de pouvoir s'en empêcher. Pas le sous-sol.

Elle savait ce qui y arriverait à Robert.

— Ne le torture pas, ajouta-t-elle.

— Tu veux sauver cet homme ? Pourquoi ? demanda Abel en la regardant curieusement. Ne vois-tu pas qu'il a défié mes ordres ? En tant que roi, je ne peux tolérer un tel comportement. Je dois être ferme.

— Je t'en supplie, s'il te plaît, aie pitié.

Faye serra les mains, son cœur battant rapidement et à un rythme incontrôlable. Depuis qu'elle avait été acceptée au sein de ce clan, elle avait appris à se soucier de nombreux membres de celui-ci.

Elle les aimait comme sa propre famille et ne pouvait supporter que l'un d'entre eux fût blessé.

Faye se rapprocha à quelques pas d'Abel. Le regard de ce dernier se dispersa sur elle.

— Ce n'est pas facile d'être juste en tant que dirigeant et de prendre les bonnes décisions. Tu vas devoir le comprendre.

Il marqua une pause avant de poursuivre.

— Mais en devenant ma reine, tu aurais le pouvoir de m'influencer. Le pouvoir de me faire changer d'avis.

Leurs regards se suspendirent. Elle le fixa profondément dans les yeux, à la recherche d'une réponse.

— Je ne suis pas infaillible, mais si tu m'aides, si tu pouvais être ma conscience, alors peut-être que je pourrai être le genre de dirigeant que ce royaume mérite.

Faye s'imprégna profondément de ces paroles implorantes. Pouvait-elle faire ce sacrifice pour les gens de son clan ? Pouvait-elle vraiment l'aider à être le dirigeant dont ils avaient besoin ?

— Épouse-moi, dit doucement Abel. Je ne punirai pas Robert si tu ne le veux pas. Sois ma reine. La reine que tu as toujours été destinée à devenir.

D'un mouvement du bras, il désigna la fenêtre.

— Ils t'aiment. Ils ont besoin de toi. J'ai besoin de toi.

Faye regarda par-dessus lui, là où Robert se tenait, immobile, les yeux remplis d'espoir. Il y avait tant de bonté en lui et dans les autres membres du clan. Elle voulait préserver cela, préserver ce que Cain avait encouragé durant son règne. Et elle ne pourrait le faire que si elle avait du pouvoir.

Elle allait cesser de pleurer et poursuivre sa vie, pour son peuple, et pour Cain.

Lentement, Faye tourna de nouveau la tête vers Abel et acquiesça.

— Oui, je vais t'épouser.

Abel lui prit les mains.

— Tu viens de faire de moi l'homme le plus heureux sur cette terre !

Lorsqu'il se rapprocha pour l'embrasser, elle se tourna instinctivement, lui offrant ainsi sa joue.

— Je ferais mieux de te laisser à tes affaires, dit-elle rapidement, non prête pour autre chose qu'un baiser sur la joue.

— Bien sûr, dit Abel en la laissant aller.

Lorsqu'elle se précipita à l'extérieur, elle tenta de respirer, mais ses poumons ne semblèrent pas capables de puiser de l'air. Avait-elle pris la bonne décision ?

———

ABEL FIT signe aux gardes de dégager la pièce.

— Faites-les tous sortir, sauf Robert.

Une fois que les gardes eurent fermé la porte derrière eux, il se retrouva seul avec son garde personnel, Baltimore, et l'accusé.

— Abel, merci pour votre générosité, commença Robert.

Abel gloussa.

— Oh, ne me remercie pas encore.

Il échangea un regard avec Baltimore dont le visage arborait un sourire narquois.

Remarquant le tressaillement de Robert, Abel poursuivit.

— Ne t'inquiète pas. Je ne te tuerai pas. Pas plus que je ne vais te torturer. Tu resteras libre et garderas ton poste. Toutefois, tu m'es redevable, à présent.

Robert s'inclina.

— Oui, Abel. Je comprends.

— Je ne pense pas.

Il se rapprocha et montra rapidement ses canines à l'autre vampire.

— À partir de maintenant, tu feras ce que je dis, ajouta-t-il. Je suis ton maître, le seul dont tu suivras les ordres, peu importe la loi. Maintenant, je suis la loi à laquelle tu obéiras. Ou tu seras la cible du pieu de Baltimore.

La lumière des lampes de la pièce se refléta sur le crâne chauve du vampire de plus de deux mètres. Il n'avait pas un beau visage. Il était franchement rebutant, mais cela convenait bien à Abel. Les gens craignaient Baltimore à cause de son apparence, alors qu'ils devaient le craindre pour les choses qu'il faisait. La brutalité était son mode de vie ; le sadisme, son passetemps préféré. Criminel durant sa vie humaine, Baltimore s'était perfectionné dans ce domaine après être devenu un vampire.

Visiblement effrayé, Robert opina de la tête. Abel avait toujours constaté que des sujets effrayés s'avéraient des sujets obéissants.

— Bon. Maintenant, va-t-en ! Je t'appellerai quand j'aurai besoin de toi.

Tout en s'inclinant rapidement, Robert ouvrit la porte et disparut à l'extérieur. Lorsque le verrou fut refermé, Abel se retourna vers son garde, préoccupé par un autre sujet.

— Où est-il, bordel ? Tes hommes ne l'ont pas encore retrouvé ?

Baltimore secoua la tête.

— John est introuvable.

Abel cogna le bureau du poing. Autant il ne pouvait supporter le garde qui avait été si loyal envers Cain, autant il avait besoin de lui. John était à présent le seul à pouvoir encore transmettre des informations dont seuls le roi et le chef de la garde royale avaient connaissance. Il avait besoin de John, au moins jusqu'au couronnement, jusqu'à ce que ce dernier pût lui transmettre ces informations.

— Je n'aime pas ça.

— Je m'en suis douté. C'est pour cela que j'ai continué à chercher. Apparemment, John n'est plus aussi dévoué à ses devoirs qu'il n'avait l'habitude de l'être.

Abel tourna la tête en direction de Baltimore.

— Qu'es-tu en train de dire ?

— J'ai trouvé son talon d'Achille.

Abel laissa un franc sourire lui recourber les lèvres, tandis que les paroles de son garde s'imprégnaient en lui. Il pouvait toujours compter sur son loyal Baltimore pour venir avec quelque chose de réconfortant.

— Parfait.

**7**

---

Cain monta à bord du jet privé et regarda tout autour de lui. Il y avait place pour une douzaine de passagers. Les sièges en cuir semblaient spacieux et confortables, tout comme ils se devaient de l'être dans ce Learjet spécialement équipé qui transportait, dans tout le pays, des vampires associés à Scanguards. C'était plus luxueux qu'un vol en première classe avec n'importe quelle compagnie aérienne commerciale.

La porte du cockpit était ouverte, et il pouvait apercevoir le pilote et le copilote passer en revue leurs vérifications pré-vol. Ils étaient humains et pleinement conscients de la précieuse cargaison qu'ils transportaient. Et pour leur loyauté et leur confidentialité, ils étaient bien plus que généreusement dédommagés.

— C'est très charitable de la part de votre patron de vous laisser emprunter cet avion, dit John, lequel se trouvait derrière lui.

Cain acquiesça d'un hochement de tête en se retournant.

— Bien que je suppose qu'il ne soit plus votre patron, ajouta John.

— Il faut voir si je suis roi et si ton histoire se vérifie.

L'autre vampire inclina légèrement la tête.

— Je comprends vos précautions.

— Bien. Alors, installe-toi confortablement pendant que nous attendons les autres, dit Cain en désignant un des confortables sièges en cuir.

— Les autres ?

— Tu ne pensais pas que j'allais aller à la Nouvelle Orléans sans protection, n'est-ce pas ?

John gonfla le torse.

— Mais je suis votre protection. Je suis votre garde personnel.

— Ouais, c'est ce que tu dis. Et pourtant, sous ta surveillance, on m'a presque assassiné, si j'en crois tes paroles. Ne m'en veux pas si j'augmente mes chances de survie en emmenant quelques amis de confiance, d'accord ?

Il voulait croire John. Mais tout ce que celui-ci avait dit était invraisemblable. Personne au sein de Scanguards n'avait entendu parler du roi de Louisiane, pas plus que du nom par lequel John l'avait appelé, Cain Montague. La recherche sur le net n'avait rien donné.

Durant tout ce temps passé chez Scanguards, Cain avait appris qu'obtenir des renforts ne pouvait faire de mal. Et à en juger par le bruit des pas dans l'escalier menant à l'intérieur de l'avion, il sembla que ses renforts arrivaient à l'instant.

Cain jeta un coup d'œil à la porte demeurée ouverte et observa la façon dont Thomas, suivi par son compagnon de sang-mêlé, Eddie, pénétrait dans le fuselage. Les deux blonds portaient leurs habituels équipements de motards composés de pantalons en cuir, vestes et t-shirts noirs.

— John, voici Thomas et son compagnon, Eddie. Ils vont nous accompagner durant notre voyage.

John fronça les sourcils un court instant. Visiblement, là d'où John provenait, les vampires gays et, en outre, ceux qui étaient en couple, semblaient sortir de l'ordinaire.

Thomas sembla noter l'hésitation de John et se raidit visiblement.

— Cain, répliqua le motard, un hochement de tête en guise de salutation.

Ensuite, il attendit.

— Heureux de te rencontrer, Thomas, dit rapidement John en tendant la main.

Thomas la serra brièvement.

— De même.

— Hé, dit doucement Eddie en serrant la main de John.

Eddie avait toujours été le plus décontracté des deux. Peut-être parce qu'il était une bonne centaine d'années plus jeune que son partenaire et n'avait pas un bagage émotionnel aussi lourd que celui de son compagnon.

— Eddie, dit John, en guise de réponse. Je suppose que vous travaillez tous deux pour Scanguards ?

— Gardes du corps, ouais, sourit Eddie. J'ai entendu que tu étais un garde, toi aussi.

— Garde personnel du roi, le corrigea John en tirant les épaules vers l'arrière.

Cain perçut la fierté dans le ton de la voix de John et ne put s'empêcher de se sentir chanceux d'avoir un homme aussi loyal que lui à son service, pour autant que celui-ci eût effectivement dit la vérité. Mais il s'avançait. Tout d'abord, il devait confirmer cette histoire. Le reste suivrait.

— Quelqu'un d'autre vient ? demanda Cain. Samson n'était pas sûr de pouvoir trouver quelqu'un d'autre quand je lui ai parlé.

Thomas poussa son bagage à main dans un des compartiments sous les hublots avant de se tourner vers lui.

— Il distribue les affectations. Bien sûr, sans savoir combien de temps nous serons partis, nous ne pouvons pas emmener Amaury, Zane ou Oliver. Ils ne peuvent pas partir longtemps sans le sang de leurs compagnes puisqu'elles sont humaines et qu'ils se sont liés par le sang. Et Gabriel et Samson doivent rester sur place.

Cain opina de la tête. Il était conscient de ce fait.

— Alors, ça nous laisse qui ?

— J'ai bien peur que tu ne sois coincé avec moi, dit une voix rauque depuis la porte.

— Peut-être qu'un ex-chasseur de vampires n'est pas un si mauvais choix, répliqua Cain en souriant à Haven, tandis que ce sorcier transformé en vampire entrait dans la cabine. Il était lié à Yvette, un vampire et, dès lors et malgré ce lien, susceptible de consumer n'importe quel sang humain. Costaud, le corps d'Haven remplissait tout l'encadrement de la porte. Il était déjà fort en tant qu'humain, lorsqu'il avait combattu les vampires durant la plus grande partie de sa vie, après que sa mère, une sorcière, eût été tuée par l'un d'eux. Et ce ne fut qu'après être tombé amoureux d'Yvette et avoir réalisé que tous les vampires n'étaient pas mauvais qu'il avait changé de camp et avait sacrifié sa vie humaine afin de sauver le monde des vampires d'une destruction certaine des œuvres d'une sorcière malveillante.

— Il se pourrait que tu changes d'avis quand tu apprendras qui j'ai amené, répondit Haven en désignant un endroit derrière lui.

Dès l'instant où ce dernier se dégagea de l'entrée, Cain vit ce dont il voulait parler.

— Un humain ? demanda John avant que Cain n'eût pu dire quoi que ce soit. Tu amènes un humain ?

— Hé, les gars !

Blake salua tout le monde, un large sourire affiché sur son visage.

— C'est super ! Comme c'est cool ! Je ne suis jamais allé à La Nouvelle Orléans. On va bien s'éclater, ajouta-t-il.

Ce fashion victim aux cheveux foncés voulant généralement bien faire était un crétin, mais il était de la famille.

— Ce n'est pas un voyage touristique, le réprimanda Cain.

John lui lança un regard contrarié.

— Il ne peut pas nous accompagner.

— Pourquoi pas ? Je suis également garde du corps, rétorqua Blake en gonflant le torse, les poings sur les hanches.

John fit un pas vers le jeune homme qui eut le mérite de ne pas reculer.

— Parce qu'aucun humain, excepté les donneurs de sang, n'est admis à l'intérieur du palais ou dans le parc. Donc, à moins que tu ne veuilles te transformer en nourriture, je proposerais—

— Il nous accompagne, interrompit Cain, quoiqu'il eût lui-même voulu, un instant plus tôt, lui refuser une place dans cet avion. Il ne pouvait toutefois autoriser John à penser qu'il était facilement influençable. Cela porterait atteinte à son autorité. Bien qu'il ne fût pas très chaud de garder un œil sur Blake, il devait à présent l'emmener à La Nouvelle Orléans et ce, uniquement parce que John ne voulait pas de lui.

— Et personne ne le transformera en nourriture.

John tourna la tête vers lui.

— Avec tout le respect que je vous dois, c'est imprudent. Il se peut que vos amis, ici, au sein de Scanguards, puissent vivre côte à côte avec des humains, mais je peux vous promettre que vos sujets ne vont pas aimer cela.

Au mot *sujets*, Cain voulut se secouer la tête. Avait-il réellement des sujets ?

— Blake n'est pas seulement un simple humain. Il est le petit-fils d'un vampire.

John lui lança un regard interrogateur avant de le renifler.

— Il n'est pas hybride.

— Non, en convint Cain. Mais il descend d'un vampire dont la lignée a débuté alors qu'il était encore humain. Mais cela n'a rien à voir. Nous avons besoin d'un humain qui pourra nous être utile durant le jour. Je maintiens ma décision.

Cain soutint le regard de John jusqu'à ce que l'autre vampire baissât les paupières en guise de consentement.

— C'est arrangé, alors. Blake, prends place. Nous allons partir d'ici peu.

Cain se tourna vers la porte du cockpit demeurée ouverte pendant que les autres prenaient place et attachaient leur ceinture.

— Sommes-nous prêts à partir ?

Le copilote regarda par-dessus son épaule.

— Prêt quand tu l'es.

— Bien. Alors, fermons la porte et que le spectacle commence.

D'un hochement de tête, le copilote acquiesça à sa demande.

— Oui, Cain.

Cain se dirigea vers un des sièges libres et remarqua la manière dont Thomas et Eddie étaient installés à l'arrière de l'avion. La main de Thomas était posée sur la cuisse d'Eddie, et les deux parlaient tranquillement, la tête rapprochée. Ils semblaient heureux, et le fait qu'ils formassent un couple de sang-mêlé ne pouvait qu'être utile durant cette mission : de par leur lien, Thomas et Eddie pouvaient communiquer télépathiquement, et il était possible qu'ils fussent confrontés à des situations où une telle habileté pût s'avérer nécessaire.

Cain s'assit et attacha sa ceinture lorsque le copilote sortit du cockpit pour tirer sur la poignée qui soulevait l'escalier et fermer la porte.

— Attendez !

Suite à cette requête en mode panique qui se fit entendre depuis l'extérieur de l'avion, le copilote jeta un regard perplexe par-dessus son épaule.

Cain roula des yeux et regarda Haven, assis à ses côtés, de l'autre côté de l'allée.

— Vraiment ?

Haven haussa les épaules et leva les bras en guise de capitulation.

— Je ne lui ai pas dit.

— Attendez ! répéta la voix, cette fois plus proche. Un instant plus tard, Wesley apparut au sommet de l'escalier et entra dans l'avion. Il était à bout de souffle et s'était visiblement dépêché pour les rattraper. Il était un peu plus petit que Blake, mais était plus âgé que lui de quelques années. Quoique pas plus sage que son camarade stagiaire de chez Scanguards.

Il déposa un grand sac à terre.

— Ouf ! L'ai manqué de près ! dit-il.

Avant que Cain n'eût pu désigner la porte au frère trop empressé d'Haven, John sauta de son siège et épingla Wesley contre le mur le plus proche.

— Putain de sorcier ! gronda John en lui montrant les canines.

Cain réagit en une fraction de seconde et bondit de son siège au même moment qu'Haven. Tous deux atteignirent John et Wesley en même temps.

Haven saisit John par le col et le sépara de son frère.

— Tu touches à un cheveu de sa tête et tu deviens poussière !

— C'est quoi ce bordel ? grogna John en les regardant tous deux furieusement.

— C'est mon frère, rétorqua Haven.

L'incrédulité s'afficha sur le visage de John.

— Un sorcier ?

Il tourna alors la tête pour, à nouveau, regarder Wesley, le dévisageant de bas en haut avant de se retourner vers Cain.

— Vous ne pouvez être sérieux ! Qu'est-ce que c'est que tout ça ? Scanguards emploie des humains et des sorciers ? Quel genre de vampires êtes-vous, les gars ? Comment pouvez-vous fréquenter des sorciers ? Ils sont nos ennemis.

— Ils ne le sont pas, dit Cain. Peut-être d'où tu viens. Mais nous avons découvert que les sorciers peuvent être nos alliés. Et Wes fait partie de la famille, ajouta-t-il en désignant le jeune homme.

— Et de toute façon, il n'est pas un vrai sorcier. La moitié de ses sorti-lèges ne fonctionne même pas, intervint Blake depuis son siège.

— Fais gaffe à ce que tu dis, Blake ! hurla Wesley, en retour.

— Oh, ouais, ou quoi ? demanda Blake en sautant de son fauteuil.

— Je vais te transformer en—

— Personne ne va transformer qui que ce soit en quoi que ce soit, les interrompit Cain en regardant d'abord Wesley furieusement, puis ensuite Blake.

— Blake, assieds-toi, ou je t'éjecte de l'avion, ajouta-t-il.

Rapidement, Blake reprit place sur son siège et demeura silencieux, quoique Cain pût dire que ce dernier avait déjà une réponse sur le bout de la langue. À chaque fois que Blake et Wesley étaient ensemble, les ennuis ne se trouvaient jamais loin derrière. Ces deux gardes du corps stagiaires ne pouvaient s'en empêcher : ils devaient toujours se concurrencer l'un l'autre. Inévitablement, les querelles s'ensuivaient. D'aucune manière, il ne les prendrait tous deux sur la même mission.

Cain souleva le sac que Wesley avait déposé à terre et le poussa contre lui.

— Maintenant, prends tes affaires et pars.

Wes le regarda, une franche surprise dans les yeux.

— Mais je viens avec vous ! Vous avez besoin de moi.

Wes désigna l'humain.

— Pourquoi a-t-il le droit d'y aller ? Il n'est pas un vampire ! Et il ne possède même pas de don spécial. Moi, oui.

— Ouais, transformer des chiens en cochons, peut-être, le nargua Blake.

— Ferme-la, Blake ! dit Cain d'un ton sec. Ou tu pars aussi.

Tout en soufflant, Blake croisa les bras sur le torse.

Cain se tourna vers Wesley.

— Merci pour ta proposition, mais—

Le sorcier souleva une main.

— Écoute-moi d'abord, s'il te plaît.

Cain soupira et échangea un regard avec Haven, lequel fit la grimace.

— Laisse-moi en dehors de ça, dit Haven. Je ne veux pas qu'on me blâme plus tard quand il va tout faire foirer.

Cain secoua la tête.

— Fais valoir tes arguments, Wes, et fais-le vite.

— Donc, j'ai pensé, commença Wes.

Blake bouffa, récoltant ainsi un regard sévère de la part de Wesley avant que ce dernier ne poursuivît.

— Vous vous jetez dans la gueule du loup.

— Tu veux dire un nid de vampires, le corrigea Thomas depuis l'arrière de l'avion.

— Ouais, peu importe. Et vous ne savez pas qui est gentil et qui ne l'est pas. Vous avez besoin de toute la protection nécessaire.

Il se pencha et baissa la voix, comme si les autres présents dans l'avion ne pouvaient pas l'entendre.

— Je suis en train de travailler sur un sortilège de protection, ajouta-t-il.

— Je déteste les sortilèges, bougonna John.

Cain ne put en convenir davantage. Les vampires n'avaient aucune protection contre les charmes. Et il haïssait les choses qu'il ne pouvait anéantir avec une arme. Toutefois, que Wesley affirmât qu'il était en train de travailler sur quelque chose ne signifiait pas qu'il savait réellement ce qu'il faisait.

— La dernière fois que tu as jeté un sort, tu as tout teinté en rouge.

— Ce qui était ma volonté, affirma Wesley.

— Admettons. Ça l'était au mariage d'Oliver. Mais avant ça, tu as teinté les porcs en rouge, et je doute que cela ait été intentionnel, lui rappela Cain.

Les lèvres de Wesley se recourbèrent vers le haut.

— Un petit incident. Mais maintenant, j'ai tout compris.

— Tu dis ça maintenant, mais au moment décisif, tout se terminera par une catastrophe certaine.

Wes désigna Thomas du doigt.

— J'ai sauvé la vie de Thomas avec un de mes sortilèges. Quand il combattait Keegan, mon charme a permis—

— Je n'avais pas besoin de ton aide ! lâcha Thomas.

Son attitude habituellement amicale changea soudain.

Cain savait que celui-ci avait vraiment mal vécu l'intervention de Wes dans le combat, car elle l'avait empêché de prouver qu'il pouvait vaincre son malveillant créateur.

Lorsqu'Eddie serra la main de Thomas, ce dernier se tourna et échangea un regard avec son compagnon.

— Toutefois, Wes a raison. Son sortilège a fonctionné au moment où il le fallait, ajouta-t-il.

Cain réfléchit quelques secondes à la décision qu'il avait à prendre. Thomas était le plus réfléchi d'entre eux, et Cain respectait l'opinion de l'autre vampire.

— Bien. Tu peux venir. Mais tu suis mes ordres. La moindre insubordination, et tu te retrouves sur le prochain avion pour la maison. Ne me fais pas regretter ceci.

Wesley sourit triomphalement.

— Tu ne le regretteras pas. Je le promets.

Quelques instants plus tard, lorsque tout le monde fut attaché sur son siège, Cain se tourna vers John, lequel était assis à côté de lui.

— Maintenant, raconte-moi tout ce que je dois savoir sur mon ancienne vie.

**8**

Accompagné de Baltimore, Abel déambulait à travers les rues animées. C'était peu après le coucher du soleil, et le quartier français grouillait de touristes et de gens du coin. Il détestait l'odeur putride de cette partie de la ville ; c'était pour cette raison qu'il s'aventurait rarement dans ce secteur. Lorsque cette irrépressible envie le prenait d'aller enfoncer ses canines dans un humain plutôt que de boire les provisions de sang qui lui avaient été données et qui se trouvaient dans ses caves, il préférait aller chasser dans le Garden District ou dans certaines petites villes aux alentours de La Nouvelle Orléans.

Une fois qu'il serait roi, il supprimerait ce sang prêt à l'emploi et encouragerait ses sujets à retourner chasser pour trouver leur nourriture. Comme cela aurait toujours dû l'être. Boire du sang en conditionnement les avait transformés en lâches et faibles. Il changerait cela et transformerait de nouveau sa race en une espèce à craindre.

C'en était fini avec les idées conventionnelles. Plus question de céder aux sensibilités des humains. Bientôt, toutes ces choses que Cain avait instituées seraient terminées, et un nouveau règne commencerait. Les choses iraient alors mieux. Leur clan redeviendrait fort et ne serait plus vulnérable à une attaque de leurs rivaux. Ses sujets seraient à nouveau en sécurité. Ils avaient besoin d'un roi fort, et il serait ce roi.

— Nous y sommes presque, dit Baltimore en désignant une petite allée.

— Tu ferais mieux d'avoir raison.

Il n'aimait pas perdre son temps, alors qu'il y avait tant à faire avant le couronnement et le mariage. Abel sourit. Faye serait finalement sienne. Depuis qu'elle avait rejoint leur clan, il l'avait désirée, mais elle n'avait eu d'yeux que pour Cain, le héros, le roi.

— Faites-moi confiance.

Baltimore allongea le pas et tourna dans l'allée recouverte de pavés.

Ils avaient atteint l'extrémité nord-est du quartier. On y trouvait peu d'hôtels et peu de touristes s'y aventuraient. De petites maisons, scindées en multiples appartements, bordaient la rue. Le fidèle garde d'Abel l'orienta vers une des maisons et s'arrêta ensuite devant la porte d'entrée.

— Là-dedans.

— Combien ?

— Elle est seule.

Abel hocha la tête.

— Qu'est-ce qu'on attend, alors ?

En un mouvement puissant unique, Baltimore asséna un coup de pied dans la fragile porte, de sorte que celle-ci se brisa au niveau des charnières. Ce garde n'avait jamais compris la signification du mot subtilité.

Depuis l'intérieur, Abel entendit un halètement de surprise émaner d'une des pièces à l'arrière. L'odeur d'une humaine lui emplit les narines, tandis que ses oreilles captaient ses pas, alors qu'elle courait en direction de la porte arrière en tentant de s'enfuir. Ce comportement ne fit qu'alimenter son instinct de chasseur.

*Stupide humaine* !

Pas étonnant que les humains fussent inférieurs aux vampires. Ils ne connaissaient rien à la survie. Alors qu'il eût été plus sage de s'incliner devant lui, ce spécimen avait toujours l'instinct de le fuir pour ne pas avoir à le combattre.

— Attrape-la ! ordonna Abel à Baltimore d'un geste de la tête, tandis qu'il jetait un œil dans le salon dans lequel ils étaient entrés. Les petites maisons du quartier étaient toutes comme celle-ci : la porte d'entrée donnait directement sur le living, sans vestibule ou couloir en guise de zone tampon. Chaque pièce menait à une autre sans disposer d'un couloir.

Les meubles dans ce petit endroit étaient étonnamment neufs et luxueux, et la décoration, de bon goût. Bien que les fenêtres fussent pourvues de volets extérieurs, elles étaient habillées, à l'intérieur, de tentures en velours rouge foncé, signe que celui ou celle qui passait du temps ici n'aimait pas que la lumière du soleil pût pénétrer à l'intérieur.

Abel tourna la tête vers la porte qui menait à l'arrière de la maison lorsqu'il entendit Baltimore revenir avec l'humaine qui se débattait. Il la parcourut des yeux.

Sa peau avait la couleur du chocolat au lait, ses yeux étaient un mélange de bleu et de gris, ce qui attestait de la mixité de ses origines. Une beauté créole, à coup sûr. Et qui ne voudrait pas de cette femme appétissante dans son lit, sentir ses lèvres pulpeuses autour de son sexe, ses jolies mains sur sa peau ? Abel décela immédiatement son attrait. Et même s'il n'y avait aucune marque sur ce cou gracieux ou ce beau décolleté que la robe révélait, il sut instinctivement qu'elle avait connu, par le passé, les canines d'un vampire dans sa chair. Plusieurs fois, en fait.

Abel inspira. L'odeur de son sang lui envoya un frisson à travers tout le corps.

— Un véritable nid d'amour que John et toi avez ici, lui dit finalement Abel.

Au nom de son amant, la femme tressaillit.

— Oh, tu pensais que je ne le découvrirais pas, n'est-ce pas ?

Il marqua une pause, plissa les yeux et poursuivit.

— C'est ce que John t'a dit ? Que tu serais en sécurité ? Que personne ne découvrirait jamais qu'il entretenait une maîtresse humaine ? Comme c'est naïf de sa part ! dit-il en gloussant.

— Il fit un signe à Baltimore, lequel obéit à son ordre tacite en la jetant sur le canapé en cuir. Elle se dépêcha de se redresser sur le siège, la peur lui colorant ses jolis yeux.

— Que voulez-vous ?

— Ah, l'humaine parle, dit Abel. As-tu un nom ?

Elle déglutit.

— Nicolette.

Abel fit un pas vers elle. Et à chaque pas qu'il faisait, Nicolette se repliait de plus en plus dans les coussins du canapé. Il pouvait fermement sentir la crainte suinter de ses pores. Cela lui démangea les canines, et il ne vit aucune raison de les empêcher de s'allonger. Lorsqu'il fut à moins d'une trentaine de centimètres d'elle, il s'arrêta.

— Voilà ce que tu vas faire, Nicolette. Tu vas répondre à la question que je vais te poser sans essayer de me mentir. Parce que, si tu mens, je le saurai et n'aurai alors d'autre choix que de te faire punir par Baltimore. Tu comprends ?

Visiblement intimidée, elle hocha la tête.

— Où est ton amant ? Où est John ?

— Je ne sais pas.

Abel bondit, lui agrippa les épaules des deux mains et la poussa contre le dos du canapé.

— Essaie encore, dit-il en grinçant des dents, ses paroles tonitruantes noyant le cri perçant qu'elle poussa.

— Je ne sais pas. Il ne me l'a pas dit.

Abel plissa les yeux et replia les lèvres sur ses gencives, révélant ainsi ses longues canines pointues afin de la laisser deviner ce qu'il se préparait à lui faire si elle ne se conformait pas à ses exigences.

— S'il vous plaît ! Il ne me l'a pas dit.

Des larmes se formèrent dans ses yeux.

— Il a dit qu'il devait partir quelques jours, ajouta-t-elle.

— Pour faire quoi ? lâcha-t-il.

Un sanglot déchira la gorge de Nicolette.

— Il n'a pas voulu me le dire. Il a dit qu'il ne le pouvait pas.

Abel inclina la tête sur le côté et la dévora d'un regard suspicieux.

— Bon. Tu ne me mentirais pas, n'est-ce pas ?

— Non ! C'est la vérité. Il a dit qu'il serait bientôt de retour.

Il échangea un regard avec Baltimore tout en considérant les paroles de Nicolette. Que préparait donc John ? Visiblement quelque chose qu'il ne voulait pas que quelqu'un apprît, quelque chose qu'il ne pouvait même pas confier à sa maîtresse. Comme s'il avait peur qu'elle parlât sous la torture.

— Bien, dit-il finalement. Je te crois.

Un soupir de soulagement roula sur les lèvres de l'humaine.

Abel gloussa en la regardant à nouveau.

— Mais cela ne change rien à ton sort.

Il se délecta de la panique qui réapparut dans les yeux de Nicolette, du frisson qui la dévasta et de l'odeur de la peur qui suinta de ses pores.

— Allons faire un petit tour, ajouta-t-il.

Il la relâcha et se redressa.

— Emmène-la et enferme-la, dit-il en s'adressant à Baltimore.

Son garde opina de la tête et s'approcha malgré les protestations de la femme.

— Non, s'il vous plaît ! Non !

Abel l'ignora. Son regard s'abattit sur un téléphone portable qui trônait sur la table basse. Il le saisit.

— Voyons à quel point John t'aime.

Cependant, il espéra que John ne vît pas simplement Nicolette comme une distraction momentanée, mais qu'il eût, en réalité, des sentiments pour elle. Des sentiments qui lui prodigueraient une certaine influence.

**9**

───────

—Je veux la voir d'abord, exigea Cain en regardant John.

Cain, ses amis de Scanguards et John se trouvaient dans une cabane abandonnée à quelques kilomètres du palais situé à environ une demi-heure au nord de La Nouvelle Orléans. John les avait emmenés dans ce secteur boisé en évitant les postes des gardes qui auraient pu alerter l'équipe de la sécurité du palais de leur approche.

— Je dois vous mettre en garde, dit John. Si je vous amène à elle, vous ne pourrez pas lui faire savoir que vous ne vous souvenez de rien. Vous devrez être prudent dans vos aveux.

Cain regarda vaguement derrière John.

— Je le sais. Personne ne doit savoir que je souffre d'amnésie.

Cela le décrédibiliserait, si toutefois les affirmations de John étaient étayées. Personne ne voulait d'un incapable en tant que roi.

— Pas même Faye, ajouta-t-il. Mais, avant d'entrer au palais, j'ai besoin de lui parler en privé.

— Quel est ton but en agissant ainsi ? demanda Haven en posant une main sur l'avant-bras de Cain. Et que se passera-t-il si elle révèle que tu es de retour et donne du temps à tes ennemis pour se préparer ? Je préférerais y aller sans qu'ils sachent à l'avance que nous arrivons. Cela nous confère l'effet de surprise.

Cain dévisagea son collègue, appréciant ses conseils. Mais c'était quelque chose qu'il devait faire.

— Faye sera la personne la plus susceptible dans tout le palais de corroborer l'histoire de John. Sans vouloir t'offenser, John.

Malgré tout ce que ce dernier lui avait raconté, il lui fallait une preuve de qui il était avant de retourner dans son ancienne vie.

— Pas de soucis. Vous avez toujours été un homme prudent. Au moins, cela n'a pas changé.

— De plus, j'ai besoin de m'assurer qu'elle est toujours... avec moi, dit Cain plutôt que d'avouer ce qu'il voulait réellement savoir, en l'occurrence, si elle l'aimait toujours ou si son affection s'était tournée vers Abel.

— Très bien, concéda Haven. Mais comment vas-tu organiser une rencontre avec elle sans que personne ne le sache ?

— Ce ne sera pas un problème, affirma John, avant que Cain n'eût pu répondre. Il y a des tunnels secrets sous la propriété.

Cain haussa un sourcil.

— Des tunnels ?

— C'est une ancienne plantation, et les propriétaires y avaient fait construire des tunnels, par-dessous, par les esclaves. Une précaution lorsque la guerre civile a éclaté, expliqua John. Une fois la construction des tunnels terminée, le maître a tué tous les esclaves impliqués dans leur réalisation, s'assurant qu'il ne restait plus personne au courant de leur existence, à part lui et son contremaître.

— Qui est au courant pour les tunnels ? voulut savoir Cain.

— Une minorité seulement.

— Abel ?

John secoua la tête.

— Vous et moi. Quoiqu'il soit possible que vous l'ayez dit à Faye, mais je ne peux pas en être certain. Vous ne m'avez jamais rien dit. Puisque vous alliez faire d'elle votre reine, nous devons supposer que vous lui avez parlé des tunnels.

— Comment se fait-il que seulement toi et moi en ayons connaissance ? Pourquoi pas Abel ?

— Le premier chef de la garde royale était un descendant du contremaître de la plantation. Il a passé le mot. Et maintenant, cela se transmet du chef de la garde royale à celui qui devient roi. Et Abel n'est pas encore roi.

— Soupçonne-t-il leur existence ?

— Non. Bien qu'il sache que le chef de la garde racontera tout ce qu'il sait au nouveau roi après le couronnement. Il doit supposer que je suis seul à connaître certaines choses.

— Bien, nous emprunterons les tunnels. Thomas nous accompagnera. Les autres resteront ici, ordonna Cain.

— Non !

La protestation de John le prit par surprise. Cain le regarda furieusement.

— En tant que ton roi—

— En tant que mon roi, vous n'exigeriez jamais une telle chose, l'interrompit John, la voix ferme, le visage déterminé. Vous ne révéleriez jamais l'endroit où se trouvent les tunnels à un étranger, encore moins l'autoriser à y pénétrer. Si vous insistez pour que Thomas nous accompagne, je ne vous indiquerai pas l'entrée.

John croisa les bras sur sa poitrine et attendit.

Cain ne bougea pas. Il se tint tout simplement là, faisant face à John dans une bataille silencieuse. Mais il fut instantanément évident que John ne transigerait pas. Dans un sens, Cain dut l'admirer pour cela. Cela démontrait de la loyauté et de la force. De l'autre, cela l'agaça d'avoir à céder à cet homme en qui il ne pouvait pas encore avoir totalement confiance. Mais s'il voulait voir Faye en privé sans que personne ne le sût, il n'avait pas le choix.

— Juste toi et moi, alors. Mais je te préviens : il se peut que je ne me souvienne pas de qui je suis, mais je peux tuer avec n'importe quelle arme. Tu fais un pas de travers, et tu deviens poussière.

John accueillit la menace d'un bref hochement de tête.

— Suivez-moi.

Il se tourna et sortit de l'abri.

Cain regarda ses collègues, puis s'adressa à Thomas.

— Au moindre ennui, tu m'envoies un texto immédiatement. Mon portable est sur vibreur.

— Compris. Sois prudent. Si tu n'es pas de retour dans une heure, nous nous rendrons au palais.

Sans autre mot, Cain sortit. L'air était humide, si différent de ce dont il était accoutumé à San Francisco, là où même les nuits d'été pouvaient être froides et nécessiter une légère veste. Ici, sa chemise en coton collait déjà à son corps en sueur. À sa surprise, la chaleur ne le dérangeait pas, presque comme s'il y était habitué.

En silence, Cain marcha à côté de l'autre vampire, l'œil vigilant, son corps prêt à attaquer au cas où quelqu'un approcherait. Scanguards avait été une bonne école. Il n'avait peur d'aucun ennemi susceptible de se mettre sur son chemin, mais ce fait n'atténuait pas le nœud qu'il avait dans l'estomac. Il était anxieux à l'idée de voir Faye, de voir la femme à qui il avait fait l'amour dans ses rêves, la femme qui lui avait appartenu dans sa précédente vie. Appartenait-elle à présent à Abel, l'homme que John prétendait être son frère ?

— Nous y sommes, annonça John en s'arrêtant.

Cain observa le lieu désigné par John. Il ne semblait pas différent du terrain qu'ils avaient traversé durant leur courte promenade. Il y avait des arbres couverts de mousse, des buissons et de la boue. Ils n'avaient emprunté aucune espèce de sentier reconnaissable, mais étaient clairement passés à travers une parcelle boisée.

— Je ne vois rien.

— Elle est bien camouflée.

John se dirigea vers deux arbres qui se trouvaient sur une légère pente. Derrière ceux-ci, de la mousse couvrait un rocher. Plutôt que d'aller en direction du rocher, John tourna à gauche en direction d'un autre taillis d'arbres où des branches brisées s'étaient entassées et étaient en train de se décomposer. Il saisit un des bouts de bois protubérants et tira dessus. Cet amas tout entier de branches bougea, et ce ne fut qu'à cet instant que Cain remarqua qu'elles étaient toutes interconnectées d'une manière si aléatoire mais ingénieuse que, pour un observateur ordinaire, elles ne ressemblaient à rien d'autre qu'à un tas de branches en décomposition, alors qu'en fait, elles formaient une porte.

Lorsque John la maintint ouverte pour lui, Cain réprima sa surprise.

— Passe devant.

Cain suivit John dans le tunnel, inhalant immédiatement les odeurs présentes tout autour de lui. L'air était vicié. Lorsque John referma la porte derrière eux, le tunnel de terre fut privé du clair de lune qui avait guidé leur chemin un peu plus tôt. Les yeux de Cain s'ajustèrent immédiatement à l'obscurité, sa vision de vampire compensant le manque de lumière.

— Qu'est-ce qui garantit la stabilité du tunnel ? demanda-t-il, silencieusement, sachant que sa voix pouvait porter loin dans cet espace confiné.

John désigna le plafond du doigt.

— Tous les trente centimètres, il y a des renforts en bois, mais c'est une vieille construction, et personne n'y a fait de réparations en plusieurs décennies. Il y a de plus en plus d'humidité qui pénètre et qui affaiblit la structure. Nous sommes près du bayou. Katrina a fait quelques dégâts, ici. Un jour, le tunnel s'effondrera.

— Alors, espérons que ce ne sera pas aujourd'hui, remarqua sèchement Cain.

John se retourna et longea le long tunnel. Cain suivit, s'imprégnant de l'environnement.

— Quelle est la longueur du tunnel ?

— En fait, c'est un système de tunnel avec beaucoup d'embranchements. Il s'étend sur plusieurs kilomètres, mais la section que nous descendons n'a, environ, qu'un kilomètre et demi de longueur. Nous y serons bientôt, lui assura John.

— Où mènent toutes ces sections ?

— À d'autres sorties tout autour de la propriété, de même qu'à des points d'entrée au palais.

— Où dans le palais ?

— Un directement dans la suite du roi, un autre dans les cellules, et un troisième sous la cheminée de votre bureau.

— Sous la cheminée ? Cela semble difficile d'y accéder.

John le gratifia d'un regard latéral.

— Il y a un mécanisme pour décaler la cheminée sur le côté. Bien sûr, c'est mieux de ne pas le faire lorsqu'un feu brûle dans le foyer.

Cain prit mentalement note des points d'entrée et de sortie ainsi que des sections qui s'éloignaient du tunnel dans lequel ils se trouvaient, mémorisant le chemin autant qu'il le pût. Si John l'attirait dans un piège, il devait être capable de retrouver sa route pour sortir. Toutefois, Cain dut admettre que si John avait voulu le tuer pour quelque raison que ce fût, il aurait eu suffisamment d'opportunités de le faire plus tôt.

Et pourtant, faire confiance à quelqu'un ne lui était pas facile. Même lorsqu'il avait rejoint Scanguards, un an auparavant, il lui avait fallu quelque temps avant de faire confiance à ses collègues. Maintenant, bien sûr, il savait qu'ils surveillaient ses arrières, et il leur confiait sa vie. Tout comme ils lui faisaient confiance. Ils étaient devenus plus que de simples collègues pour lui. Ils étaient devenus ses amis. Sa famille.

Mais à présent, cet étranger était en train de bouleverser cette paix provisoire qu'il avait trouvée avec sa nouvelle famille en l'amenant à vouloir quelque chose qu'il lui était impossible d'atteindre. Il voulait retrouver son ancienne vie, ne fût-ce que pour une raison : savoir ce que l'on ressentait d'être aimé par la femme de ses rêves.

— Je vous ai porté pour vous sortir de ce tunnel quand vous étiez blessé. Vous ne vous en souvenez pas. Vous perdiez et repreniez conscience. Je ne pouvais risquer que quelqu'un découvre que vous étiez en vie, mais amnésique. J'ai d'abord pensé que la mémoire vous reviendrait mais, quand vous vous êtes réveillé, il est devenu évident que la perte de mémoire était permanente. Pour votre propre sécurité, j'ai dû vous emmener le plus loin possible.

— Je ne me souviens pas de m'être réveillé et de t'avoir vu.

— Parce que vous ne m'avez pas vu. Le coup porté à votre tête a blessé votre nerf optique.

Était-ce ce que le rêve avait voulu lui montrer ? Lorsque tout était devenu rouge devant ses yeux ?

— Et il n'a guéri que lentement, tout comme le reste de votre corps, précisa John.

— Et pourtant, tu m'as abandonné pendant que j'étais toujours en convalescence, l'interrompit durement Cain. Et tu viens me dire que tu te soucies de moi.

— Je ne pouvais pas rester. Je n'ai eu que le temps de prendre des dispositions pour vous emmener le plus loin possible d'ici, avant que mon absence ne puisse être remarquée. Je devais m'assurer que celui qui voulait votre mort pense qu'il avait réussi. Ce n'est qu'ainsi que vous pouviez être en sécurité.

— Une quelconque idée de qui voulait me voir mort ?

John hésita, la respiration bien audible.

— Crache-le ! ordonna Cain.

— J'ai des soupçons, mais aucune certitude. Et si vous aviez le moindre souvenir de moi, vous sauriez que je n'aime pas accuser quelqu'un sans preuve.

— Hé bien, c'est le nœud du problème, n'est-ce pas ? Je ne me souviens pas de toi.

— Il fut un temps où vous me faisiez confiance.

Tentant de ne pas paraître affecté par les paroles de l'autre vampire, Cain serra les mâchoires, alors qu'en réalité, il sentait que John avait besoin d'obtenir son approbation pour les décisions qu'il avait prises durant son invalidité.

— La confiance n'est pas quelque chose que j'accorde facilement.

John hocha légèrement la tête.

— À l'époque non plus. Mais nous étions plus que juste un roi et son garde. Nous étions amis. Et j'ai pleuré la perte de cette amitié plus que la perte de mon roi.

— N'étais-je donc pas un bon roi ? demanda Cain afin de détourner la conversation, non désireux de répondre aux affirmations de son garde.

— Il ne m'appartient pas d'en juger.

Les paroles de John furent trop évasives pour ne pas y réagir.

— Es-tu en train d'essayer de dire que j'étais un mauvais dirigeant, et que c'est ce qui a incité l'assassinat ?

— Comme je l'ai dit, il ne—

— ...t'appartient pas d'en juger, j'ai compris, termina Cain.

Soudain, John ralentit et se tourna vers lui, posant un doigt sur ses lèvres et mettant ainsi un terme à leur conversation. Il désigna un autre tunnel. Depuis l'endroit où Cain se tenait, il put voir que c'était un petit tunnel de seulement quelques mètres. À l'extrémité de celui-ci, il put distinguer les contours d'une porte.

John se pencha à son oreille et murmura alors.

— Il conduit à un couloir secret qui relie les appartements du roi à ceux de la reine. Ceux du roi sont sur la droite, ceux de la reine, sur la gauche. Vous trouverez Faye dans la suite de la reine. Lorsque vous arriverez à sa porte, actionnez le levier vers la gauche. Cela ouvrira un minuscule judas qui vous permettra de regarder dans sa chambre afin de vous assurer qu'elle est seule avant d'y entrer. Ne vous inquiétez pas, la porte est dissimulée derrière une œuvre d'art élaborée qui se trouve de l'autre côté, afin que personne ne puisse remarquer le judas ou la porte elle-même.

Cain opina de la tête, son cœur battant soudain avec fracas.

— Je vais vous attendre ici. Si vous n'êtes pas de retour dans quinze minutes, je viendrai vous chercher, ajouta John.

Sans un mot, Cain agréa. Tout en prenant une profonde inspiration, il se dirigea vers la porte et gravit les quelques marches qui y menaient. Il l'ouvrit facilement et fit le moins de bruit possible en entrant dans le couloir et en la refermant derrière lui.

Le couloir dans lequel il se retrouva était fait de pierre, et l'air ambiant était plus pur et moins humide que ce qu'il avait connu dans le tunnel.

Telle une flèche, ses yeux se dirigèrent vers la droite. Il se sentit physiquement attiré dans cette direction, comme si les réponses à ses questions s'y trouvaient. Mais il les força à regarder vers la gauche, sachant qu'il n'avait pas suffisamment de temps pour à la fois examiner les appartements du roi et parler à Faye. Ses amis de Scanguards n'hésiteraient pas à donner suite à leur promesse de se mettre à sa recherche au cas où il ne reviendrait pas à temps, et il n'avait nullement l'intention de les mettre inutilement en danger. Il y aurait suffisamment de temps plus tard pour en apprendre davantage sur son ancienne vie.

S'il s'agissait, en effet, de son ancienne vie.

Prenant garde à ne pas faire de bruit avec ses chaussures, il se dirigea vers la porte indiquée par John et l'observa attentivement. Le levier à côté de celle-ci avait la forme d'un pieu. Cain secoua la tête. Quelqu'un, par ici, avait des goûts étranges, et il espéra vraiment ne pas être celui qui était à blâmer pour cet étrange choix de poignée.

Cain fit tourner le levier et aperçut immédiatement un minuscule faisceau de lumière apparaître à travers cette porte camouflée. Il bougea de sorte à aligner son regard avec celui-ci et scruta par le petit trou.

Son cœur s'arrêta.

On ne pouvait s'y tromper. Bien qu'elle portât des vêtements ordinaires, un jeans moulant et un pull ample, Faye ressemblait exactement à celle qui était apparue dans ses rêves. Le pull avait glissé d'un côté, exposant ainsi la pâleur de son épaule. Ses cheveux tombaient en cascade sur ses épaules et sur son dos, et ses yeux étaient aussi verts qu'une prairie au printemps.

La pièce semblait étrangement similaire à celle de son dernier rêve. Il était déjà venu ici par le passé. Il lui avait fait l'amour dans cette pièce. Et pourtant, autant il voulait ouvrir la porte et marcher vers elle, autant il ne le pouvait pas.

Faye n'était pas seule.

Le vampire qui l'accompagnait tournait le dos à Cain, l'empêchant dès lors de voir son visage. L'étranger se mit alors à réduire la distance entre Faye et lui, sa main venant étreindre l'épaule dénudée, tandis que l'autre glissait autour de sa taille pour l'attirer à lui.

Au moment où le vampire l'embrassa, Cain ferma les yeux.

L'homme dont il ne pouvait voir le visage devait être Abel. Faye avait surmonté sa mort et l'avait peut-être même oublié. Elle était amoureuse de quelqu'un d'autre.

Cain relâcha le levier. Il était arrivé trop tard.

Le corps tout engourdi, il retourna vers la porte menant au tunnel. Lorsqu'il l'atteignit, il y posa le front, ressentant la fraîcheur de la surface tout contre sa peau. Pouvait-il réellement la blâmer ? Elle le pensait mort depuis un an. Elle devait reprendre le cours de sa vie.

Malgré cela, cette pensée ne lui fut d'aucun réconfort. Bien qu'il n'eût aucun souvenir d'elle ou de l'amour qu'ils avaient partagé, Cain sut instinctivement que si Faye était morte à sa place, il l'aurait pleurée pour le reste de l'éternité. Or, elle s'était donnée à un autre homme à peine une année après sa mort.

Cependant, rien de ceci ne changerait à présent quoi que ce soit. Il était venu jusqu'ici et ne ferait pas marche arrière. Ceci était son ancienne vie, et il la réclamerait. Et qu'il fût damné s'il ne tentait pas tout ce qui était en son pouvoir pour regagner l'amour de Faye, car une chose était claire : dans son rêve, il l'avait aimée. L'avoir vue dans les bras de son frère, quelques instants plus tôt, lui tordait le cœur de douleur, une douleur qu'il n'eut pas de difficulté à identifier : il était jaloux.

Cet objectif à l'esprit, Cain releva la tête, ouvrit la porte du tunnel et laissa le couloir derrière lui.

Il laissa errer le regard, mais seul le vide l'accueillit.

— John ? murmura-t-il.

Mais John était parti.

**10**

———

Faye sentit les lèvres d'Abel se poser sur les siennes et tenta de se laisser aller. Mais bien qu'elle s'y efforçât fortement, elle ne put le faire. Embrasser Abel n'était pas du tout comme embrasser Cain.

Elle plaça les mains contre les épaules d'Abel et le repoussa, non avec force, mais avec détermination. Elle n'était pas prête à avoir de l'intimité avec lui. Le serait-elle un jour ?

Les yeux d'Abel flamboyaient devant elle d'un désir incontrôlé, les canines déjà allongées. Si elle n'avait jamais rencontré son frère, elle l'aurait trouvé attirant, beau même. Et peut-être aurait-elle pu tomber amoureuse de lui. Mais au moment où elle avait posé les yeux sur Cain, son cœur avait parlé et, dès cet instant, elle avait su qu'elle ne pourrait jamais en aimer un autre.

Faye détourna le regard et recula. Un léger grondement émana de la bouche d'Abel, confirmant dès lors que son côté vampire était en train de le dominer. Elle ressentit physiquement son mécontentement, les vagues de la contrariété ondulant sur lui. Pouvait-elle l'en blâmer ? Non. Après tout, elle avait accepté sa demande en mariage, et ils ne vivaient pas au Moyen-âge, époque où les relations intimes avant le mariage étaient inacceptables. C'était le vingt et unième siècle, et le sexe était une chose normale, en particulier pour un vampire viril comme Abel.

— Je suis désolée, murmura-t-elle. Je ne peux pas. Pas encore. Tout arrive trop vite.

Abel respira.

— Je comprends, dit-il, les dents serrées.

— Je ne voulais pas te donner de faux espoirs, poursuivit-elle, rapidement. Donne-moi juste un peu plus de temps. Jusqu'au mariage.

Abel n'était pas homme à se voir refuser ce qu'il voulait. Il demeura sans parler durant quelques secondes qui semblèrent durer plusieurs minutes. Faye entendit son propre cœur battre dans sa poitrine.

— Très bien. Jusqu'au mariage, alors.

Il se retourna subitement et quitta sa chambre en refermant bruyamment la porte derrière lui.

Elle venait de s'offrir quelques jours de plus avant d'avoir à céder à ces exigences sexuelles. Quelques jours de plus durant lesquels elle pourrait demeurer fidèle à Cain. Fidèle à sa mémoire.

Si seulement, cette nuit-là, elle ne l'avait pas laissé partir, si seulement elle s'était liée à lui à ce moment, peut-être serait-il toujours en vie.


*Un an plus tôt*

Un souffle chaud sur sa nuque provoqua à Faye un agréable frisson le long de son échine. Elle se retourna dans les draps de soie, son corps dénudé glissant contre de durs muscles et une peau douce.

Elle laissa courir les yeux sur son amant. La peau de Cain était bronzée et parfaite, le torse presque imberbe, les cheveux coupés à ras. Il arborait une barbe permanente de trois jours qu'il ne rasait qu'occasionnellement, mais qui réapparaissait après chaque cycle de sommeil réparateur. Ses yeux étaient d'un marron doré mais, souvent, lorsqu'ils étaient ensemble, leur couleur se muait en un rouge éclatant, signe de la passion qui faisait rage entre eux.

Faye posa une main sur son torse, traçant les contours de ses pectoraux à l'aide de ses ongles avant de glisser plus bas vers le ventre.

Il émit un souffle, mais ne l'arrêta pas dans son entreprise.

— Tu es vraiment insatiable, aujourd'hui, dit Cain.

Elle rencontra son regard et vit la couleur de ses yeux changer, preuve qu'il n'allait rien lui refuser.

— Je m'adapte juste à ton appétit, répondit-elle en enveloppant son érection dans sa main.

Elle avait déjà eu son membre en elle plusieurs fois au cours des dernières heures. Ils avaient à peine dormi depuis qu'ils étaient montés au lit, juste avant le lever du soleil. Ce dernier était à nouveau presque couché et, bientôt, ils devraient quitter l'intimité de la suite afin de traiter les affaires du clan. Mais avant que son amant ne reprît son activité professionnelle, elle voulait le ressentir une fois de plus.

Faye amena les lèvres à la bouche de Cain.

— Fais-moi l'amour.

— Encore ? murmura-t-il, en retour.

— Tu en as marre ?

Cain lança la tête en arrière et se mit à rire. Deux rangées de dents remarquablement blanches apparurent.

— Marre ?

Ses yeux étincelèrent lorsqu'il la regarda.

— Mon amour, je n'en aurai jamais marre de te faire l'amour. C'est pourquoi je te veux comme compagne de sang-mêlé.

Il la repoussa contre le doux matelas, la faisant relâcher son membre. Du genou, il lui écarta les jambes afin de se créer de l'espace. Il s'y glissa et se positionna au-dessus d'elle. Avant qu'elle n'eût pu prendre une autre inspiration, son sexe s'enfouit en elle sur toute sa longueur.

De la main, il lui repoussa une mèche de ses longs cheveux sur le côté, exposant ainsi son cou.

— Pourquoi ne pas te lier à moi, cette nuit ? demanda Cain.

Le cœur de Faye s'arrêta, mais elle savait qu'elle ne pouvait accepter l'offre.

— Parce que tu dois être sûr que tu m'aimes.

Il y avait des moments où elle savait qu'il hésitait entre elle et son royaume. À chaque fois qu'elle le voyait déchiré entre amour et devoir, elle savait qu'il n'était pas prêt. Mais elle attendrait patiemment qu'il le fût. C'était également la raison pour laquelle elle ne l'avait pas mis au pied du mur en fixant une date de mariage, bien qu'elle eût accepté sa demande.

— Mais je le suis, dit-il avec insistance en lui caressant le cou, ce qui eut pour effet de la faire trembler.

Elle lui sourit et secoua la tête.

— Je t'aime de loin depuis si longtemps, depuis que tu m'as sauvée. Mais, jusqu'il y a deux mois, tu ne m'avais même jamais remarquée. Tu—

Il posa un doigt sur ses lèvres afin de l'arrêter.

— Je t'avais remarquée. Mais je n'avais absolument pas le droit de te faire mienne. Tu avais traversé tant de choses. Tu étais vulnérable et ne faisais confiance à personne. Si je t'avais montré mon amour à cette époque, non seulement tu aurais eu peur, mais tu serais également devenue l'objet de l'antipathie de tout le monde. Personne ne t'aurait acceptée en tant que compagne du roi. C'est pour ça que j'ai dû attendre. Pour te donner une chance de soigner les blessures de ton passé et de te faire aimer par mes sujets, pour ce que tu es vraiment. Et ils t'aiment.

Le cœur de Faye se mit à fondre suite à cette confession.

— Pourquoi ne me l'as-tu pas dit ?

Des doigts, il traça la veine présente le long de son cou et, bien plus bas, son sexe sortit pour mieux glisser à nouveau en elle, lentement.

Elle poussa un soupir d'aise.

— Dit que je t'aimais ? dit Cain en souriant. Je souffrais déjà suffisamment du fait de devoir passer chaque jour seul dans mon lit. De plus, je ne savais pas que tu ressentais quelque chose pour moi. Tu n'étais pas vraiment démonstrative dans tes sentiments envers moi. En fait, il y avait des moments où je pensais que tu me détestais fortement.

Elle ferma les yeux, honteuse de la façon dont elle l'avait traité par le passé. Mais cela avait été si dur de faire confiance à quelqu'un, même à Cain.

— Je devais me protéger. Et c'était douloureux de me retrouver près de toi, en train de croire que je n'étais rien pour toi.

Cain déposa de petits baisers sur son visage.

— Alors, c'est pour ça que tu étais si froide avec moi ?

— Je n'étais pas froide, protesta Faye.

— Tu l'étais. Je pense que je vais devoir te punir pour cela. Après tout, personne ne traite aussi mal le roi en s'en tirant comme si de rien n'était.

— Comment ?

Elle avala presque ce mot lorsque les hanches de Cain se murent en arrière, et que son membre plongea profondément en elle, répétant encore et encore le même mouvement.

— Voilà la punition, annonça-t-il, son souffle venant rebondir contre les lèvres de Faye.

— Si c'est la punition, alors tu ne la donnes pas bien.

— Mauvaise réponse, mon amour, répliqua-t-il avant de lui capturer les lèvres en la noyant dans un baiser passionné qui la priva, non seulement de son souffle, mais également de sa capacité à penser.

Tout ce qu'elle put faire fut de lui répondre de la façon que lui dictait son corps. Ses mains glissèrent vers le derrière bien ferme de Cain, là où ses ongles s'enfoncèrent dans la chair de sorte à le forcer à s'enfouir plus profondément en elle, tandis que ses jambes s'enroulaient autour des cuisses de son partenaire. Cain gémit et ne relâcha sa bouche que pour amener les lèvres à son cou, là où le pouls battait tel un tambour jouant à tout casser.

Une canine vint lui érafler la peau, et elle frissonna involontairement.

— Oh, Dieu, Faye, j'ai besoin de toi.

Ces paroles vibrèrent contre sa chair toute chaude.

Cain ouvrit davantage la bouche, et elle sut ce qu'il voulait. Son sang. Quoique le sang d'un vampire ne sustentât pas ; seul le sang humain le pouvait. Mais la morsure intensifierait leur plaisir, le sien comme celui de Cain. Elle le savait bien qu'elle n'en eût jamais fait l'expérience. Jusqu'à présent, Cain s'était toujours abstenu mais, aujourd'hui, il était différent. Comme si lui avoir confessé qu'il l'avait aimée durant tout ce temps les avait rapprochés.

— Mords-moi, consentit-elle dans un murmure. Bois mon sang.

Un profond grognement émana de la poitrine de Cain, un son davantage semblable à celui d'un animal qu'à celui d'un homme. À présent, son côté vampire se déclarait. Durant un moment, il souleva la tête et la fixa du regard. Ses yeux étaient rouges, et ses canines étaient en complète extension. Longues et pointues. Mortelles. Il n'avait jamais semblé plus majestueux qu'en cet instant.

Un frisson la percuta dans tout le corps. Le plus puissant vampire d'ici et d'ailleurs l'aimait et voulait la faire sienne.

— Tu es tout pour moi, dit Cain en baissant les lèvres vers l'endroit où battait le pouls.

Ses canines lui percèrent la peau, lui envoyant une charge d'adrénaline à travers tout le corps. Tandis qu'il les logeait bien profondément dans son cou et puisait sur la veine, elle frissonna, non préparée aux sensations qui la submergeaient.

Les hanches de Cain se murent implacablement, son sexe remplissant l'étroitesse de son canal et l'étirant, son bassin venant se frotter contre son clitoris lors de chaque poussée en avant. Ces actions à elles seules devaient l'emmener vers un orgasme monumental, mais sentir les canines de Cain dans son cou ne fit que rendre les choses encore plus électrisantes. Tout son corps semblait s'embraser, les flammes en elle menaçant de l'incinérer et, pourtant, elle ne pouvait s'arrêter, n'avait pas la volonté d'éteindre le feu qui brûlait en elle.

Elle perçut la puissance de Cain. Elle ressentit qu'il voulait s'ouvrir à elle afin de lui prouver son amour. Ils bougeaient en synchronisation comme s'ils faisaient l'amour depuis des siècles, alors qu'ils n'étaient amants que depuis quelques petites semaines. Tout était nouveau, et pourtant familier. L'odeur de la saine sueur de Cain emplit ses narines et fit resserrer son utérus. Elle n'avait jamais voulu un homme autant qu'elle ne voulait Cain. Elle n'aurait jamais espéré trouver tant de bonheur après tout ce qu'elle avait enduré.

— Je t'aime, murmura-t-elle.

Ces paroles semblèrent le motiver, car ses mouvements devinrent plus frénétiques, plus rapides et plus forts, tandis qu'il la pénétrait avec une telle force qu'il aurait pu la tuer si elle avait toujours été humaine. Mais le corps de vampire de Faye accueillait cette férocité avec sa propre sauvagerie.

Ses doigts se transformèrent en griffes, le faisant saigner à l'endroit où elles s'enfonçaient dans la chair. L'odeur du sang emplit la chambre et se mélangea à celle de son propre sang. En se mêlant au parfum de leurs ébats, cela s'avérait un puissant aphrodisiaque contre lequel elle ne pouvait plus combattre. Son corps explosa, les vagues du plaisir ondulant sur tout son corps, tandis qu'elle sentait le sexe de Cain se contracter en elle.

Il extirpa ses canines de son cou et grogna en jouissant, projetant ainsi sa semence en elle.

— Bordel !

Encore et encore, il conduisit son membre toujours dur comme l'acier en elle jusqu'au moment où il se calma et ramena les lèvres à son cou. Elle sentit sa langue lécher l'endroit où il avait puisé le sang. La tendresse avec laquelle il embrassait à présent sa peau sembla en totale contradiction avec la sauvagerie dont il avait fait preuve en lui faisant l'amour, juste quelques instants plus tôt.

Cain souleva la tête et la regarda dans les yeux. Le marron doré était de retour dans ses iris.

— Je t'aime, Faye. Ne me laisse pas attendre plus longtemps.

Des larmes apparurent subitement dans les yeux de Faye. Elle ne voulait pas attendre plus longuement non plus. Elle savait à présent que tous deux étaient prêts, prêts à s'unir l'un à l'autre par le sang. Elle était prête à se lier au seul homme qui pourrait jamais la rendre heureuse et balayer les douloureux souvenirs de son passé. Le seul vampire à qui elle pourrait jamais confier son cœur.

Disposée à lui faire part de sa décision, Faye écarta les lèvres, mais un dring sur la table de chevet l'interrompit.

Cain tourna la tête et jeta un œil vers son téléphone portable. Presque instantanément, un air renfrogné traversa son beau visage avant qu'il ne s'extirpât d'elle et se rassît. Il attrapa son téléphone et fit glisser le doigt par-dessus.

— Bordel ! siffla-t-il, un instant plus tard.

En alerte, Faye se redressa.

— Qu'est-ce qui ne va pas ?

Il lui lança un regard latéral.

— Je dois m'occuper de ça.

Il se leva en un saut et tendit la main vers ses vêtements, à présent en mode professionnel. L'amant passionné des instants précédents était parti, remplacé par l'homme qui était marié au devoir.

Le cœur battant, Faye le regarda s'habiller à toute hâte.

— Dis-moi ce qui ne va pas.

Lorsqu'il la regarda, elle tressaillit à la vue du regard primitif qu'il avait dans les yeux.

— Quelqu'un va perdre sa tête, cette nuit.

Cain fonça vers la porte.

— Attends ! Cain !

Mais il se rua à l'extérieur, claquant la porte derrière lui. L'écho se répercuta dans son corps, la faisant frissonner, tandis que le téléphone portable qu'il avait précipitamment placé sur le bord de la table de nuit tombait à terre.

Quelque chose clochait.

**11**

Cain referma la porte de la cabane derrière lui et regarda ses collègues. Ils étaient toujours tous là : Thomas, Eddie, Haven, Blake, et Wesley.

— Où est John ? demanda immédiatement Thomas en jetant un coup d'œil derrière Cain.

Cain se passa une main dans ses cheveux courts. John l'avait-il trahi ?

— Je ne sais pas. J'espérais qu'il soit là avec vous.

— Mais il est parti avec toi, s'exclama Haven.

— Quand je suis entré au palais par les tunnels, il était supposé m'y attendre mais, à ma sortie, il était parti.

— Merde ! jura Thomas. Tu as essayé sur son portable ?

— C'est directement la boîte vocale.

— Tu penses qu'il a averti le palais de ta venue ?

— Il faut le supposer, admit Cain.

— Ça n'a aucun sens, intervint Eddie. Pourquoi te montrer les tunnels pour accéder au palais, contourner tout ce qu'il peut y avoir comme sécurité et, ensuite, alerter tout le monde de ta présence ?

— Qu'es-tu en train de suggérer ? demanda Cain en fixant le motard blond du regard.

— Et si quelqu'un l'avait attrapé ?

Cain secoua la tête.

— Les seules personnes à être au courant pour les tunnels sont lui et moi. Personne n'aurait pu l'y trouver.

— Tu ne peux pas en être certain, insista Eddie. Tout ce que tu as, c'est sa promesse que seuls vous deux en avez connaissance. Nous devons présumer qu'il a menti.

— Je suis d'accord, dit Haven. Dans tous les cas, qu'il t'ait trahi ou que quelqu'un se soit emparé de lui, il se pourrait que le palais sache que tu es ici. Ce qui ne nous laisse pas beaucoup de temps. Si celui qui a planifié ton assassinat est toujours au palais, il va se préparer à te combattre dès ton retour. Ne leur laissons pas le temps de monter une attaque. Nous devons y aller maintenant, tant que nous avons l'effet de surprise avec nous. As-tu parlé à Faye ?

Cain secoua la tête.

— Elle n'était pas seule. Je ne pouvais pas prendre le risque. Toutefois, je suis maintenant certain d'être le roi. J'ai reconnu le décor de mes rêves.

Haven hocha la tête.

Lorsqu'il avait fait valoir à Samson qu'il avait besoin d'hommes pour vérifier l'histoire de John, Cain avait informé son patron de ses rêves. Sans donner de détails, naturellement, mais seulement ce que Samson devait savoir : que la femme sur la photo que John lui avait présentée était identique à celle de ses rêves.

— Tu as raison, dit à présent Cain à Haven. Nous ne pouvons leur permettre de monter une offensive. Nous devons y entrer maintenant. Mais nous nous séparerons.

— Non ! protesta Thomas. Nous y entrerons de plein fouet. Tu auras besoin de toute la protection possible. Nous n'avons aucune idée du nombre de vampires auquel nous aurons affaire, ni de leur hostilité à notre égard.

— Ce n'est pas sage. Deux de nous resteront en retrait, ordonna Cain, d'un ton ferme. Eddie et Blake n'entreront pas au palais.

Thomas lança un coup d'œil à son compagnon et serra ensuite les dents.

— Pourquoi eux ?

— Parce qu'Eddie est ton compagnon. Si quoi que ce soit se passe là-dedans et que nous ne pouvons pas utiliser nos téléphones pour communiquer, tu pourras toujours prévenir que nous avons besoin d'aide via votre lien télépathique. Et personne au palais ne le remarquera même.

Lentement, Thomas acquiesça d'un hochement de tête.

— Bien.

— Ouais, mais ça ne veut pas dire que *je* doive rester en retrait. Je veux venir, se plaignit Blake en désignant Wesley. Pourquoi a-t-il le droit d'y aller ?

Calmement, Cain posa une main sur son épaule, sachant qu'il devait apaiser Blake afin que celui-ci ne se sentît pas à l'écart.

— J'ai besoin de toi, ici, avec Eddie. Vous rechercherez John. Si jamais nous le trouvons au palais, Thomas enverra un message à Eddie mais, s'il n'y est pas, nous devons découvrir ce qui lui est arrivé. Et pour ça, je compte sur toi. Tu es humain. Tu pourras aller dans des endroits inaccessibles à Eddie.

Le torse de Blake se bomba, un fier sourire se formant sur ses lèvres.

— Tu peux compter sur moi.

Comme il était facile de manipuler le jeune humain. Cain se sentit presque un peu coupable, quoiqu'il sût que c'était le mieux. Il n'avait aucune idée de la façon dont la présence d'un humain serait perçue par son clan. L'attaquerait-il en le voyant comme un ennemi ? En tout cas, Cain n'avait pas besoin d'un problème supplémentaire, à savoir protéger un humain dont les capacités au combat étaient inférieures à celles d'un vampire. Wesley aurait une meilleure chance de tenir les vampires ennemis à distance : ceux-ci sentiraient qu'il était un sorcier et l'approcheraient donc avec précaution, de peur de se voir jeter un sort contre lequel ils n'avaient aucune protection. Ils n'avaient aucun moyen de deviner la faiblesse de la magie de Wesley. L'impression était capitale, ce qui souleva un autre point : la perte de mémoire de Cain.

— Encore une chose, dit à présent Cain, en guise d'avertissement à ses collègues. Le seul moyen pour que les gardes à l'extérieur nous laissent entrer au palais, c'est de s'assurer qu'ils sachent qui je suis. Il ne peut y avoir aucun doute dans leur esprit lorsque je m'approcherai d'eux. Lorsque nous serons assez près, il faudra que vous vous adressiez à moi en tant que *Votre Majesté*. Je pense qu'ils me reconnaîtront, mais nous devons nous assurer que personne ne suspecte que je suis amnésique. Si tel est le cas, cela affaiblira ma position et pourra faire le jeu de l'assassin.

— C'est compris, dit Haven, avant de se gratter la tête. Mais comment vas-tu expliquer le fait que tu sois parti depuis un an ? Ils doivent se demander ce qui s'est passé.

Cain y avait déjà pensé sur le chemin du retour des tunnels.

— Ne t'inquiète pas. J'ai également une histoire pour ça. Je te brieferai en route, afin que tu saches quoi dire. Allons-y, dit-il en désignant la porte derrière lui. Le palais est à peu près à une demi-heure de marche.

Tandis qu'il se tournait vers la porte, il remarqua Thomas en train de serrer Eddie dans ses bras et l'embrasser.

— Sois prudent, dit Eddie en passant une main dans les cheveux de Thomas.

Thomas lui fit un clin d'œil.

— Tu me connais.

Eddie roula des yeux.

— C'est exactement pour ça que je le dis.

Cain ouvrit la porte et mit un pied dehors, inhalant l'air humide de la nuit. Aucune odeur anormale ne lui parvint, ce qui indiquait qu'aucun autre vampire n'était dans les parages. John n'était, entre-temps, pas revenu.

Alors qu'il marchait en tête, ses collègues le suivant à travers le terrain boisé, Cain espéra ne pas avoir mal jugé le vampire qui prétendait avoir été son fidèle garde. Il avait semblé si sincère lorsqu'il avait parlé du passé de Cain et si rongé par les remords de l'avoir déçu. John venait-il de le décevoir à nouveau ?

Cain se prépara mentalement à reprendre son ancienne vie. Son cœur se mit à marteler sa poitrine et, pour la première fois de sa vie, il se sentit nerveux.

— À quoi penses-tu ?

Cain tourna la tête vers Thomas, lequel s'était approché furtivement de lui, pendant que les deux frères marchaient derrière eux.

— J'espère juste que John ne nous a pas trahis. Dans l'intérêt de tous.

Gravement, Thomas hocha la tête.

— Tout semble encore très irréel. Comme tu le sais, j'ai vérifié toutes les informations que tu m'as données quand tu as rejoint Scanguards, mais je n'ai rien pu trouver à ton sujet. Tout comme personne au sein de Scan-guards n'a entendu parler de ce clan et d'un roi. J'ai peur de n'avoir aucune idée de ce dans quoi nous mettons les pieds.

— J'en suis conscient. Néanmoins, je sais que je suis le roi. Je ne peux ignorer ce sentiment.

Pas plus que le fait qu'il eût identifié Faye comme étant la femme présente dans ses rêves, et qu'une intense jalousie se fût déclenchée après qu'il l'eût vue dans les bras d'Abel.

— La femme à laquelle il prétend était ma fiancée...

Il hésita.

— Pas besoin de le dire. Tu l'as reconnue. Elle est la seule raison pour laquelle Samson a autorisé cette excursion. Il a parlé au docteur Drake.

— Qu'est-ce que ce psy a à voir avec ça ?

— Drake croit que le fait que tu rêves d'elle soit un signe du regain de ta mémoire.

Cain haussa les épaules. Il avait pensé la même chose, mais avait essayé de ne pas trop s'emballer de crainte d'être à nouveau déçu.

— Et c'est pour ça que Samson a accepté de me donner quelques hommes afin de tout vérifier ?

Thomas gloussa.

— Ça et le fait que Samson est un grand sentimental dans l'âme, et qu'il veut te donner une chance de reprendre la femme que tu aimes, si, en effet, tu es bien le roi et qu'elle est ta fiancée.

Cain ne sut comment répondre. Il n'était pas quelqu'un qui faisait part de ce qu'il avait dans le cœur. Une question le hantait : un homme sans mémoire pouvait-il aimer une femme d'un passé dont il ne se souvenait pas ?

— Je suis reconnaissant envers Samson, dit-il finalement. Et envers vous tous pour m'avoir soutenu. J'espère que vous ne le regretterez pas.

— Je l'espère aussi.

Le reste du chemin, Cain leur parla de ce qu'il fallait raconter à Abel et au reste du palais quant à la raison de son départ. Que tous fussent au courant de ce qu'ils avaient à dire lui procura une certaine satisfaction, et ils continuèrent à marcher en silence, se préparant mentalement.

Les pensées de Cain vagabondèrent à nouveau vers Faye. La déception l'envahit. Faye ne l'avait pas attendu. Elle avait plutôt pris un autre amant, Abel, l'homme qui serait bientôt roi.

John avait expliqué que le couronnement aurait lieu très prochainement, et Cain avait trouvé étrange qu'on laissât une si longue période entre la mort d'un roi et le couronnement d'un autre. Mais ce fait était à présent à son avantage. Cela signifiait qu'Abel n'était pas encore roi, et qu'il pourrait reprendre son trône en regagnant le clan avant le couronnement. C'était aussi simple que cela.

Récupérer sa fiancée pourrait se révéler plus difficile.

— Embuscade ! cria soudain Haven derrière lui.

Aussitôt qu'Haven eut sonné l'alarme, sept hommes sortirent du bosquet et les chargèrent. Il n'y avait aucun doute quant à leur identité : des vampires qui protégeaient le périmètre du palais que Cain et ses compagnons devaient avoir franchi.

Un assaillant avait déjà sauté sur Wesley, et Haven le combattait pour le faire descendre de son frère en lui claquant un poing sur le visage. Deux autres vampires ennemis arrivèrent de l'autre côté et s'engagèrent dans un combat avec Thomas, lequel faisait de son mieux pour repousser les coups de poing et de pieds. Cain sortait son couteau en argent de son étui et fonçait dans la mêlée, lorsqu'un bruit derrière lui le fit se retourner.

Deux vampires extrêmement bien bâtis chargeaient dans sa direction, les yeux rouges, les canines allongées. Sans attendre qu'ils pussent frapper les premiers, Cain brandit son couteau et passa à l'offensive pour les attaquer. Cain sentit son corps se raidir, tandis qu'il assénait, à l'un d'entre eux, un coup de pied dans l'estomac avant de parvenir à taillader le bras de l'autre. Mais la blessure infligée ne rendit que son assaillant encore plus féroce. Un violent grognement s'échappa des lèvres de l'autre, ses canines brillant au clair de lune.

— Nous ne sommes pas vos ennemis, nous sommes—

Mais les paroles de Cain furent interrompues par le second vampire, lequel était à présent occupé à lui asséner un coup de poing au menton, lui fouettant ainsi la tête sur le côté. Cain goutta son propre sang et le cracha, tandis que sa main qui tenait le couteau se redressait brusquement et tentait de se diriger vers la poitrine de son agresseur. Mais le bras du vampire bloqua cette tentative à la dernière seconde. Cain perdit pied sur ce sol inégal. Il tituba, mais se rattrapa en utilisant une branche d'arbre basse, laquelle lui permit de se catapulter de nouveau en direction des deux vampires ennemis.

Des grognements et des cris émanèrent de ses collègues, tandis que cette bataille déséquilibrée se poursuivait.

— Non ! cria soudain Haven.

Cain tourna la tête en direction de son ami et le vit à présent combattre deux autres vampires. L'un d'eux étranglait Wesley, et le visage du sorcier était rouge, ses mains tentant de se libérer de l'emprise de son adversaire tout en recherchant de l'air.

— Relâchez-le ! cria instinctivement Cain. C'est votre roi qui vous le commande.

Le vampire releva la tête d'un coup sec, les yeux fixant à présent Cain, l'incrédulité se propageant en eux tel un feu de forêt. Il remuait les lèvres et laissait échapper un silencieux *Oh mon Dieu !* lorsque Cain sentit un coup à la tête qui lui fit percuter un arbre. L'instant suivant, des bras musclés l'y épinglèrent, et une main brandissant un pieu se dirigea vers lui.

Merde !

— Cessez ! retentit une voix commandante à travers l'obscurité.

Cela eut pour effet de stopper l'assaillant au milieu de son geste, juste au moment où le bras de Cain se relevait pour bloquer le coup.

Du coin de l'œil, Cain vit que le vampire qui étranglait Wesley l'avait relâché et se ruait à présent dans sa direction à la vitesse du vampire.

Il s'agissait visiblement du chef. Ce dernier écarta l'assaillant de Cain et tomba sur les genoux en s'inclinant.

— Votre Majesté. Nous pensions que vous étiez mort.

Cain inspira de soulagement.

— Moi aussi.

Son regard vagabonda vers ses amis. Ils étaient indemnes. Les vampires qui les avaient attaqués s'inclinaient à présent en direction de Cain.

Thomas lui lança un regard, un coin de la bouche recourbé vers le haut.

— Je suppose que c'est bon d'être roi, hein ?

Cain s'écarta de l'arbre. La certitude de qui il était l'emplit d'un sentiment de pouvoir et de fierté. Il était Cain Montague, roi des vampires de Louisiane.

— Escortez-nous jusqu'au palais !

Le vampire releva la tête, le regarda et lança ensuite un regard latéral à Wesley, sa bouche se tordant de mécontentement.

— Le sorcier également ?

Cain le regarda furieusement.

— Personne ne touche à un cheveu de sa tête ou je le terrasse en un clin d'œil.

**12**

───────

Marchant derrière le vampire qui l'avait reconnu juste à temps, Cain s'approcha du vaste domaine situé dans un grand pré entouré d'une forêt. Non désireux de rendre l'homme suspicieux quant à sa perte de mémoire, Cain ne lui avait pas demandé son nom. Le reste de la troupe marchait derrière lui, bien que les gardes du roi ne manquassent pas de rester aussi loin qu'ils le pussent de Wesley. Ils ne faisaient visiblement pas confiance à un sorcier.

Cain scruta attentivement les alentours. Une large route flanquée de grands chênes recouverts de mousse espagnole menait à un majestueux manoir pourvu de colonnes blanches, d'un porche sur le pourtour, et de balcons aux deux étages supérieurs. Sans le moindre doute, cela avait été une plantation par le passé, et les cottages parsemés autour de la propriété avaient hébergé des esclaves plusieurs années auparavant. Durant le vol en direction de La Nouvelle Orléans, John lui avait fait un compte rendu superficiel de ce à quoi ressemblaient le domaine et la maison. Cain ne s'était toutefois pas attendu à ce que cela fût si imposant.

La fierté lui fit bomber le torse. Quoiqu'aucun souvenir n'émergeât, tandis qu'il regardait tout autour, quelque chose changea. Un sentiment d'appartenance se répandit en lui, le même genre d'émotion qu'il avait commencé à ressentir lorsqu'il s'était rapproché de ses frères de chez Scanguards ; quoique cette sensation fût à présent plus intense. Ici, c'était sa maison.

Les deux gardes vampires postés à l'extérieur de l'entrée principale du palais fixèrent Cain des yeux, bouche bée.

Le guide du groupe proféra un ordre.

— Qu'attendez-vous comme des imbéciles ? Ouvrez la porte au roi !

— Oui, Marcus, bien sûr ! répondit l'un d'entre eux.

Cain prit mentalement note du nom.

Les deux vampires se hâtèrent d'obéir à l'ordre, et l'un d'eux tendit la main vers la porte pour l'ouvrir, tandis que l'autre s'écartait du chemin pour les laisser passer.

Précédant Marcus, Cain fit un pas à l'intérieur tout en se familiarisant discrètement avec cet environnement. Il se retrouva dans un grand hall d'entrée avec un large escalier conduisant aux étages supérieurs, des portes sur la gauche et sur la droite et, de chaque côté de l'escalier, des passages menant à l'arrière de la maison.

— Sorcier ! cria soudain quelqu'un.

De frustration, Cain jura et fit volte-face. Il vit la façon dont un des deux gardes de la maison sautait sur Wesley pendant que Marcus tentait de s'interposer. Tous trois tombèrent à terre.

À la vitesse du vampire, Cain parcourut la distance qui le séparait d'eux. Il extirpa l'agresseur du tas en l'agrippant par le col de sa chemise et le claqua contre le cadre de porte en lui montrant ses canines.

— Le sorcier est avec moi ! Vous lui faites du mal et vous devenez poussière. C'est valable pour toi également, ajouta-t-il en se tournant vers l'autre garde.

Le vampire laissa tomber la tête avec obéissance. Cain relâcha celui qu'il tenait et le reposa sur les pieds.

Entre-temps, Marcus avait aidé Wesley à se relever. Ce dernier frottait à présent la poussière de son pantalon et réajustait son t-shirt. Il fit un pas vers le vampire qui l'avait attaqué.

— Con ! dit Wesley.

Le vampire grogna.

— Ferme-la, Wes ! ordonna Cain.

Mais avant qu'il n'eût pu dire autre chose afin de réprimander le sorcier et lui dire de ne pas être trop arrogant, il entendit les pas de plusieurs personnes derrière lui.

De toute évidence, l'agitation à la porte d'entrée avait attiré l'attention des résidents du palais.

— Bordel, mais qu'est-ce qui se passe, ici ? demanda une voix autoritaire.

Lentement, Cain se retourna et fit face à l'homme qui avait parlé. Le vampire portait des vêtements haute-couture qui lui conféraient un look sophistiqué. Ses cheveux étaient foncés, ses yeux marron perçants, et il était musclé, sans être costaud. Cain vit immédiatement la ressemblance. Il n'eut aucun doute : c'était Abel, son frère.

Abel se figea, le regard fixé sur Cain. Il laissa tomber le menton, sa poitrine se soulevant et, pendant un moment, personne ne parla.

— Cain.

La salutation, doublée d'incrédulité, fut délivrée dans un souffle saccadé. Abel fit un pas hésitant vers lui.

— Mais... nous pensions que tu étais mort.

Il cligna des yeux, se maîtrisant de toute évidence.

— Frère ! ajouta-t-il.

Abel se rapprocha. Instantanément, Thomas et Haven se postèrent aux côtés de Cain, prêts à intervenir si nécessaire. Cain leur fit signe de se retirer.

Abel jeta un œil sur eux deux, puis regarda de nouveau Cain.

— Oh Dieu, tu nous as manqué !

Il ouvrit les bras et attira Cain dans son étreinte.

Cain demeura raide jusqu'à ce qu'Abel le relâchât et le libérât enfin.

— Abel, le salua-t-il, froidement.

— Que t'est-il arrivé ? demanda Abel. Nous pensions tous que tu avais été tué. Diable, il y avait des preuves !

Cain hocha la tête.

— Je sais. J'ai tué un des assassins, mais les autres m'ont fait prisonnier et ont fait en sorte que je passe pour mort.

Les yeux de son frère s'écarquillèrent.

— Prisonnier ? Par qui ? Que t'ont-ils fait ?

Abel observa Haven et Thomas avec suspicion avant de laisser retomber le regard sur Wesley. Il inhala visiblement.

— Qu'est-ce que—

Cain leva la main. Ceci commençait vraiment à l'agacer.

— Ils sont tous avec moi.

Il désigna ensuite ses amis en les présentant.

— Voici Thomas, Haven et Wesley. Tous trois ont contribué à mon évasion de ce trou où on me gardait et me torturait. Sans la magie de Wesley, je n'aurais jamais survécu. Personne ne fait de mal au sorcier.

Les mensonges coulaient de ses lèvres telle l'eau d'une rivière à haut débit. Mettre l'accent sur la magie de Wesley et le faire paraître plus puissant qu'il ne l'était avait été l'idée d'Haven. Cela les assurerait que les vampires ne voulussent pas croiser son chemin et attirer son courroux sur eux.

Abel inclina la tête en direction des hommes de Scanguards.

— Je vous suis reconnaissant d'avoir ramené mon frère à la maison. Considérez-vous comme nos invités.

— Ils ne sont pas des invités, ils sont mes gardes, le corrigea Cain, d'une voix ferme.

Pour rétablir sa loi, il devait s'assurer qu'Abel sût qui exerçait le pouvoir. Il ne pouvait montrer aucune faiblesse, pas même durant une seconde.

Une expression perplexe s'afficha sur le visage d'Abel.

— Mais tu as tes gardes, ici.

Il désigna les hommes qui l'avaient emmené au palais.

— Tu ne peux quand même pas vouloir des étrangers pour te surveiller.

Cain plissa les yeux.

— Avant, c'était la garde royale qui veillait sur moi, et vois ce qui s'est passé : j'ai été kidnappé sous leur surveillance. J'espère, mon cher frère, que ça ne te dérange pas que j'aie choisi de nouveaux gardes pour me protéger.

Il dévisagea son frère, ne laissant subsister aucun doute quant au fait que ses paroles n'étaient pas censées demander une approbation, mais bien imposer une chose qu'il s'attendait à ce qu'elle fût acceptée sans poser de question.

— Comme tu le désires, dit finalement Abel.

— Bon, alors...

Cain s'arrêta de lui-même.

Un parfum dériva soudain vers lui. Quoique subtil, il fit néanmoins battre son cœur de manière erratique. Tout son corps y réagit car, contrairement à son esprit, son corps reconnaissait l'odeur. Il le ressentit dans chacune des cellules de son être.

Lentement, Cain leva les yeux vers le haut des escaliers, attirés par l'endroit où elle se tenait. Faye portait une robe colorée en coton dont le motif représentait des fleurs tropicales dans divers tons de vert, de bleu et de rose. Le tissu moulait sa poitrine généreuse et s'élargissait sous sa taille de guêpe pour laisser de l'espace aux hanches et aux longues jambes dénudées, visibles juste sous le niveau des genoux. Ses orteils dépassaient de ses sandales à talons hauts. Il ne put dire si elle portait un soutien-gorge ou si ses seins étaient naturellement fermes pour avoir une forme si attrayante. Quoique ses rêves lui eussent donné la réponse : dans ses mains, les seins de Faye avaient allié la parfaite combinaison de la douceur et de la fermeté.

Déglutissant afin de balayer l'envie qui surgit immédiatement en lui, Cain se força à demeurer là où il était. Il ramena plutôt le regard sur le visage de Faye, là où les yeux de la jeune femme le fixaient comme s'il était un fantôme. Elle entrouvrit les lèvres et, de là où il se tenait, il put voir la façon dont sa poitrine se soulevait pour inspirer.

Faye était encore bien plus belle qu'elle ne l'avait été dans ses rêves. En plus de son parfum qui l'enveloppait à présent comme dans un cocon, il ne savait pas comment un homme, qu'il fût vampire ou pas, pût avoir la moindre chance de lui résister. Il était perdu rien qu'à la regarder. S'il se dirigeait à présent vers elle, ses lèvres exprimeraient une confession à laquelle il ne pouvait s'oser. Personne ne pouvait découvrir qu'il souffrait d'amnésie. Pas même Faye.

Il réprima donc l'irrépressible envie de monter les escaliers en courant afin de la prendre dans ses bras. Il ne pouvait se le permettre. Certainement pas devant Abel. Elle était à présent fiancée à lui et, jusqu'à ce qu'il eût une chance de lui parler en privé, de sorte à avoir une idée des sentiments qu'elle portait à son frère, il ne pouvait montrer ce qu'il ressentait à aucun des résidents du palais. Il devait poursuivre cette mascarade et jouer au roi fort qui ne perdait pas son calme. John lui avait dit, durant le vol les menant ici, qu'il n'avait jamais été du genre à montrer ses émotions en public. S'il venait à le faire, les vampires qui l'observaient trouveraient cela étrange et deviendraient suspicieux. Et il ne pouvait leur donner, pas plus qu'à Abel, la moindre raison de croire qu'il avait changé ou qu'il n'était pas celui qu'il prétendait être.

Il laissa courir un dernier regard sur Faye avant de hocher, avec raideur, la tête à son intention.

— Faye. C'est bon de te voir.

Ces paroles désinvoltes lui pincèrent le cœur. Comprendrait-elle que, pour tellement de raisons, il ne pouvait être plus affectueux en ce moment précis ?

Par le passé, il avait aimé cette femme. Non seulement John le lui avait dit, mais il l'avait ressenti dans ses rêves. L'aimait-elle toujours ? Ou l'année qu'ils venaient de vivre séparés avait-elle creusé trop profondément le fossé entre eux pour qu'ils pussent se remettre ensemble ? En la regardant à présent, sachant qu'elle n'était pas simplement que le fruit de son imagination, il n'eut aucun doute quant au fait qu'il pût retomber amoureux d'elle.

**13**

———

— Cain, murmura Faye, si doucement qu'il ne l'entendit probablement même pas.

Tel un mirage, il se tenait là, dans le hall d'entrée, quelques gardes autour de lui, trois étrangers à ses côtés. Mais elle n'avait d'yeux pour personne à part Cain.

Il était vivant.

Elle ne pouvait en croire ses yeux. Elle cligna mais, lorsqu'elle les rouvrit, il était toujours là, toujours dans le hall d'entrée du palais, comme s'il n'était jamais parti. Son parfum dériva vers elle, lui confirmant qu'il n'était pas un simple sosie, mais le vrai : Cain, son roi et son amant.

L'accueil qu'il lui avait réservé se répercuta à nouveau dans son esprit. *Faye, c'est bon de te voir.*

Les mots semblaient si distants, si irréels. Comme s'ils n'étaient pas les siens. Comme s'il saluait un étranger et pas la femme qu'il aimait.

Que lui était-il arrivé ?

Tant de questions envahissaient son esprit au point de l'étourdir. Elle ne sut d'abord pas quoi faire, par quoi commencer, quoi dire, comment réagir. Tout ce qu'elle voulait, c'était se jeter dans ses bras et sentir son cœur battre contre le sien. Sentir ses lèvres l'embrasser et lui assurer que tout irait bien, à présent.

Ses pieds la portèrent jusqu'en bas des escaliers, la rapprochant de l'homme qu'elle avait pleuré depuis le jour où il était parti. Encore quelques pas, et elle serait à nouveau avec lui.

— N'est-ce pas merveilleux, Faye ? Mon frère est vivant !

La voix d'Abel perça soudain la bulle dans laquelle elle se trouvait.

Faye se figea, ses pieds refusant de faire un pas de plus.

Oh Dieu ! Elle avait accepté la demande en mariage d'Abel pas plus de vingt-quatre heures plus tôt. Le désespoir la percuta de l'intérieur. Pourquoi n'avait-elle pas attendu juste un jour de plus ? Qu'allait-elle faire, maintenant ? Ses yeux dérivèrent de Cain vers Abel. Ce dernier avait-il déjà dit à son frère que sa fiancée lui était à présent promise ? Était-ce la raison pour laquelle Cain ne faisait pas la moindre tentative pour la prendre dans ses bras et l'embrasser ?

Son cœur se mit à galoper, son pouls battant jusque dans sa gorge, la privant de toute capacité à parler. Elle voulait remonter le temps, pour effacer tout ce qui s'était passé depuis ces dernières vingt-quatre heures. Des larmes jaillirent dans ses yeux. Plutôt que des larmes de joie, il s'agissait de larmes de regret. Celui d'avoir abandonné tout espoir trop tôt. Comment pourrait-elle jamais se le pardonner ?

— Cain, murmura-t-elle à nouveau.

Elle fut à présent certaine qu'il l'avait entendue. Leurs yeux se rencontrèrent, mais elle ne put lire dans ceux de Cain, ne put y voir l'amour qu'il avait clamé si longtemps auparavant. Avait-il cessé de l'aimer ?

— Que s'est-il passé ? s'entendit-elle demander.

— J'ai été kidnappé et tenu captif, répondit Cain, ayant mal compris le véritable sens de la question.

Elle ne le reprit pas, sachant que ce n'était ni le lieu ni le moment de lui parler de leur relation. Pas en face d'Abel qui les surveillait de près.

— Nous pensions que tu étais mort, dit-elle plutôt. Nous t'avons pleuré.

Le fait de ne pas dire *Je* fut volontaire. Elle ne le pouvait pas, car elle savait qu'elle s'écroulerait si elle révélait la profondeur de son désespoir.

— Je suis de retour, maintenant.

Il désigna les trois étrangers et poursuivit.

— Ces trois hommes m'ont aidé à m'échapper. Voici Thomas, Haven et Wesley.

Il parlait aussi sérieusement que s'il parlait à une inconnue.

Ce ne fut qu'à cet instant qu'elle s'imprégna de l'étrange odeur qui émanait de l'homme présenté comme étant Wesley. Elle se pencha plus près. Il paraissait complètement humain, mais elle savait qu'il ne l'était pas. Il était une créature surnaturelle.

— Wesley est un sorcier, mais il n'est pas notre ennemi, dit Cain après avoir anticipé sa question.

Elle accepta silencieusement ses paroles et hocha la tête.

Cain se détourna d'elle et s'adressa plutôt à Abel.

— Mes hommes et moi aimerions nous installer. Il me faut un logement pour eux.

— Bien sûr, convint aisément Abel. Je propose les suites destinées aux invités, au troisième étage. Elles sont—

— Pas les suites, interrompit Cain, la voix glaciale. Les chambres de la garde personnelle du roi à côté de ma suite.

— Mais elles sont occupées par tes gardes, protesta Abel.

Cain désigna Haven, Thomas et Wesley.

— Voici mes gardes personnels, maintenant. Ils seront à mes côtés pour me protéger.

Faye remarqua la façon dont Abel pinçait les lèvres, mécontent que Cain ne fût pas d'accord avec sa suggestion.

— Comme tu le désires. Je vais m'assurer que les gardes évacuent les chambres immédiatement.

— Bien ! Ensuite, envoie-moi John. J'aimerais lui parler.

Abel se frotta la nuque.

— J'ai bien peur de ne pas avoir vu John.

Cain haussa un sourcil.

— John n'est plus le chef de la garde royale ?

— Non, non, il l'est, se dépêcha son frère de le rassurer. Mais il a disparu il y a quelques jours. Personne ne sait où il est.

— Trouve-le ! ordonna Cain. Maintenant, escorte-nous jusqu'à nos quartiers afin que nous puissions parler en privé. Nous avons fait un long voyage et sommes désireux d'être installés avant d'entamer nos investigations.

— Investigations ? demanda Faye, surprise.

Cain tourna la tête pour la regarder.

— Oui, au sujet du membre de ce clan qui a ordonné mon enlèvement.

Faye pressa une main sur sa poitrine.

— Mais tu dois savoir qui t'a kidnappé. Tu es de retour. Tu leur as échappé. Tu dois avoir une idée.

— Ce n'est pas aussi simple que cela. Les gens qui m'ont tenu captif ont été engagés par quelqu'un. Lorsque j'ai été capable de les maîtriser avec l'aide de mes amis ici présents, aucun d'entre eux n'a survécu. Je n'ai donc pas pu les interroger davantage.

Faye frissonna involontairement en pensant au danger dans lequel Cain s'était retrouvé durant tout ce temps, pendant qu'elle vivait une vie de luxe.

— Ils méritaient de mourir pour ce qu'ils t'ont fait, dit-elle.

Cain opina fermement de la tête.

— Tout comme la personne qui est derrière tout cela.

Sans attendre sa réaction, il se tourna et traversa le hall d'entrée.

— Tu viens, Abel ? dit-il par-dessus son épaule.

Abel lança un regard étrange à Faye et suivit ensuite son frère ainsi que les trois étrangers qui l'accompagnaient.

**14**

---

Cain se dirigea vers les escaliers qui menaient à la partie souterraine du palais, se remémorant le schéma que John lui avait fait dans l'avion afin qu'il pût être capable de circuler sans paraître étranger à cet endroit.

Toujours secoué par l'embarrassant échange qu'il venait d'avoir avec Faye, Cain refoula, pour l'instant, les pensées qu'il avait à son sujet. Tout d'abord, il devait se concentrer sur d'autres choses, la plus importante étant de faire parfaitement comprendre à son frère qu'il reprendrait son règne avec effet immédiat.

Une lumière tamisée éclairait les couloirs du sous-sol du bâtiment. On aurait dit qu'il était descendu dans un cinq étoiles moderne. Lorsque le couloir se scinda en deux, une voie menant vers la gauche et l'autre vers la droite, Cain hésita et essaya de retrouver ses repères.

— Quelque chose ne va pas ? demanda Abel.

— Ça semble irréel de me retrouver à la maison, dit Cain afin d'éluder la question. Pourquoi ne conduirais-tu pas mes amis à leurs chambres pendant que je prends un moment ?

Son frère lui adressa un regard étrange, mais opina de la tête et fit signe aux amis de Scanguards de le suivre en empruntant le couloir de gauche. Cain laissa passer quelques secondes avant de les suivre. Il savait qu'il y aurait de nombreux moments comme celui-ci, où il aurait à utiliser la ruse afin de dissimuler son amnésie.

Lorsqu'il atteignit la massive double porte laissée ouverte par Abel, Cain examina attentivement l'imposant foyer qui ressemblait à la réception VIP d'un complexe touristique de luxe. Les murs étaient peints en rouge et étaient ornés de tableaux hors de prix. Il reconnut un Matisse et un Monet et n'eut aucun doute quant au fait qu'ils fussent véritables. Un montage floral dominait l'imposante table située au milieu de la pièce.

Il y avait trois portes.

Il observa Abel en train de désigner celle de gauche en s'adressant à Thomas.

— Le chef de la garde royale occupe cette chambre. L'adjoint, celle de droite.

— Et la porte du milieu ? demanda Thomas.

Le regard d'Abel se dirigea vers Cain.

— La suite royale. Mais je ferais mieux de laisser mon frère vous faire visiter. Après tout, ceci est son domaine.

Cain entra.

— Plus tard. Nous devons d'abord parler du trône.

Abel fit un pas vers la porte de la suite royale et voulut l'ouvrir. Cain l'en prévint.

— Avec mes gardes ici présents.

Abel se tourna.

— Tu ne veux quand même pas discuter de sujets confidentiels devant tes gardes.

— Je n'ai aucun secret pour eux. En fait, je pense que trop de secrets peuvent avoir contribué à mon enlèvement. Et je n'ai nullement l'intention de laisser la même chose arriver deux fois.

— Qu'es-tu en train de dire, frère ?

— Je dis que je veux mettre les choses au clair. Je sais que tu aurais été couronné roi dans une semaine si je n'étais pas revenu. Tu dois être déçu.

Abel secoua la tête en soufflant.

— Déçu ? Cain, comme tu t'en souviens très bien, j'ai été déçu lorsque le clan t'a choisi comme roi, à ma place, bien que nous l'ayons planifié différemment, n'est-ce pas ? Néanmoins, je me suis tenu à tes côtés et ai endossé le rôle que tu voulais que je tienne. Ne t'ai-je pas bien servi ?

Demeurant impassible, car non désireux de montrer qu'il n'avait aucune idée du plan dont Abel parlait, Cain inclina la tête. Qu'*avaient*-ils planifié ?

— Peu importe la nature de mes espoirs, je suis comblé de te retrouver sain et sauf. La couronne est à toi. Elle l'a toujours été. Quant à Faye...

Gardant le visage stoïque, Cain ne dévoila pas qu'il avait déjà deviné ce qu'Abel voulait dire.

— Qu'y a-t-il avec Faye ?

Abel jeta un œil en direction de Thomas, Haven et Wesley, lesquels observaient l'échange en silence.

— Es-tu certain que tu veuilles m'entendre parler de sujets personnels en face de tes hommes ?

— Parle.

Abel s'appuya sur un pied, puis sur l'autre.

— Eh bien, il vaut peut-être mieux que tu l'apprennes par moi, avant que la rumeur ne se répande. Faye et moi sommes fiancés.

Il marqua une pause, visiblement dans l'expectative de la réaction de Cain. Ce dernier eut l'attitude escomptée en feignant d'être sous le choc.

Abel leva une main.

— Tu dois comprendre. Elle te pleurait ; nous le faisions tous. Nous ne savions pas du tout que tu étais vivant durant tout ce temps. Elle était seule et cherchait du réconfort. Et, bien sûr, tu sais que la situation dans laquelle elle se trouvait était provisoire. Elle savait qu'elle allait perdre sa maison, ses privilèges, tout, une fois que je serais couronné. Tu ne peux vraiment pas l'en blâmer.

Abel se passa une main dans les cheveux.

— La blâmer pour quoi ? dit Cain, les dents serrées, n'aimant pas la direction que prenait la conversation. Que tentait de lui dire Abel ?

— Écoute, Cain, je ne devrais vraiment pas être celui qui te dise ça. Laisse-la t'expliquer les choses.

Cain fit quelques pas vers son frère en grinçant des dents.

— La blâmer pour quoi ? répéta-t-il.

— Bon sang, Cain, ne m'oblige pas à le dire. Je suis sûr, qu'au fond, elle est une brave femme, mais—

Cain agrippa son frère par la chemise.

— Mais quoi ?

— Je ne suis qu'un homme. Je suis sans défense face à une femme comme elle. Tu sais qu'elle peut séduire qui elle veut.

Abel le regarda intensivement.

— Bon sang, faut-il que je te fasse un dessin ? Elle s'est jetée sur moi dès qu'il fut clair que je serais le nouveau roi. Elle veut être reine, quoi qu'il arrive. Et stupide comme je suis, je n'ai pas pu lui résister. Faire l'amour à une femme comme elle...

Il laissa la phrase en suspens.

Cain serra les poings. Son frère avait fait l'amour à la femme qui devait être à lui. La jalousie l'envahit à nouveau, lui envoyant comme une lance en plein cœur pour le faire saigner. C'était Faye qui avait fait des avances à Abel afin de, finalement, devenir reine. Cela voulait-il dire que la raison pour laquelle elle avait voulu l'épouser, lui, Cain, n'était pas par amour, mais bien parce qu'elle voulait s'asseoir sur le trône à ses côtés ? Comment avait-il pu jamais faire confiance à une femme comme elle ?

Dans un juron, il relâcha Abel et se détourna de lui.

— Il est tard. Le soleil va se lever dans une heure. Nous discuterons des affaires de la cour cette nuit. Laisse-nous, maintenant.

Ce ne fut que lorsqu'il entendit la double porte se refermer derrière son frère et que les pas de celui-ci s'éloignèrent que Cain se tourna vers ses amis.

— Tu devrais d'abord écouter Faye avant de prendre des décisions inconsidérées, l'avertit Thomas. Ton frère a suffisamment de motifs pour te faire douter d'elle. Non seulement tu es de retour pour l'éloigner du trône qui était à sa portée, mais tu reprends également la femme dont il est plus que probablement amoureux. Ne ferais-tu pas de vilains coups pour au moins garder une de ces choses pour toi ?

Thomas marquait un point. Et si Cain était, en ce moment même, guidé par la logique, il l'admettrait. Mais même si Thomas avait raison, une chose demeurait toujours inchangée.

— Mon frère a couché avec ma fiancée.

Haven fit un pas vers lui.

— Hé, ne fais pas ça. Tu as couché avec plein de femmes durant cette année ! Alors, ne la juge pas.

Cain le regarda furieusement.

— J'étais amnésique ! Quelle est son excuse ?

Haven vint nez contre nez avec lui.

— Elle pensait que tu étais mort. Voilà son excuse ! Alors, surmonte ça et laisse ton putain d'égo de mâle à la porte. Réfléchis un peu ! Tu n'as pas vu comment elle te regardait quand elle t'a vu ?

Cain détourna le regard, évitant ainsi celui de Haven.

— Comment m'a-t-elle regardé ?

Selon lui, elle avait semblé incertaine, comme si elle ne savait pas quoi ressentir. Comme si elle n'était pas sûre de devoir être heureuse de le revoir ou pas.

Thomas lui donna une tape sur l'épaule.

— Je ne réalisais pas que devenir roi provoquait la cécité.

La tête de Cain tourbillonna dans sa direction.

— Tu plaisantes à ce sujet ? As-tu perdu la tête ?

— Non, mais je pense que toi, oui. Sois un peu rationnel. Tu ne peux rien croire de ce qu'on te dira ici. Accepte ça comme un fait. Cela prendra un certain temps avant de découvrir en qui tu peux avoir confiance.

Cain se força à ralentir sa respiration et à calmer ses battements de cœur.

— Je sais. Nous procèderons comme nous l'avons dit : demain, nous commencerons à interroger les membres de la garde royale. Chacun d'eux séparément. Nous devons découvrir qui m'est loyal.

— Tu sais, à propos de Faye... intervint Wesley.

Cain regarda le sorcier.

— Je ne veux pas parler d'elle maintenant.

— Je pensais juste, peut-être que je pourrais essayer de préparer un philtre de vérité ou quelque chose, proposa Wes.

Haven gratifia son frère d'une claque à l'arrière du crâne.

— Quoi ? se plaignit Wesley en se frottant la tête.

— Tu ne commenceras pas à préparer une stupide potion qui ne fonctionnera probablement même pas et qui finira plus que probablement par faire exploser quelque chose.

— Pessimiste !

— Je préfère être un pessimiste en vie plutôt qu'un optimiste mort ! répliqua Haven.

Cain se tourna de nouveau vers Thomas, ignorant l'air renfrogné de Wesley.

— Contacte Eddie et Blake, et vois s'ils ont des pistes pour retrouver John. Étant donné qu'il ne s'est pas montré au palais, nous pouvons au moins supposer qu'il n'est pas revenu ici pour avertir quiconque de notre arrivée ou du fait que je sois amnésique. Nous devons le trouver.

— Je parlerai à Eddie sous peu.

— Bien. Allez dormir un peu. Vous tous. Nous avons une longue nuit devant nous.

— Ne veux-tu pas que l'un d'entre nous reste debout pour monter la garde ? demanda Thomas.

— Ce ne sera pas nécessaire. Je dormirai avec un pieu sous mon oreiller.

Cain se tourna vers la porte du milieu et l'ouvrit. Il tendit instinctivement la main vers l'interrupteur à côté de la porte et l'actionna. Il ferma ensuite l'énorme porte derrière lui, se coupant définitivement des bruits du foyer. Il pouvait à peine entendre l'ouverture et la fermeture des portes des deux autres chambres tant la suite était bien isolée.

Cain jeta un œil tout autour. C'était la chambre de ses rêves. Il y avait fait l'amour à Faye. Il y avait expérimenté l'extase. Dans cet élégant lit réellement digne d'un roi, il avait dormi avec Faye dans ses bras. Il se remémora ces nombreux rêves qu'il avait faits depuis ces derniers mois. Plusieurs d'entre eux avaient eu lieu dans cette chambre. Et Faye avait été présente dans chacun d'entre eux, occupant toujours une place centrale, toujours dans ses bras.

Mais, ce soir, il serait seul. Parce que Faye s'était donnée à un autre homme et, dans l'immédiat, il ne pouvait s'empêcher de rager. S'il allait maintenant vers elle pour la questionner, il lui était impossible de savoir ce qu'il ferait. Il valait mieux remettre cette tâche à plus tard, lorsqu'il serait suffisamment calmé et capable de laisser la logique parler, plutôt que la jalousie.

## 15

Réveillé par un bruit, Cain sut de suite qu'il n'avait dormi qu'une heure ou deux. Silencieusement, il glissa une main sous son oreiller et saisit le pieu en bois tout en demeurant couché sur son côté, face à la porte. Il ne s'était pas vraiment attendu à ce que l'assassin fît une tentative aussi vite après son retour, mais il fut content de s'y être néanmoins préparé.

Il ajusta sa vision à l'obscurité de la chambre. Mais bien que sa vision de vampire fonctionnât parfaitement, il ne vit personne arriver depuis la porte. Continuant à respirer de manière égale afin de ne pas alerter le potentiel agresseur du fait qu'il fût éveillé, il attendit. Le bruit des pas provenant de derrière lui, là où l'entrée du passage vers les tunnels était cachée, était faible, comme si l'intrus marchait à pieds nus.

Il devrait lui permettre de se rapprocher avant de pouvoir sauter du lit et se mesurer à la personne qui avait l'intention de lui nuire. Sous la tension, des secondes passèrent lorsqu'un parfum dériva jusqu'à ses narines. Son cœur s'arrêta et, la fraction de seconde suivante, il roula sur son autre côté, tendit la main et attrapa l'intrus pendant que son autre main pressait le pieu contre une poitrine qui se souleva.

— Cain !

Il l'avait reconnue avant même qu'elle n'eût parlé, mais cela ne l'avait pas empêché de la culbuter sur le lit et de l'immobiliser sous son corps. Ce ne fut qu'à cet instant précis, lorsqu'il sut qu'elle n'était pas armée, qu'il ôta le pieu de sa poitrine et tendit la main vers la lampe de chevet. Lorsque la chambre baigna dans une douce lueur, il regarda de nouveau Faye.

— Pourquoi est-ce que tu m'attaques ? demanda-t-elle, un pincement dans la voix dû à la panique, tandis qu'elle fixait le pieu qu'il avait toujours en main.

— Comment es-tu entrée ? demanda-t-il plutôt que de répondre.

Elle le gratifia d'un regard perplexe.

— Par le passage secret.

Elle était donc au courant pour les tunnels. Lui avait-il dit lui-même ou l'avait-elle découvert d'une autre façon ? Lui avait-il un jour fait confiance au point de le lui confier ?

— Pourquoi es-tu ici ?

À la façon dont elle était habillée, il connaissait déjà la réponse. Un simple négligé en fine soie recouvrait son corps alléchant. Il le sentit se frotter contre son torse dénudé. Plus en bas, ses jambes dénudées glissèrent contre celles de Faye, et ce contact peau contre peau échauffa son corps. Dans quelques secondes, s'il ne se séparait pas d'elle à l'instant même, son sexe serait aussi dur qu'une barre de fer. Malheureusement, il ne put ordonner à son corps de la relâcher. Il la maintint plutôt rivée sur le matelas, une main enroulée autour de son poignet, et l'autre, celle qui tenait toujours le pieu, en appui près de sa tête.

— J'ai besoin de te parler, dit-elle.

— Parler, hein ?

Il secoua brièvement la tête.

— Tu ne me sembles pas être ici pour parler, ajouta-t-il.

Il regarda sa tenue d'un air éloquent. Si elle voulait parler, elle portait les mauvais vêtements. Aucun homme bien vivant ne serait capable d'écouter ce qu'elle avait à dire, tant occupé qu'il serait à dévorer des yeux les appétissantes courbes présentes sous le fin tissu.

— Pourquoi me traites-tu de la sorte ?

— Et comment est-ce que je te traite ?

Faye tourna la tête sur le côté, comme si elle ne pouvait supporter de le regarder.

— Tu sais donc. Il te l'a dit.

Un souffle audible abandonna sa poitrine.

— Je voulais te l'expliquer moi-même avant que tu ne l'apprennes de quelqu'un d'autre. Voilà pourquoi je suis ici, poursuivit-elle.

— Alors, explique.

Cain relâcha le pieu et lui attrapa le menton afin de faire pivoter son visage vers lui. Dieu qu'elle était belle ! Ses traits étaient aussi parfaits que ceux d'une jolie poupée.

— Et regarde-moi pendant que tu parles.

— Mon monde a volé en éclats quand tu es mort. Chaque jour, j'ai prié pour un miracle, j'ai prié pour me réveiller de ce cauchemar. Mais tu étais parti.

De la buée lui voila les yeux, et Cain dut s'abstenir de la réconforter et de l'embrasser pour balayer sa tristesse.

— Mon amour pour toi ne s'est jamais éteint.

Elle souleva une main, mais avant qu'elle n'eût pu lui caresser la joue, il lui attrapa le poignet et lui bloqua le bras.

— Et pourtant, tu t'es donnée à mon frère ! Pour pouvoir être reine ! dit Cain, les dents serrées. Ta période de deuil n'était même pas finie que, déjà, tu étais avec lui ! Comme si je n'avais jamais existé ! Comment crois-tu que je me sente après ça, Faye ?

Une incandescente jalousie irradia dans tout son corps. Avides d'une morsure, ses canines le démangèrent, et il ne les empêcha pas de descendre.

Faye tressaillit.

— Je ne l'aime pas. Je ne pourrais jamais aimer un autre homme que toi.

Il aurait aimé croire en ses paroles. Mais il ne connaissait pas Faye, n'avait aucune idée de ce dont elle était capable, de jusqu'où elle pourrait aller pour obtenir ce qu'elle voulait.

— Bon sang, Faye ! Alors, si tu ne l'aimes pas, pourquoi veux-tu l'épouser ?

Déçu, il baissa les paupières. Une partie de sa colère abandonna sa voix. Il voulait la comprendre, savoir pourquoi elle avait choisi Abel.

— Juste pour être reine ? ajouta-t-il.

Il secoua la tête, le cœur douloureux, la voix éraillée.

— Est-ce tout ce que tu veux ? Est-ce la raison pour laquelle tu es ici, maintenant ? Parce que tu sais que, maintenant, Abel ne sera pas couronné ? Parce que je suis le roi ? Est-ce pour ça que tu veux me récupérer ?

Une seule larme rose coula de la joue de Faye, tandis que celle-ci pinçait les lèvres. Au souffle suivant, un sanglot lui déchira la poitrine.

— Tu as cessé de m'aimer.

Il ne put supporter de la voir comme cela. Les larmes qu'elle versait lui brisèrent le cœur en deux.

— Bon sang ! jura-t-il en plongeant les lèvres sur celles de Faye avant de pouvoir s'en empêcher.

Cain avala le souffle de surprise qu'elle émit et s'enfonça à travers ses lèvres entrouvertes. Faye avait autant le goût du péché qu'elle n'en avait l'air. Il sut instantanément qu'elle était tout ce qu'il avait jamais rêvé. Ses lèvres étaient douces et cédaient à ses exigences, son corps sous le sien se pressant contre lui en une muette requête. Une telle envie et un tel besoin émanaient d'elle. À la pensée que ses désirs lui étaient destinés, le vampire qu'il était voulut hurler et se cogner la poitrine, tel un singe affichant sa supériorité.

Dans un grondement, il approfondit le baiser, venant claquer sa langue sur la sienne en une démonstration de domination, tandis que ses mains lui relâchaient les poignets afin d'explorer son corps. Il laissa les doigts traîner jusqu'à ses épaules avant de les redescendre sur sa poitrine, lui caressant légèrement les côtés, n'osant pas encore lui toucher les seins de crainte de commencer quelque chose dont il ne pourrait s'extirper. Mais les doux gémissements qu'elle émettait le confortèrent à oublier toute prudence, à prendre ce qu'elle offrait avec une telle évidence.

Comme pour souligner sa volonté de se soumettre à lui, Faye écarta plus grand les jambes, et il se retrouva soudain en train de glisser dans cet espace. Le dur contour de son sexe se frotta contre le centre de sa féminité, son boxer-short et le fin négligé de Faye pour toute barrière. Un obstacle qui n'empêcha pas Cain de ressentir la chaleur de Faye, de même que l'humidité qui recouvrait son sexe.

Instinctivement, il se pressa contre le centre de son plaisir, frottant son érection par-dessus avec une infaillible précision.

La bouche de Faye libéra un halètement, tandis que ses hanches s'arquaient dans un effort d'accentuer la friction que Cain délivrait. Ce qu'il était en train de faire était fou, mais il ne pouvait s'arrêter. La pensée de la mener à l'extase était trop tentante pour y résister, le besoin de la faire se soumettre à lui de chaque manière étant trop pressant. Le désir de faire frissonner de plaisir la femme qu'il tenait dans ses bras guida son prochain acte.

De sa langue, il lui balaya les dents, les lécha. La réponse de Faye fut immédiate. Ses canines s'allongèrent sur toute leur longueur, et ses ongles s'enfoncèrent dans son dos, l'attirant plus près d'elle, pendant qu'elle l'entourait de ses jambes, les chevilles croisées derrière son dos.

Cain accompagna le coup suivant contre le clitoris d'un passage de la langue sur une canine. Faye se mit à trembler sous lui, son cœur battant frénétiquement contre son torse, ses souffles se précipitant hors de ses poumons, pendant que son bassin venait s'écraser contre lui avec, à présent, plus d'insistance.

Il put ressentir à quel point elle était proche de l'orgasme, tout aussi proche que lui. Déjà, du liquide séminal suintait du bout de son sexe et, dans quelques secondes, il se déverserait.

Cain arracha ses lèvres de celles de Faye et baissa la tête vers son cou. Inhalant fortement, il put déjà sentir l'odeur de son sang. Il posa les lèvres sur son pouls, tremblant sous les douces vibrations que le sang provoquait en se précipitant tout le long de la veine.

— Dis-moi que tu m'aimes toujours, Cain, le pria-t-elle soudain.

Comme s'il avait pris une douche froide, il tressauta et la relâcha. Il ne pouvait faire une telle confession, ne pouvait lui dire à quel point il l'aimait. Il ne l'avait revue que quelques heures plus tôt, ne savait rien de plus à son propos que le fait qu'elle avait rendu son sexe plus dur qu'il ne l'avait jamais été. Elle voulait qu'il la prît et la chevauchât jusqu'à épuisement mutuel. Mais il était suffisamment sage pour savoir que ce n'était pas l'amour qui provoquait ses propres réactions, mais bien le désir.

Il ne savait pas s'il l'aimait, s'il l'avait jamais aimée. Et il ne pouvait lui mentir à ce sujet.

Cain se dégagea et se rassit sur les cuisses.

Faye écarquilla les yeux en se redressant.

— Qu'est-ce qui ne va pas ?

Il détourna la tête, permettant à son regard d'échapper tant à elle qu'à la tentation qu'elle représentait toujours et balança les jambes hors du lit.

— Il faut que tu partes. Je suis fatigué du voyage.

C'était une excuse, et tous deux le savaient. Mais ce qu'il ne pouvait lui dire, c'était que bien qu'il eût très envie de lui faire l'amour, il ne le pouvait pas. Elle avait accepté la demande en mariage d'Abel. Elle était toujours la femme d'Abel. Il ne pouvait faire confiance à ses sentiments ou ses intentions. Et il ne voulait pas qu'elle l'aimât uniquement parce qu'il était roi.

Faye se dépêcha de sortir du lit. Lorsqu'il la regarda, il remarqua comme elle pinçait fermement les lèvres. Elle évitait de le regarder.

Sans un mot, elle se tourna vers l'œuvre d'art finement ouvragée qui ornait le mur et pressa les doigts des deux mains dans différents renfoncements avant de reculer. Le mur s'ouvrit, révélant ainsi le passage à l'arrière.

— Nous parlerons cette nuit, lui dit-il, mais elle ne répondit pas.

Un instant plus tard, l'ouverture secrète avait disparu, une fois de plus cachée par la sculpture, et Cain se retrouva seul.

**16**

———————

Abel détestait s'aventurer au-dehors durant la journée mais, aujourd'hui, il n'avait pas le choix. Il fit ronfler le moteur de sa Ferrari rouge, édition spéciale. Elle était équipée d'un pare-brise et de fenêtres hermétiques aux UV qui lui permettaient, de ce fait, de circuler durant la journée. À défaut, le soleil l'aurait carbonisé.

Lorsqu'il quitta la route principale menant vers le Sud, il ralentit et adapta sa conduite au chemin de terre cahoteux qui s'enfonçait dans un de ces bayous qui faisaient la célébrité de la Louisiane.

Il n'y venait pas souvent, mais il connaissait néanmoins la route. Peu d'autres la connaissaient. Et il préférait qu'il en fût ainsi.

Il gara la voiture au-delà d'une cabane branlante perdue dans les buissons, aussi près que possible de la porte d'entrée. Il coupa le moteur et enfila ses gants avant de tirer la capuche de son sweatshirt noir par-dessus la tête et de revêtir une paire de grosses lunettes de soleil qui le faisait ressembler à un des Blues Brothers.

Abel ouvrit la portière, sortit et la referma en la claquant tout en se précipitant vers la porte de la hutte. Il l'ouvrit brusquement et se rua à l'intérieur, puis la referma derrière lui.

Dans la cabane, une ampoule pendue au plafond illuminait la petite structure qui ne comptait que deux pièces : l'espace de vie et le coin à coucher avec un minuscule évier, un réfrigérateur et une petite salle de bain à l'arrière. Les deux fenêtres étaient recouvertes de contreplaqué afin de prévenir toute pénétration de la lumière du soleil.

Abel regarda tout autour, trouvant la cabane plutôt bondée. Sur le grand lit, Nicolette, la maîtresse de John, était menottée à la tête de lit métallique et, au pied de celui-ci, John était assis, la tête retombant sur sa poitrine, les mains attachées au-dessus de la tête par une chaîne en argent qui pendait à un crochet du plafond. Des résidus de sang souillaient sa chemise.

Baltimore était assis à la table, assénant, à maintes reprises, des coups de couteau sur la surface en bois, visiblement ennuyé par son travail de gardien de prison. Il accueillit Abel d'un hochement de tête.

— Bien, bien, bien, dit Abel d'une voix traînante en faisant deux pas en direction du lit.

John releva la tête d'un seul coup, et la femme écarquilla les yeux. Mais elle ne parla pas, le bâillon sur sa bouche l'empêchant de prononcer le moindre mot. Abel regarda par-dessus son épaule.

— Un bâillon, vraiment ?

— Cette garce ne voulait pas la fermer, se plaignit Baltimore en enfonçant plus profondément que précédemment son couteau dans le bois de la table.

— Qu'est-ce que tout ceci signifie, bordel ? demanda John, les dents serrées, un regard meurtrier dans les yeux.

— C'est ce que j'allais te demander.

John tira d'un coup sec sur sa chaîne et fit la grimace suite à la douleur causée par la friction de l'argent sur ses poignets. Une odeur de peau et de poils calcinés emplit l'air.

John plissa les yeux à l'intention d'Abel.

— Ce n'est pas une façon de traiter le chef de la garde royale.

Abel gloussa.

— Je ne pense pas que tu sois en position de te plaindre dans l'immédiat.

Il jeta un œil vers la femme qui les observait craintivement.

— Elle est jolie, je te l'accorde, ajouta-t-il. Mais te trouver en train d'entretenir une maîtresse humaine m'a totalement surpris. Tss, tss.

John émit un grognement grave et sombre.

Abel se dirigea vers Nicolette et lui prit le menton, lui soulevant ainsi la tête de façon à ce qu'elle dût le regarder en face. =

— Ce serait dommage de détruire un si joli visage.

— Ôtez vos mains d'elle !

Abel tourna la tête vers John et lui montra ses canines.

— Ne me commande pas !

Il relâcha ensuite la femme et sauta en direction du chef de la garde royale. =

— Maintenant, parlons ! Où étais-tu, bordel ? =

Du revers de la main, il claqua la joue de John, lui fouettant ainsi la tête sur le côté.

— Et ne songe même pas à me mentir !

John tourna la tête vers lui.

— Je suivais une piste.

Abel plissa les yeux.

— Quel genre de piste ?

— Un informateur m'a dit qu'un homme correspondant à la description de votre frère décédé avait été repéré au nord-ouest de la côte pacifique. Je devais le vérifier. Avec votre couronnement prévu la semaine prochaine, je devais m'assurer que rien ne vienne se mettre en travers.

— Et tu ne pouvais pas me le dire avant ?

— Je n'ai pas eu le temps.

— Oh, tu m'étonnes !

Il ne croyait pas un traître mot de ce que John lui disait. Après tout, il avait été un des plus loyaux disciples de Cain.

— As-tu trouvé la personne que tu recherchais ? poursuivit Abel.

Visiblement vaincu, John laissa tomber la tête.

— Non, j'ai perdu sa trace.

— Quel brillant garde royal tu fais ! Il s'est pointé ici, hier.

John souleva la tête.

— Un imposteur ?

— Cain, en chair et en os ! René de ses cendres, tel un phénix !

Furieux, Abel serra le poing et l'expédia dans le visage de John. Du sang s'écoula de son nez.

— Tu m'avais dit qu'il était mort !

— Il est vivant ? demanda John.

Abel flanqua un autre coup dans le visage de John et entendit sa mâchoire se briser.

— Putain d'abruti ! Tu ne m'as jamais aimé. Cela ne me surprendrait pas d'apprendre que tu as quelque chose à voir avec sa réapparition. Tu n'as jamais voulu que je sois roi.

D'un air provoquant, John le regarda, du sang s'écoulant de son nez et de sa joue.

— Tout comme vous m'en voulez d'être le chef de la garde royale.

Abel se pencha plus près.

— Oh, c'est quelque chose que je changerai quand je serai roi.

Il désigna le vampire présent derrière lui et poursuivit.

— Baltimore deviendra le chef de ma garde dès que tu auras procédé à la passation de tes secrets lors de mon couronnement.

— Maintenant que Cain est de retour, il n'y aura pas de couronnement, rétorqua John, entre les dents.

— C'est là que tu as tort. Rien ne se mettra sur le chemin de mon couronnement, pas même Cain. Et toi, mon cher John, tu t'en assureras.

— Allez griller en enfer !

Abel lança un regard à l'homme ligoté. Il s'était attendu à la réaction de John, mais il savait comment amener ce garde obstiné à changer d'avis.

— Ou ta maîtresse paiera pour ton attitude de défi. Lentement et douloureusement.

Le regard de John se posa subitement sur Nicolette, laquelle tirait à présent sur les menottes.

— Je ne le laisserai pas te faire de mal, lui assura-t-il.

Abel arbora un large sourire.

— Donc, nous avons trouvé un accord ?

John l'épingla d'un regard furieux, mais Abel savait qu'il avait gagné.

— Bon. Fais en sorte qu'un clan rival en ait l'air responsable. Ça ressemblera à une attaque.

Abel se sourit à lui-même. Il ferait d'une pierre deux coups : Cain serait mort, et il monterait sur le trône instantanément parce qu'on croirait à une attaque du royaume. La période d'attente qui devrait, une fois de plus, commencer à courir à partir de la véritable mort de Cain – un an, un mois et un jour - serait levée en temps de guerre.

Sans décoller le regard de John, Abel donna ses instructions à son garde.

— Baltimore, assure-toi qu'il soit complètement guéri avant de le relâcher, afin que Cain n'ait aucun soupçon. Ensuite, que deux de tes hommes de confiance surveillent la femme, et toi, rentre au palais. Je ne veux pas qu'on remarque ton absence.

— Oui, Abel.

— Bon, alors j'en ai fini ici.

Il se tourna vers la porte et regarda ensuite par-dessus son épaule.

— Et juste pour que tu saches à quel point je suis généreux envers ceux qui me servent bien, je vous garantirai, à ta femme et à toi, un laissez-passer après le couronnement. Te libérer de ton poste de chef de la garde royale est la seule manière pour toi de la garder, comme tu en es bien conscient. Je te fais une faveur. Ne l'oublie pas.

Sans attendre la réponse de John, Abel ouvrit la porte et partit.

Remarquant que la porte de la chambre de Thomas était ouverte, Cain annonça sa présence en frappant avant de l'ouvrir davantage et d'entrer.

Thomas, le portable collé à l'oreille, n'était pas seul. Haven était appuyé contre un bureau, tandis que Wesley était affalé dans un fauteuil, les jambes pendant par-dessus l'accoudoir. Tous trois tournèrent la tête en direction de Cain et le regardèrent.

Haven désigna le téléphone et prononça tout doucement le nom de la personne à l'autre bout du fil.

— Eddie.

— Continue de surveiller, dit à présent Thomas dans le téléphone. Cain vient juste de se lever. Ouais, je vais le mettre au courant.

Il détourna ensuite le visage et baissa la voix.

— Tu me manques aussi.

Tout en replaçant son téléphone dans la poche de son pantalon, Thomas se tourna de nouveau vers eux.

— Ils ont trouvé John ? demanda Cain.

— J'ai peur que non. En ce moment, ils sont à la Nouvelle-Orléans et restent attentifs. Ils observent la moindre activité liée aux vampires, quelque chose qui pourrait les mener à John. Mais jusqu'ici, rien.

— Merde !

— Ne désespère pas encore, dit Thomas en levant la main. J'ai laissé un message au QG pour qu'ils lancent une recherche sur le portable de John. Je n'ai pas l'équipement adéquat pour faire quoi que ce soit d'ici, mais je suis certain qu'ils pourront nous aider à le localiser s'il a utilisé son téléphone depuis sa disparition.

Cain acquiesça d'un hochement de tête.

— Bon. En attendant, allons travailler. Nous commencerons avec les gardes du roi. Je veux un compte-rendu complet de leurs occupations et de l'endroit où tout le monde était la nuit où j'ai été attaqué. À la moindre contradiction, nous les repérerons. Si John nous a dit la vérité et qu'on a, en effet, fait en sorte de l'éloigner de son poste, alors nous devrons découvrir qui a été susceptible de faire ça.

— Ça va être difficile d'obtenir un compte-rendu précis de ce qui s'est produit cette nuit-là, lança Wesley. Ça fait plus d'un an. Ils ne se souviendront pas tous exactement de ce qui s'est passé et dans quel ordre. C'est vrai, quoi, la plupart des gens peuvent à peine se souvenir de ce qui s'est passé un mois plus tôt.

— C'est différent, le coupa Cain. Les gens ont une bien meilleure mémoire lorsqu'il s'agit d'événements importants. Tout comme nous nous souvenons tous de l'endroit où nous étions lors de ce fameux onze septembre. Enfin, tous sauf moi. Mais c'est hors sujet. Les gardes se souviendront où ils étaient ou de ce qu'ils faisaient durant la nuit de l'assassinat, parce que le fait que l'on tue leur roi aura été un événement important.

— Tu marques un point, admit Wesley. Mais ça ne signifie toujours pas qu'ils te diront la vérité.

— C'est pour ça que j'ai Thomas, pas vrai, Thomas ?

Wesley dévisagea le crack en informatique.

— Tu vas les faire passer au détecteur de mensonge ? demanda le jeune homme.

Thomas sourit et secoua la tête.

— Bien sûr que non. Je vais simplement observer leurs réactions, la façon dont ils bougent les yeux quand ils parlent, comment ils respirent.

Wes se redressa sur son siège.

— Oh, je sais. J'ai vu ce show. Comment ça s'appelle déjà ?

— *Mentez-moi*, répondit Haven.

— Mais ces types sont des directeurs de thèses et le reste, dit le sorcier.

— Fais-moi confiance, je n'ai pas besoin d'un doctorat pour ça, l'assura Thomas. Il gratifia ensuite Cain d'un regard interrogateur.

— On y va ?

— Prêt quand tu l'es, convint Cain, quoiqu'il ne fût pas aussi confiant qu'il ne le disait.

Sans John à ses côtés, il était sûr de faire un faux pas. Pour commencer, il ne connaissait aucun des noms des gardes mis à part celui de l'homme qui l'avait reconnu : Marcus.

Sans laisser transparaître son appréhension, Cain traversa la double porte et longea le couloir, ses collègues derrière lui. Étrange, quoiqu'il fût à présent roi, il pensait toujours à eux en tant que collègues, ses égaux. Pas *leur* roi, d'accord, puisqu'Haven et Thomas n'appartenaient pas à son clan et que Wesley n'était même pas un vampire.

— Quelqu'un d'autre a faim ? demanda Haven.

Ce ne fut qu'à ce moment que Cain réalisa qu'il n'avait pas pris de sang depuis qu'ils étaient arrivés en Louisiane.

— J'ai amené quelques snacks, mais je mangerais bien quelque chose, répondit Wesley.

Haven lui lança un regard du genre *reviens sur terre*.

— Je doute qu'ils aient de la nourriture humaine, ici.

Cain posa le pied sur la première marche.

— Allons vérifier. Haven, je pense qu'il vaut mieux que ce soit toi qui ailles demander s'ils servent du sang en bouteille, ici. Si la question vient de moi, ils auront des doutes à mon sujet. Pendant ce temps, je vais demander qu'on commande de la nourriture humaine pour Wesley.

— D'accord, dit Haven.

Ils montèrent au premier étage en silence. Un garde qui se tenait en haut de l'escalier fit rapidement un pas sur le côté en les voyant.

— Votre Majesté, le salua le vampire.

Cain hocha la tête et passa à côté de lui, tandis que Wesley s'arrêtait.

— Mes collègues et moi avons besoin d'un peu de nourriture, dit Haven en s'adressant au garde.

— Le préférez-vous conditionné ou frais ?

— Conditionné, ça ira, répondit Haven.

Cain se tourna en coup de vent et s'adressa nonchalamment au garde.

— Apportes-en suffisamment pour nous tous.

Il fit ensuite un signe en direction de Wesley.

— Et fais également commander de la nourriture humaine, ajouta-t-il.

— De la nourriture humaine, Monsieur ? demanda le garde, l'air confus.

— Tu m'as entendu. Fais-le ! ordonna Cain en haussant la voix tout en poursuivant son chemin le long du couloir.

S'il se souvenait bien des indications données par John, au bout de ce couloir, se trouvait la salle de réception du roi, en partie bureau et en partie salle de séjour.

Lorsqu'il atteignit une autre double porte, il s'arrêta et lança un regard latéral à ses amis.

— Il vaudrait mieux que ce soit ça.

Cain appuya sur la poignée et poussa la porte. Ses trois collègues de Scanguards le suivirent, tandis qu'il entrait dans la pièce.

Ils n'étaient pas seuls. Abel était assis derrière un imposant bureau aux ornements et aux pieds minutieusement sculptés.

La tête de son frère se releva immédiatement d'un coup.

Cain hésita. Apparemment, il avait ouvert la mauvaise porte et avait déboulé dans le bureau d'Abel sans frapper. Cherchant quelque chose à dire, il dévisagea simplement son frère, lequel rangeait à présent les papiers qu'il était en train d'examiner sous une pile de feuilles et se levait de son siège.

— J'étais juste en train de faire du nettoyage pour toi, dit Abel en désignant la chaise. Je ne voulais pas que tu entames ton premier jour avec un bureau en désordre.

Il fouilla ensuite dans sa poche et en sortit un jeu de clés qu'il déposa sur le bureau.

— Et voici les clés de tout, bien sûr, ajouta-t-il.

Le sentiment de soulagement de Cain fut immédiatement remplacé par du mécontentement. Il lui apparut que son frère hésitait à renoncer au pouvoir qu'il avait détenu durant son absence.

— Merci, se força-t-il à dire en se dirigeant vers son bureau.

Abel fit un pas sur le côté et le laissa prendre place sur son siège. Cain posa les mains sur la fraîche surface en bois.

— J'aimerais que tu informes les membres de la garde royale que j'aimerais leur parler.

— Tous ? demanda son frère en fronçant les sourcils.

— Oui, chacun d'entre eux.

— Mais ils ne peuvent tout simplement pas quitter leurs postes. Ils ont des responsabilités qui—

Cain plissa les yeux.

— C'est toi le roi ou moi ?

Abel parut déconcerté par cette question et haussa un sourcil.

— Quoi qu'il te soit arrivé, cela semble t'avoir rendu très irritable.

— Tu le serais également si tu étais en train de rechercher le responsable de ton enlèvement.

Cain connaissait parfaitement bien la raison de son irritabilité : le fait de savoir que son frère avait touché Faye. Cela rendait difficile toute courtoisie à son égard.

— Je comprends, naturellement.

— J'en suis heureux, dit Cain d'un ton moins commandant. Alors, peut-être que tu pourras faire en sorte que les membres de la garde royale viennent me voir. Un après l'autre.

Il désigna la porte d'un bref hochement de tête et enfouit ensuite la tête dans la pile de papiers sur son bureau, feignant de savoir ce qu'il était en train de regarder. Ce ne fut que lorsqu'il entendit la porte se refermer derrière Abel qu'il releva les yeux.

— Un peu présomptueux, ton frère, remarqua Haven avant d'arborer un large sourire. Mais tu fais un sacré boulot dans la façon que tu as de le faire chier. Franchement, je pense que tu es né pour être roi.

Wesley gloussa.

— Totalement ! Comme un vrai !

Cain se releva de sa chaise et martela le bureau du poing.

— C'est parce que je *suis* le roi !

— Hé, c'est quoi ce bordel ? se plaignit Wes.

Cain se frotta une main sur son visage et prit une inspiration pour se calmer.

— Je m'excuse. Je ne voulais pas m'en prendre à l'un de vous. C'est juste que je ne peux pas supporter ce connard !

— Compréhensible dans ces circonstances, dit Thomas d'un ton égal en prenant place sur un des grands canapés. Mais je te somme de garder secrets tes sentiments à son propos. Sans quoi, il remarquera forcément que tu lui en veux, pour des raisons évidentes et, jusqu'à ce que nous ayons tâté le terrain et découvert qui t'est toujours loyal, il ne faut pas que tu t'attires sa colère.

Autant Cain voulait contester les paroles de Thomas, autant il ne le pouvait pas. Comme si souvent, le sage vampire avait mis dans le mille. Il était important de s'abstenir d'entamer une guerre ouverte au sujet d'une femme pour des motifs qui n'étaient même pas certains à ses yeux. Et si Faye se jouait d'eux deux ?

Lentement, il s'abaissa de nouveau sur sa chaise.

— Que proposes-tu, Thomas ?

— Sois gentil avec ton frère pendant un moment. Ça ne signifie pas que tu doives lui faire confiance. Pendant ce temps, nous lancerons les recherches sur la tentative d'assassinat dont tu as été victime. Quelqu'un doit forcément savoir quelque chose. Et maintenant que tu es de retour, tout le monde va vouloir revenir dans tes bonnes grâces. Tournons ça à ton avantage, suggéra Thomas.

— Très bien, dit Cain, avant d'être interrompu par quelqu'un qui frappait à la porte. Entre, ajouta-t-il.

Un vampire d'une cinquantaine d'années portant un plateau chargé de plusieurs verres de liquide rouge entra et inclina la tête à l'intention de Cain.

— Votre Majesté, le sang que vous avez commandé.

— Merci, euh.

Il voulait s'adresser au vampire par son nom, mais en fut incapable.

— Sur la table basse, s'il te plaît.

Lorsque l'homme lui tourna le dos pour se pencher et déposer le plateau sur la table, Cain fusilla Haven du regard. Heureusement, son ami comprit immédiatement.

— Quel est ton nom ? demanda nonchalamment Haven en tendant la main pour prendre un verre.

Le vampire se raidit.

— Je suis Robert. Je suis le responsable des approvisionnements pour le palais et le suis depuis de nombreuses années, répondit-il, la voix teintée de fierté.

Cain se releva et se dirigea vers le salon.

— C'est bon de te revoir, Robert.

— C'est bon de vous voir en bonne santé, Monsieur.

Malgré ces paroles amicales, Cain ressentit une quelconque appréhension se dégager de Robert.

— Merci, Robert.

Le vampire hocha la tête, puis regarda Wesley.

— Je vous ai commandé de la nourriture humaine. Dois-je l'amener dès qu'elle arrive ?

— Oh, ouais, je meurs de faim ! confirma Wesley.

Acquiesçant d'un hochement de tête, Robert se tourna vers la porte et partit. Cain rejoignit ses amis et attrapa un verre de sang sur le plateau. Il l'amena à ses lèvres et en prit une petite gorgée. Il le vida en quelques secondes. Immédiatement, il se sentit mieux. Jusqu'ici, son bluff avait fonctionné. Personne ne soupçonnait qu'il souffrît d'amnésie. Et à ce qu'il y paraissait en ce moment, personne ne le découvrirait jamais. Quels que fussent les obstacles qu'il trouverait sur son chemin, il parviendrait à les surmonter.

— Mettons-nous au travail.

**18**

———————

Faye traversa le couloir et remarqua plusieurs gardes patientant à l'extérieur du bureau du roi. La porte de celui-ci était fermée.

— Marcus, cria-t-elle à l'un d'entre eux, lequel regarda immédiatement dans sa direction avant de lui adresser un léger hochement de tête.

— Est-ce qu'Abel est avec le roi ? lui demanda-t-elle.

— Non, je crois qu'il est dehors, dans le jardin.

— Merci.

Tout en prenant une profonde inspiration, Faye traversa le hall d'entrée et ouvrit la porte flanquée de deux gardes pour sortir. Il valait mieux qu'elle en finît avec ceci, ou cela la poursuivrait toute la nuit.

L'air humide l'accueillit à l'extérieur. Un million d'étoiles parsemaient le ciel, et la lumière de la lune presque pleine baignait les terres du palais d'une manière telle que même un humain n'aurait pas eu besoin d'une source de lumière artificielle pour retrouver son chemin.

Faye jeta un œil dans la véranda, mais Abel n'occupait aucun des confortables fauteuils qui parsemaient le porche. Elle adorait s'y asseoir avec Cain lorsque, en tant que roi, il avait un moment de libre. Elle avait chéri ces courts instants durant lesquels il avait partagé sa vision du royaume avec elle, avant de se retirer à nouveau afin d'implémenter tout changement qu'il pensait susceptible de moderniser le clan tout au long du vingt et unième siècle.

Elle soupira et fit le tour du palais tout en demeurant sur le porche qui le contournait entièrement. Abel était peut-être à l'arrière, en train de profiter de cette belle soirée. Sa légère robe d'été lui collait à la peau bien qu'elle ne pût totalement en blâmer l'air humide de la Louisiane. Elle savait qu'elle transpirait pour d'autres raisons. C'était l'anxiété qui lui rendait la peau moite.

Le porche arrière était également vide, et Faye était sur le point de rebrousser chemin lorsqu'elle perçut un mouvement du coin de l'œil. Son regard se tourna vers l'endroit qui avait attiré son attention : le belvédère blanc qui se trouvait à quelques dizaines de mètres, dans le vaste jardin, entouré de buissons lui conférant un peu d'intimité.

Sachant que les gardes s'y aventuraient rarement, Abel ayant proclamé cet endroit comme son propre domaine personnel, Faye descendit du porche et flâna le long de l'allée qui y conduisait, le bruit de ses chaussures plates absorbé par la douce mousse sous ses pieds.

Plus elle se rapprochait du belvédère, plus l'appréhension montait. Elle avait répété son speech dans sa chambre mais, maintenant qu'elle était sur le point d'affronter Abel, sa gorge était sèche. Elle prit une profonde inspiration. Ce faisant, l'odeur du sang humain lui emplit les narines.

Abel n'était pas seul.

Faye s'arrêta en chemin. Mais c'était trop tard : Abel avait déjà soulevé la tête et l'avait repérée. Ses canines étaient allongées, et du sang s'en écoulait.

— Je suis désolée. Je ne voulais pas déranger, dit-elle hâtivement en tentant de se retourner.

— Ne pars pas. De toute façon, j'ai fini, affirma-t-il en lui faisant signe de le rejoindre.

Elle parcourut la distance qui la séparait du belvédère et gravit les trois marches qui y menaient. De confortables bancs étaient alignés à l'intérieur de la structure en bois et, sur l'un d'eux, une humaine était allongée, débraillée, deux piqûres ornant son cou. Abel s'était nourri.

— Mes excuses, dit-il doucement avant de s'abaisser de nouveau sur la femme et de lécher l'endroit où ses canines s'étaient logées juste quelques instants plus tôt.

Quoiqu'elle eût les yeux ouverts, la femme ne remua pas. Elle était sous son emprise, engourdie par le contrôle de l'esprit. Chaque vampire possédait cette faculté mais, personnellement, Faye en faisait rarement usage. Elle avait peu de contacts avec les humains et préférait demeurer dans la quiétude que les terres du palais prodiguaient. Et employer le contrôle de l'esprit sur un autre vampire relevait d'une entreprise hautement risquée.

Abel s'essuya la bouche avec un mouchoir et désigna la fille.

— Tu en veux un peu ?

Rapidement, Faye secoua la tête. Elle préférait le sang conditionné stocké dans la cave réfrigérée du palais.

— Pouvons-nous parler en privé ?

— Nous sommes en privé, dit-il en jetant un regard latéral vers la femme qui l'avait sustenté. Que cela l'eût été volontairement ou pas, Faye ne pouvait le dire.

Elle avait toujours su qu'Abel n'avait jamais cessé de se nourrir directement à la source, alors que Cain en avait sensiblement réduit la fréquence, avant de s'en abstenir complètement, lorsqu'elle et lui étaient devenus amants. Presque comme s'il avait voulu lui montrer qu'il n'avait pas besoin de ressentir cette extase sexuelle qui accompagnait l'acte de se nourrir. En lieu et place, il était totalement passé au sang conditionné, exception faite de cette dernière nuit durant laquelle il avait disparu après avoir pris le sang de Faye pour la première fois. Non pas pour alimenter son corps, mais bien son cœur.

Faye repoussa ce souvenir, non désireuse de se rappeler à quel point elle avait été heureuse à cette époque. Et à quel point tout était différent, à présent. Avoir été rejetée par Cain lorsqu'elle s'était glissée furtivement dans sa chambre la blessait tout autant que cela ne portait à confusion.

Elle se détourna de l'humaine et d'Abel.

— Je suis certaine que ce que je vais te dire ne te surprendra pas.

Faye l'entendit se relever du banc et faire un pas vers elle.

— Non.

— Je l'aime toujours. Je n'ai jamais cessé de l'aimer, et tu le savais lorsque tu m'as demandé de t'épouser.

Elle déglutit dans une tentative d'humidifier sa gorge sèche.

— Si j'avais su qu'il était en vie, tu sais que je n'aurais jamais accepté, poursuivit-elle.

Les mains d'Abel lui enrobèrent les épaules, et elle tressaillit à ce contact.

— Tu n'as pas à dire quoi que ce soit d'autre, Faye. Je sais comment tu te sens. Et je ne vais pas me mettre en travers de ton chemin.

Tout en s'étouffant, elle se retourna.

Abel lui sourit.

— Oh, Faye, pensais-tu vraiment que je t'obligerais à tenir ta promesse ? Bien sûr que je te libèrerai. Je me duperais moi-même si je pensais que tu pourrais m'aimer de la façon dont tu l'aimes.

Il baissa ensuite les paupières.

— J'aurais juste aimé te prémunir contre la peine de cœur à laquelle tu vas être confrontée.

— Peine de cœur ? répéta-t-elle. Il est vivant. Il est de retour.

Elle hésita, se demandant si Abel s'en référait à la froideur avec laquelle Cain l'avait saluée.

— Cela prendra un certain temps avant que tout redevienne comme avant, ajouta-t-elle.

Abel lui caressa les cheveux comme pour réconforter un enfant. Elle ne l'avait jamais vu aussi doux.

— Il a changé. Tu l'as remarqué aussi, n'est-ce pas ? demanda-t-il.

— Une année de captivité peut causer de terribles choses à quelqu'un.

Elle le savait de sa propre expérience.

— Quelles que soient ses blessures, elles guériront, poursuivit-elle.

Et elle serait aux côtés de Cain et attendrait aussi longtemps qu'il le faudrait. Aussi longtemps qu'il y aurait de l'espoir qu'il l'aimât toujours, elle attendrait qu'il revînt vers elle.

Abel soupira.

— Je lui ai parlé, la nuit dernière, avant qu'il se retire. De frère à frère.

Faye souleva les paupières et le regarda.

— À quel sujet ?

— Je lui ai dit à propos de nous.

Cette confession ne lui fut d'aucune surprise. Cain le lui avait confirmé.

— Il n'a pas exigé que je rompe nos fiançailles. Cela m'a surpris. Tu le connais. Tu sais comment il était, avant. Tu n'aurais pas pu choisir homme plus fier et plus possessif que Cain. Quand il m'a félicité à propos de notre prochain mariage, franchement, j'ai été sidéré.

Le cœur de Faye commença à battre de manière incontrôlable.

— Mais... pourquoi a-t-il fait ça ?

— Je pense qu'il a changé plus qu'on ne peut le croire. Je ne lui ai pas demandé ce qui s'est passé. Je pense qu'il n'était pas prêt à me le dire. Mais...

Le regard d'Abel dériva derrière Faye.

L'anxiété la déchira de part en part.

— Quoi ?

— Je pense qu'il pourrait y avoir une autre femme, dit finalement Abel en la rencontrant du regard.

Elle ressentit cela comme un coup de couteau en plein cœur.

— Non, parvint-elle à dire dans un étouffement.

— Écoute, Faye, je ne peux pas en être certain à cent pour cent, et j'espère sincèrement avoir tort mais, à la façon dont ses hommes parlaient... Je n'aurais pas dû espionner, mais le comportement étrange de Cain m'a inquiété.

Abel laissa retomber les mains de ses épaules.

D'incrédulité, Faye secoua la tête. Cain avait une autre femme ?

— Non, ça ne se peut pas.

Elle ne voulait pas y croire.

— J'ai peut-être mal compris ce qu'ils disaient. Mais il semblait qu'ils discutaient de quand l'amener à la cour pour la présenter au clan.

Abel lui tourna le dos.

— Je suis désolé, Faye. J'aimerais avoir de meilleures nouvelles. Je m'inquiète pour Cain. Quoi qu'il lui soit arrivé durant cette année, cela pourrait avoir totalement changé qui il est. Et s'il était influencé par les hommes qui sont à présent ses gardes ou par la femme dont ces derniers parlaient ? Je suis inquiet pour le clan.

Faye entendit à peine ces paroles, car tout ce à quoi elle pouvait penser, c'était à ce qui s'était passé dans la chambre de Cain. Il l'avait punie de ne pas l'avoir attendu et, ensuite, il l'avait repoussée. Il avait été si fâché et avait tant douté d'elle. Elle l'avait ressenti dans sa chair. Tout comme elle avait pleinement pris conscience de l'absence d'affection dans son regard. Avait-il cessé de l'aimer parce qu'il était tombé amoureux d'une autre femme ?

Un sanglot lui déchira la poitrine avant qu'elle n'eût pu le réprimer.

— Oh, Dieu, Faye, ça me fait du mal de te voir blessée, dit Abel.

Un instant plus tard, elle sentit ses bras autour d'elle, la serrant contre sa poitrine.

— Ne fais rien de précipité. Peut-être que j'ai tort et qu'il t'aime toujours, mais je n'ai pu m'empêcher de remarquer l'indifférence avec laquelle il t'a saluée, hier.

Donc, Abel l'avait vu également.

— Que vais-je faire ? demanda-t-elle en sanglotant.

— Laisse-lui un peu d'espace, la conseilla Abel. Montre-lui que tu ne vas pas lui mettre la pression. Je peux te dire, de ma propre expérience, qu'aucun homme ne veut d'une femme en manque d'affection. Ne montre pas tes sentiments, car cela ne fera qu'empirer les choses.

Elle opina de la tête, tentant désespérément de sécher ses larmes. En rendant visite à Cain dans sa suite, elle avait probablement déjà commis une énorme erreur, mais elle ne pouvait en parler à Abel. Elle n'avait nullement besoin de se voir confirmer sa propre stupidité. Pourquoi n'avait-elle pas lu les signes si nettement exhibés par Cain à son arrivée ? Pourquoi n'avait-elle pas vu que son amour pour elle était mort ?

**19**

—Ça ne sert vraiment à rien d'interroger les gardes qui étaient avec moi hier.

Cain dévisagea Marcus qui était assis dans le fauteuil en face de son bureau.

— Ça veut dire quoi, exactement ?

— Ce sont des nouvelles recrues. C'est la raison pour laquelle ils ne vous ont pas reconnu. Ils sont arrivés chez nous après votre disparition. Abel les a engagés, l'informa Marcus. Je m'excuse à nouveau pour cette attaque, mais de là où je me trouvais, je n'ai pas vu votre visage. Si j'avais su que c'était vous—

Cain souleva la main pour l'interrompre.

— Bien, ça explique pourquoi je ne les ai pas reconnus non plus, mentit Cain. Quand nous en aurons fini ici, donne leurs noms à Wesley. Je dirai à mes hommes de procéder à une vérification de leurs antécédents.

— Mais cela a déjà été fait, protesta Marcus.

— Pas par moi.

Cain fit signe à Wesley qui était appuyé contre le mur, en train de les observer.

— Wes, tu sais que faire.

Le sorcier acquiesça d'un hochement de tête.

— Je vais m'en occuper.

Cain jeta un œil de l'autre côté de la pièce, là où se trouvait Thomas, en train de tapoter sur le clavier de son ordinateur. Haven avait quitté la pièce et prospectait la propriété, se familiarisant avec ses aménagements et ses habitants.

— Continuons Marcus, dit Cain en regardant le bloc-notes sur lequel il avait noté les réponses des gardes à ses précédentes questions. Pourquoi étais-tu dans le quartier français, la nuit de mon enlèvement ?

— C'était ma nuit de congé.

Cain regarda à nouveau ses notes et les scruta jusqu'à y trouver ce qu'il cherchait. Il tapota le papier avec son stylo.

— Tu as dit, plus tôt, que ta nuit de congé habituelle est le mercredi. J'ai été enlevé un lundi.

Marcus baissa les yeux.

— Aussi longtemps que je vivrai, je regretterai de ne pas avoir été là cette nuit-là. Je n'aurais pas dû le faire. Peut-être que si je ne l'avais pas fait, j'aurais pu l'empêcher.

Cain plissa le front, la suspicion se faufilant le long de sa colonne vertébrale tel un serpent.

— Fait quoi ?

— J'ai demandé à Baltimore de changer sa garde avec moi.

— Pourquoi ?

Marcus se mit à bouger inconfortablement sur son siège.

— La femme que je voyais à l'époque m'a supplié de lui rendre visite cette nuit-là. Et j'étais amoureux-fou, incapable de lui résister. Alors, j'ai demandé à Baltimore de changer de garde avec moi.

— Pourquoi Baltimore ?

Marcus haussa les épaules.

— Il avait mentionné, un peu plus tôt, qu'il voulait assister à un concert la nuit de mercredi et était énervé que vous ne vouliez pas lui donner sa nuit de congé. Donc, j'ai pensé qu'il serait disposé à intervertir. Je suis désolé.

Surpris d'avoir été un dirigeant aussi strict, n'accordant pas une nuit de congé à ses hommes, alors que l'identité du garde en service semblait ne faire aucune différence, Cain s'appuya contre le dossier de son fauteuil, les mains jointes du bout des doigts.

— Dis-moi autre chose, Marcus.

Le vampire souleva la tête.

— Selon toi, vous ai-je tous bien traités, vous les gardes ? Et de façon équitable ?

Retenant son souffle, Cain attendit la réponse de Marcus. Peut-être qu'il avait-il été un mauvais dirigeant, et qu'un de ses gardes avait pris sur lui de l'enlever ? Qui d'autre aurait pu avoir libre accès à sa personne et savoir, à tout moment, où il était ?

— Je n'ai jamais eu à me plaindre.

— Et les autres ?

— Pas à ma connaissance.

— Que penses-tu de John ?

— John ?

— Oui, le chef de la garde royale. Quel est ton sentiment à son sujet ? le pressa Cain.

— Je ne dirais jamais rien de mal de lui, répliqua rapidement Marcus. Personne ne le ferait.

— Pourquoi cela ?

Marcus se redressa brusquement de son fauteuil.

— Pas besoin d'essayer de me duper. Peu importe mes sentiments à propos de John, vous savez tout aussi bien que n'importe qui d'autre à la cour qu'insulter John signifierait vous insulter personnellement. Même avant que vous ne deveniez roi, offenser l'un de vous revenait au même que vous offenser tous les deux.

Cain réfléchit à la déclaration passionnée de John.

— Même avant que je sois roi, tu dis ?

Marcus lui lança un regard empreint de réticence, mais répondit néanmoins.

— Lorsque vous étiez chef de la garde royale, John était toujours là pour vous soutenir. C'est pour cela que vous l'avez nommé chef de votre garde quand vous êtes devenu roi, il y a quelques années.

Il avait été chef de la garde royale, auparavant ? Cain avait toujours supposé être roi depuis longtemps mais, selon Marcus, il n'était demeuré sur le trône que durant une courte période avant la tentative d'assassinat.

— Merci, Marcus. J'apprécie ta franchise. Quand tu sortiras, Wes prendra note des noms des nouveaux gardes.

Cain se détourna et se dirigea vers la fenêtre, regardant fixement dans le vide de l'obscurité. Comment s'était-il élevé du poste de chef de la garde personnelle du roi au rang de roi ? Il avait supposé provenir d'une lignée royale et être monté sur le trône parce qu'il était un membre de l'aristocratie. Toutefois, il semblait qu'il fût un guerrier semblable aux gardes qui l'entouraient. Pas étonnant qu'il se fût senti comme chez lui avec Scanguards. Protéger les autres était une chose qui coulait dans ses veines. Combien de temps avait-il été garde ? Et dans quelles circonstances était-il devenu roi ?

Il se détourna de la fenêtre et vit Marcus marcher en direction de la porte.

— Encore une chose, Marcus.

L'homme regarda par-dessus son épaule.

— Oui ?

— Dresse-moi une liste de tous les gardes qui étaient à mon service quand j'étais leur chef et qui sont toujours au service de la cour aujourd'hui.

— Elle sera sur votre bureau sous peu.

Marcus ouvrit la porte et sortit.

Avant que la porte n'eût pu se refermer complètement derrière lui, une autre personne entra : Abel.

— J'espère que je ne dérange pas, Cain, mais je voulais juste te dire un mot, rapidement. Puis-je ?

D'un signe de la main, Cain l'invita à entrer dans la pièce. La porte se referma derrière Abel, lequel adressa un amical hochement de tête en direction de Thomas, avant de saluer Wesley.

— J'espère que la commande de nourriture humaine qu'a faite Robert t'a convenu.

— C'était super, merci, répondit Wes.

— Excellent, dit Abel en se tournant finalement vers Cain. Je sais que tu es occupé, donc je ne prendrai pas beaucoup de ton temps.

— Que puis-je faire pour toi ?

Cain se dirigea de nouveau vers son bureau et fit signe à son frère de s'asseoir.

D'un mouvement de la main, Abel déclina l'invitation.

— Je veux juste partager une idée avec toi. Comme tu le sais, dans une semaine, mon couronnement aurait dû avoir lieu, ce qui, bien sûr, est annulé vu les circonstances.

Curieux quant au motif de son frère de lui rappeler que la réapparition du roi légitime avait bouleversé ses plans de monter sur le trône, Cain sentit son rythme cardiaque passer à la vitesse supérieure.

— Oui ?

— Eh bien, beaucoup d'arrangements ont été pris, et nous avons déjà assumé de considérables dépenses pour ce grand rassemblement. Beaucoup de vampires ont été invités, ils ont pris des dispositions de voyage, et je me demandais—

— Tu te demandais quoi ? dit impatiemment Cain, les dents serrées.

— Pourquoi ne conserverions-nous pas l'événement pour le transformer plutôt en une célébration de bienvenue pour toi ?

Sous l'effet de surprise causé par la suggestion d'Abel, Cain demeura sans voix pendant un instant.

— Je veux dire, ajouta Abel, pourquoi ne pas montrer au royaume tout entier que tu es de retour ? Je suis sûr qu'ils voudront le voir de leurs propres yeux. Ce serait une merveilleuse opportunité pour eux de t'exprimer leur loyauté et de savoir que tout redeviendra comme ça l'était. Qu'en dis-tu ?

Cain fut touché par la prévenance de son frère et se demanda s'il ne l'avait pas mal jugé. Ses paroles semblaient suggérer que la perte du trône préalablement à portée de main ne le perturbait pas.

— Je pense que c'est une super idée.

— Excellent, s'exclama Abel. Et puis-je encore suggérer une chose ?

Cain l'y encouragea d'un hochement de tête.

— Pourquoi ne pas inviter le clan du Mississipi ?

— Euh, dit Cain en hésitant, étant donné qu'il ne savait rien à propos d'un clan du Mississipi. John n'en avait pas fait mention durant le vol vers La Nouvelle Orléans.

Abel souleva une main.

— Je sais ce que tu veux dire, mais écoute-moi. Pendant que tu étais parti, ils nous ont tendu la main et sont désireux de relations plus amicales entre les clans, d'apaiser les différends que nous avons eus en matière de frontières. Je pense que les inviter à ta réception de bienvenue serait une généreuse démonstration de notre volonté de leur pardonner leurs précédentes infractions et de faire la paix.

— Hmm.

Cain se frotta le menton en feignant réfléchir à la question. Ce qu'il, d'une certaine façon, était effectivement en train de faire. S'il y avait vraiment un autre clan avec lequel son royaume avait eu des difficultés par le passé, il serait en effet avantageux d'enterrer la hache de guerre. Il lui était suffisamment difficile de déterminer qui lui était loyal au sein de son propre clan. Il n'avait pas besoin d'une guerre contre un clan adverse.

— Bien, dit-il finalement. Invite-les en mon nom et dis-leur qu'ils sont les bienvenus, s'ils viennent en paix. Je suis disposé à discuter d'un accord.

À chaque mot, Cain eut davantage la sensation d'être un imposteur. Il savait qu'il improvisait, qu'il simulait. Quand son frère et un autre membre de la maison royale découvriraient-ils qu'il n'avait plus aucun souvenir de son ancienne vie ? Et quand ils le découvriraient, que feraient-ils ? L'assassin, encouragé par le fait que Cain ne sût plus en qui avoir confiance, frapperait-il à nouveau ? Et Abel, voudrait-il arracher les rênes des mains de son frère lorsqu'il douterait de sa capacité à diriger le royaume à cause de son amnésie ?

Mais surtout, comment réagirait Faye ? Le verrait-elle également comme un faible ?

**20**

Faye avait passé une journée agitée au lit, à essayer de dormir, mais le sommeil avait été difficile à trouver. Elle avait été attentive au moindre bruit pendant que tout le monde dormait, mais celui de la porte qui s'ouvrait et de Cain qui entrait n'était pas venu. Il n'avait fait aucune tentative pour la voir, ni après avoir interrogé ses gardes ni après s'être retiré dans sa suite. Cela ne fit qu'amplifier sa croyance qu'il avait perdu tout intérêt pour elle et qu'il était amoureux de quelqu'un d'autre.

Déterminée à agir, elle se leva en tout début de soirée et entama ce qu'elle savait ne plus pouvoir traîner plus longuement.

Après avoir rangé quelques boîtes, Faye se mit à vider le tiroir du haut de sa commode et déposa quelques soutiens-gorges dans une de celles qu'elle avait déposées sur la chaise au pied du lit. Elle était sur le point de refermer le tiroir lorsque son regard tomba sur les breloques étalées sur la commode. Des souvenirs de sa vie avec Cain, des quelques courtes semaines qu'ils avaient passées, heureux, ensemble.

— Qu'est-ce que c'est ?

Faye tourbillonna et vit Cain, debout, sur le pas de la porte de sa chambre, désignant du doigt le carton de déménagement qu'elle avait rempli de ses affaires.

Un désir ardent lui serra la poitrine. Il semblait aussi beau que la nuit où il avait quitté son lit et avait disparu. Aussi virile. Aussi désirable. Et elle n'était pas la seule à le penser. Cela, elle l'avait toujours su, naturellement. C'était la raison pour laquelle le soupçon d'Abel au sujet de Cain et d'une autre femme qu'il aurait trouvée n'était pas si farfelu. Les femmes étaient attirées par Cain tels des moustiques se ruant vers une lumière vive.

— Cain, je suis désolée. Je serai hors d'ici sous peu, dit-elle en évitant son regard.

— Hors d'ici ? répéta-t-il en faisant un pas dans la pièce, refermant la porte derrière lui.

— Oui, je déménage des quartiers de la reine. Ce n'est vraiment plus du tout approprié que j'y sois.

Pas après que Cain l'eût repoussée moins de vingt-quatre heures plus tôt. Elle devait affronter les faits, et demeurer plus longuement dans cette chambre et se mentir quant au fait que tout se passerait bien était stupide.

Le visage de Cain demeura impassible, quoique sa mâchoire semblât se crisper.

— Donc, tu as décidé de rester avec Abel.

Elle fronça les sourcils. Pourquoi pensait-il cela ? Ne lui avait-elle déjà pas dit qu'elle n'aimait pas son frère ?

— J'ai rompu nos fiançailles.

Cela avait été un grand soulagement en dépit des avertissements conférés par Abel.

Faye se retourna vers la commode et en agrippa les poignées mais, avant qu'elle n'eût pu refermer le tiroir, Cain se retrouva derrière elle et lui prit les mains de manière à l'immobiliser.

— Alors, pourquoi fais-tu tes paquets ?

Son souffle plana sur sa peau et la fit frissonner. Elle ne voulait rien de plus que s'appuyer contre son torse robuste et le laisser la prendre. Mais elle demeura plutôt raide et immobile. Elle ne pouvait s'autoriser la moindre faiblesse. Partir n'en serait que plus compliqué.

— Parce que ça ne change rien. Je n'ai plus le droit de vivre dans cette suite.

— Je vois.

Il lui relâcha les mains et fit un pas en arrière.

Faye inspira profondément, espérant que cela lui donnerait plus de forces mais, au contraire, cela ne fit que la conscientiser davantage de la présence de Cain et de ce qu'elle avait perdu.

Elle changea de sujet.

— Je suis heureuse que tu sois en vie et que tu nous sois revenu. Ton clan a besoin de toi.

— Et qu'en est-il de toi ? demanda inopinément Cain.

— Je ne suis pas importante, maintenant que tu es de retour.

— Pourquoi dis-tu cela ?

Faye soupira.

— Parce que c'est la vérité. Je n'ai pas ma place, ici. Il était temps que je le réalise et que je passe à autre chose.

Les mains de Cain sur ses épaules la firent se retourner pour lui faire face.

— Tu projettes de quitter le royaume ?

Elle opina de la tête, le cœur plus lourd à chaque seconde.

— Pas dans la minute, bien sûr. Je dois d'abord prendre quelques dispositions. Si c'est d'accord pour toi, je resterai encore une semaine ou deux, jusqu'à ce que j'aie réglé les choses et que je sache où aller.

— Tu ne peux pas simplement partir.

Un triste sourire apparut sur les lèvres de Faye. Elle trouva cela assez chic de sa part qu'il tentât de la convaincre de rester.

— Finalement, ce sera mieux pour tout le monde.

Elle ne pourrait jamais supporter de devoir rencontrer la nouvelle femme qu'il installerait, un jour, sur le trône.

— Mieux pour qui ? demanda-t-il, entre les dents.

Surprise par la sévérité du ton employé, Faye le regarda et remarqua la tempête qui semblait faire rage dans ses yeux.

— Je suis désolée. Je peux voir que ma présence te bouleverse, et c'est la dernière chose que je veuille.

— Ce n'est pas ta présence qui me bouleverse, mais tes paroles, la corrigea-t-il. Pourquoi veux-tu partir ?

— N'est-ce pas évident ? demanda-t-elle.

Parce que, selon elle, ça l'était.

— Quand je suis venue vers toi, tu m'as clairement montré que tu ne voulais plus de moi.

Cain la fixa de ses yeux sombres.

— Ce n'est pas si simple.

Il se passa une main dans les cheveux et se détourna d'elle.

— Je suis parti pendant longtemps. Je ne suis plus le même.

Le cœur de Faye se mit à saigner pour lui. Quelles horreurs avait-il endurées durant sa captivité ?

— Beaucoup de choses se sont passées pendant mon absence, ajouta-t-il. Des choses que je ne peux expliquer dans l'immédiat.

Faye pinça les lèvres de sorte à ne pas pleurer. Autant elle voulait savoir ce qui lui était arrivé afin de pouvoir l'aider, autant elle ne pouvait supporter l'idée qu'il pût confesser avoir rencontré une autre femme et être tombé amoureux d'elle.

— Je ne peux pas faire comme si ces douze derniers mois n'avaient pas existé, ne le vois-tu pas, Faye ?

Elle lui adressa un hochement de tête.

— C'est pour ça qu'il vaut mieux que je parte maintenant, conclut-elle. Afin que tu puisses être libre d'agir comme il te semble.

Afin qu'il pût amener la femme qu'il aimait.

— Pour commencer une nouvelle vie, ajouta-t-elle.

— Une nouvelle vie, répéta Cain.

Faye réprima les larmes qui devenaient plus pressantes à chaque seconde.

— Je suis désolée, Cain, j'ai besoin de... je dois...

Incapable de finir sa phrase, elle tenta de passer en courant à côté de lui mais, de la main, Cain lui saisit le dessus du bras et la tira en arrière.

— Je veux retrouver mon ancienne vie, dit-il, ses yeux pénétrant ceux de Faye comme si elle en détenait la clé.

Cain n'était plus le même homme. Elle pouvait à présent le voir si nettement. Il avait changé. Quoi qu'il eût traversé, cela l'avait rendu plus insondable. Alors que, par le passé, elle était capable d'interpréter son état d'esprit, elle se frottait à présent à un mur d'obsidienne aussi impénétrable que Fort Knox. Et aussi bien gardé que la Maison Blanche.

Cain lui cachait ses sentiments.

Non, elle ne serait pas son jouet avec lequel il s'amuserait à sa guise. Elle l'avait trop aimé pour lui permettre de détruire l'amour qu'elle éprouvait pour lui.

Avec sa dernière once de force, elle le dépassa en courant, se sauvant de sa chambre sans regarder en arrière.


Cain jura et se retourna. La voir avec des larmes dans les yeux lui avait procuré la même sensation qu'un pieu dans le cœur. Il ne pouvait nier ressentir quelque chose pour Faye, être attiré par elle comme par nulle autre femme malgré les doutes qu'il avait à son sujet. Entendre qu'elle voulait partir avait eu l'effet d'un coup de poing dans le ventre.

Il ne pouvait le permettre. Faye devait rester.

Cain prit la porte en courant et la poursuivit dans le corridor. Il suivit son odeur jusqu'en haut des escaliers et à travers le hall d'entrée. Les deux gardes à la porte lui lancèrent des regards surpris, mais il les ignora et passa devant eux à toute vitesse.

L'air humide de la nuit le heurta comme s'il était entré dans un sauna. Ses yeux scannèrent le terrain. Il la repéra en train de passer devant un taillis d'arbres. Il se dirigea vers elle à toute allure et la rattrapa en quelques secondes. Il la captura dans ses bras et la tourna vers lui.

— S'il te plaît, laisse-moi partir, Cain ! le pria-t-elle.

Elle lutta pendant un instant mais, ensuite, toute résistance sembla lui échapper, et des sanglots emplirent le silence de la nuit.

— Je ne peux pas te laisser partir, dit Cain en la serrant tout contre lui, la tête contre son torse.

Quelques mètres plus loin, sous le taillis d'arbres, il remarqua un banc. Il la souleva dans ses bras et s'y dirigea. Il s'y assit, Faye sur les genoux. Il lui appuya à nouveau la tête sur son torse et lui caressa les cheveux.

— Ne pleure pas.

Désespérément désireux d'apaiser ses peines, il lui déposa des baisers sur la tête.

— Je suis désolé de t'avoir bouleversée. Je ne le voulais pas. S'il te plaît, Faye, ne pars pas.

Elle leva la tête. Des larmes roses coulaient le long de ses joues, et il les essuya du pouce.

— Je ne peux pas rester. Ça fait trop mal.

Il repoussa une mèche de ses cheveux foncés derrière l'oreille et, du pouce, lui caressa sa peau douce.

— Dis-moi ce qui fait mal, dit-il doucement.

Elle baissa les paupières, évitant ainsi son regard. Mais il ne le permit pas et lui souleva le menton du pouce et de l'index afin de l'obliger à le regarder.

— S'il te plaît, aide-moi à te comprendre.

Il la regarda fixement dans les yeux. N'était-ce là qu'un acte pour le faire marcher, afin qu'il la reprît, maintenant qu'elle avait rompu ses fiançailles avec Abel, ou était-ce la vraie Faye qu'il était en train de voir ? Voulait-elle de lui pour lui-même ou revenait-elle vers lui parce qu'il était roi ?

Et cela revêtait-il la moindre importance ? N'était-ce pas suffisant d'avoir une femme comme Faye à ses côtés, dans son lit ?

— Ça fait trop mal d'avoir perdu ton amour.

Il soupira. S'il était un homme différent, il lui dirait à présent qu'il l'aimait, que ce fût vrai ou pas. Mais il ne pouvait prétendre quelque chose dont il n'était pas certain.

— Un an, c'est long. Nous avons tous deux changé, Faye. Nous avons besoin de temps pour nous réadapter.

Les lèvres de Faye se mirent à trembler.

— Tu me punis d'avoir accepté la demande en mariage d'Abel. Tu ressens ça comme une trahison.

Cain secoua la tête.

— Je ne te punis pas. J'essaie de comprendre pourquoi tu as décidé de l'épouser alors que tu ne l'aimes pas.

— Je sais de quoi ça peut avoir l'air. Mais ce n'est pas ça. Je ne l'ai pas fait pour moi.

— Je ne comprends pas, répondit Cain, curieux.

— En tant que reine, j'aurais eu de l'influence.

Cain ferma les yeux. Elle voulait donc le pouvoir que sa position en tant que reine lui aurait

conféré. Il sentit son sang se geler dans ses veines. Comment pourrait-il être attiré par une femme comme elle ? Une femme sans cœur ? Était-ce réellement sa destinée ? Avait-il aimé une telle femme dans sa vie passée ? Qu'est-ce que cela faisait de lui ? Un homme sans cœur ?

— Ton frère est un dirigeant moins indulgent que toi, poursuivit Faye. Quelqu'un doit s'assurer que les membres de notre clan soient correctement traités.

Ces paroles amenèrent Cain à ouvrir les yeux et à plisser le front.

— Ils ont besoin de quelqu'un qui fait attention à eux.

Cain comprit enfin parfaitement la signification de ces mots. Mais pouvait-il croire en ces paroles ?

— Tu faisais ceci pour le clan ?

— Je voulais poursuivre ce que tu avais commencé.

Cain rapprocha son visage de celui de Faye. Lui disait-elle la vérité ?

Le souffle de Faye vint rebondir contre lui, et il inhala son parfum. Une vision de deux corps dénudés emmêlés dans des draps de soie lui apparut. De doux gémissements et bruits de plaisir dérivèrent vers ses oreilles.

— Et maintenant que je t'ai donné mes raisons, laisse-moi partir, s'il te plaît, laisse-moi partir. Je ne peux pas rester ici, je ne peux pas alors que tu vas ramener une autre femme pour en faire ta reine.

— Quoi ?

Faye tenta de descendre des genoux de Cain, mais il ne la laissa pas faire. Il devait découvrir de quoi elle parlait.

— Cain !

Ce dernier tourna la tête en direction de la voix. Haven marchait dans leur direction.

— Désolé de déranger, commença Haven.

— Pas maintenant ! dit Cain, les dents serrées, tandis que Faye se dépêchait de descendre de ses genoux.

Cette fois, il ne put l'en empêcher.

— Tu as dit que tu voulais être informé à la minute où John serait de retour.

Cain se releva en un saut. Le timing était extrêmement mauvais.

— Où est-il ?

— Il t'attend dans ton bureau, lui annonça Haven en lançant un rapide coup d'œil à Faye.

Cain se tourna vers elle et se rapprocha d'un pas. Il baissa la voix.

— Nous reparlerons de ceci, plus tard. Ne prends pas de décisions hâtives.

Sans réponse de sa part, Cain se tourna vers Haven.

— Allons-y.

**21**

Laissant de côté l'étrange déclaration de Faye à propos de l'existence d'une autre femme, Cain entra en trombe dans son bureau. John se tenait près de la cheminée, tandis que Thomas était appuyé contre le dossier du sofa, en train de le surveiller.

Haven referma la porte derrière Cain et demeura là, debout.

Les mâchoires serrées, Cain se dirigea vers John.

— Où étais-tu, bordel ?

— Je m'excuse, mais j'ai dû m'occuper d'une urgence, répondit John, l'air impassible.

— Tu m'as laissé seul dans ces tunnels ! Et nous avons dû venir ici sans tes conseils d'orientation. Il vaudrait mieux que ce soit une putain de grande urgence. Tu aurais dû me le dire ! dit Cain, entre les dents.

John laissa retomber la tête.

— Je ne pouvais pas. Vous n'auriez pas approuvé.

— Explique-toi !

— J'ai une maîtresse humaine. Dans le quartier français.

— Qu'est-ce que ça a à voir avec ce que j'approuve ou pas ?

— Le chef de la garde royale n'est pas supposé avoir une vie privée, encore moins avoir une liaison avec une humaine. Vous n'avez jamais approuvé les relations vampires-humains.

— Et comment aurais-je pu le savoir, bordel ?

Cain enfonça le doigt dans la poitrine de John.

— L'amnésie, tu te rappelles ?

— Je suis désolé, j'ai juste supposé que vos opinions et vos choix seraient toujours les mêmes, que vous vous souveniez de quoi que ce soit de votre ancienne vie ou pas. Cela fait partie de votre caractère.

— Eh bien, devine quoi : je me fiche d'avec qui tu couches ! Mais je me soucie du fait que tu prennes la poudre d'escampette sans une explication !

John le gratifia d'un regard sidéré, comme s'il ne pouvait en croire ses oreilles.

— Vous *avez* changé.

— N'essaie pas de gagner du temps ! Pourquoi es-tu parti ?

— Ma maîtresse avait des ennuis.

Suspicieux, Cain plissa les yeux.

— Quel genre d'ennuis ?

— Elle a été attaquée et blessée par plusieurs voyous. Elle avait besoin de mon sang pour guérir.

Cain médita les paroles de John.

— Pourquoi n'est-elle pas allée à l'hôpital ?

— Ils l'ont poignardée dans l'utérus. Elle avait peur que les docteurs ne puissent la sauver.

Il se mit à regarder ses pieds et poursuivit.

— Elle veut des enfants. Lui donner mon sang lui garantissait une guérison complète. À l'hôpital, elle n'aurait eu que cinquante pour cent de chance de guérison. Je ne pouvais prendre le risque de les laisser procéder à une hystérectomie.

Stupéfait par cette confession, Cain souffla.

— Tu es lié par le sang ?

John secoua la tête.

— Non, mais j'en avais le projet, une fois qu'Abel aurait été sur le trône et que je lui aurais transmis ce que je sais. Je savais qu'il avait un autre homme en tête pour le poste de chef de sa garde personnelle. Cela m'aurait libéré de mes devoirs. J'aurais alors pu me marier.

— Et maintenant que je suis de retour ? demanda Cain, à présent plus calme.

John le regarda droit dans les yeux.

— Je demeurerai à votre service. Rien ne changera.

— Et la femme ?

— Elle est guérie.

Cain secoua la tête.

— Non, je voulais dire, que va-t-il se passer entre vous ?

— Je vais devoir rompre avec elle.

— Pourquoi est-ce que je ne voulais pas que le chef de la garde royale ait une femme ?

— Ce n'est pas vous qui avez appliqué cette règle. Les rois qui vous ont précédé ont établi cette restriction. Ils voulaient s'assurer que leur garde personnel ne soit pas tiraillé entre deux camps.

— Un peu vieux-jeu, tu ne penses pas ? demanda Cain avant de désigner Thomas et Haven. Mes deux amis ici présents sont liés par le sang. Et cela n'a pas amoindri leur capacité à faire leur devoir.

— Vous voulez dire que vous pourriez envisager de changer la règle ?

Incrédule, John le dévisagea.

— Considère-la comme abolie. Chaque homme a droit au bonheur.

La poitrine de John se souleva. Il tenta de dire quelque chose, mais sembla hésiter à s'exprimer.

— Je ne sais que dire, finit-il par rétorquer. Si j'avais su...

— Bien, nous sommes donc d'accord. Et la prochaine fois qu'il y aura une urgence, je devrai le savoir immédiatement, quoi que tu puisses supposer de la nature de ma réaction. Et j'aimerais rencontrer la femme. Quel est son nom ?

— Nicolette.

— Bon, maintenant, au sujet de la fête de bienvenue pour mon retour à la maison.

John plissa le front.

— Quelle fête ?

— Mon frère donne une réception pour moi dans une semaine. Cela aurait dû être son couronnement, mais ce sera, en fait, une fête de bienvenue pour mon retour. Cela me donnera une opportunité de rencontrer tous mes sujets. Je compte sur toi pour m'aider. Je ne veux pas que les gens deviennent suspicieux quand je ne saurai pas qui ils sont.

— Bien sûr, dit rapidement John. Je serai tout du long à vos côtés.

— Bien, lui répondit Cain en le gratifiant d'une tape sur l'épaule. C'est tout pour le moment.

— Merci.

John se dirigea vers la porte et partit.

S'ensuivit un moment de silence avant que Cain ne se retournât vers ses deux amis.

— Contacte Eddie. Que Blake et lui vérifient l'histoire de John.

— Tu ne crois pas ce qu'il dit à propos d'une maîtresse humaine ? demanda Thomas.

— Oh, la maîtresse humaine, j'y crois. Mais pas le reste. L'histoire était juste un peu trop simple à mon goût. Qu'Eddie et Blake trouvent Nicolette et qu'ils fassent en sorte qu'elle corrobore son histoire. Ensuite, demandez-leur de venir au palais. Nous n'aurons plus besoin d'eux à l'extérieur. C'est mieux s'ils restent ici. Nous avons besoin de tous les hommes que nous pouvons avoir.

Thomas hocha la tête en signe d'acquiescement.

— Je vais l'appeler.

Cain se dirigea vers la porte.

— Qu'est-ce que tu vas faire ? demanda Haven.

Cain lança un regard par-dessus son épaule.

— Terminer ma conversation avec Faye.

Haven afficha un large sourire.

— Ça n'avait pas l'air d'une conversation de là où je me tenais.

— Et où veux-tu en venir ?

— Nulle part.

— Quoi alors ?

— Je te donne juste un conseil que, de toute façon, tu ignoreras proba-blement.

— Qui serait ?

— Si tu dois faire usage de ta queue, au moins garde les idées claires et surveille tes arrières. L'assassin frappera quand tu auras baissé ta garde. Ne lui laisse pas cette opportunité.

Cain secoua la tête.

— Je suis toujours sur mes gardes.

— Tu ne m'as pas entendu approcher quand tu étais dans le jardin avec elle, le contredit Haven.

De frustration, sachant que son ami avait raison, Cain grinça des dents.

— Ça n'arrivera plus.

## 22

Une surprise attendait Faye lorsqu'elle atteignit l'allée entièrement renfermée qui reliait le palais à la vieille cuisine de la plantation. Elle en fut bien contente. Comme cela l'était pour beaucoup de vieilles plantations, la cuisine était un bâtiment séparé, car elle représentait un risque d'incendie. Les premiers vampires qui avaient repris la propriété avaient renfermé l'allée par une cloison sèche afin de pouvoir atteindre la petite structure indépendante durant les heures de la journée sans être brûlés par les rayons du soleil. Peu de personnes utilisaient la cuisine, mais Faye en aimait la douillette atmosphère et y venait souvent, juste pour s'asseoir et lire, ou simplement pour penser.

Deux étrangers attendaient à l'entrée de l'allée. Elle les identifia immédiatement comme des vampires, mais ils n'appartenaient pas au clan de la Louisiane. Même si elle ne connaissait pas chaque membre de ce vaste clan, les traits tirés qu'ils arboraient la menèrent à penser qu'ils avaient fui un autre clan. Ils n'étaient pas les premiers à venir à sa porte pour demander de l'aide.

En années humaines, l'homme semblait avoir la cinquantaine ; la fille, moins de la moitié de son âge, quoique Faye n'eût pu dire depuis combien d'années déjà ils étaient vampires. Lorsque la fille se pressa davantage contre son compagnon, ses yeux parcourant craintivement les alentours, Faye ralentit l'allure et leva une main.

— N'ayez pas peur. Vous êtes les bienvenus, ici.

L'homme hocha la tête à son intention.

— On nous a dit que vous pourriez nous aider.

— Je suis Faye. D'où venez-vous ? demanda-t-elle en déverrouillant la porte qui menait dans l'allée.

— Du Mississipi. Je suis David, et voici Kathryn.

— Venez. Je peux vous donner du sang, dit Faye en leur faisant signe de la suivre.

— Merci, dit David en la suivant, la fille à ses basques.

Faye entra dans la cuisine et ouvrit le réfrigérateur.

— Que vous est-il arrivé ?

Elle se tourna vers eux et remarqua leurs vêtements déchirés de même que l'aspect sale qu'ils arboraient. Comme s'ils avaient vécu dans la rue pendant des jours.

— Les troubles continuent au Mississipi, expliqua David, la voix rauque et sèche. Nous ne pouvions rester plus longtemps.

— On dirait qu'il y a des jours que vous n'avez pas eu de sang.

Faye saisit deux cartons de sang conditionné et les déposa sur la table avant de se tourner vers l'armoire suspendue et en sortir deux verres.

— Prenez un siège, s'il vous plaît.

Il semblait que Kathryn allait s'effondrer. Elle suivit donc immédiatement l'invitation de Faye.

— Merci, répondit-elle, ouvrant la bouche pour la première fois.

Elle tendit ses bras décharnés vers le récipient. Elle dévissa le bouchon mais, plutôt que de le déverser dans le verre, elle but directement à même la brique.

Faye l'observa en train de boire avidement le liquide et jeta un œil vers David, lequel ne touchait pas à son récipient.

— Bois.

Il tendit les mains vers le carton de sang et le poussa en direction de la jeune femme.

— Kathryn peut avoir le mien.

Surprise par cet altruisme, Faye prit une légère inspiration.

— Il y en a encore.

Elle sortit une autre brique de sang du réfrigérateur et la tendit au maigre vampire plus âgé.

David lui lança un sourire reconnaissant et finit par accepter la nourriture. Faye attendit patiemment qu'il fût rassasié. Quelles horreurs ces deux-là avaient-ils endurées pour les forcer à fuir leur clan ? Elle regarda la fille. Maintenant que ses joues s'étaient à nouveau colorées, Faye put voir qu'elle était jolie. Elle ferma les yeux pendant un instant, se rappelant les horreurs qu'elle avait elle-même vécues. Désireuse de réconforter la fille, elle posa une main sur son front, mais Kathryn se mit à pousser des cris perçants et à tressaillir, sautant de sa chaise dans la panique.

— Je suis désolée, dit rapidement Faye.

David se leva et se dirigea lentement vers la fille qui semblait effrayée à un point qui dépassait l'entendement.

— Tout va bien, petite, l'exhorta-t-il en l'attirant dans ses bras.

Il regarda ensuite par-dessus son épaule.

— Je suis désolé, ajouta-t-il, elle ne fait confiance à personne sauf moi.

Le cœur empreint de pitié, Faye regarda la fille.

— Que s'est-il passé ?

Lentement, David guida à nouveau Kathryn vers la table, et tous deux s'assirent.

— Les différentes factions du Mississipi commettent des actes terribles. Ceux qui sont capturés après avoir tenté de fuir se voient arracher leurs canines. On essaie ainsi de les empêcher de fuir à nouveau.

Il ouvrit grand la bouche.

Faye eut un mouvement de recul et claqua la main contre sa bouche. Là où auraient dû se trouver les canines des vampires, se trouvaient des trous béants.

— Oh mon Dieu !

Pas étonnant que ces deux-là fussent morts de faim. Dépourvus de canines, ils ne pouvaient chasser pour trouver du sang. Ils étaient dépendants de la charité des autres.

— Ils s'assurent que les canines ne repoussent pas pendant notre sommeil réparateur en implantant une boule en acier de la taille d'un pois.

Elle est recouverte d'une minuscule couche d'argent, juste assez pour que la blessure ne guérisse jamais.

— Qu'est-ce que c'est ? tonna soudain une voix mâle depuis la porte.

Faye et ses invités le fusillèrent du regard. Baltimore, le garde personnel d'Abel, remplissait tout l'encadrement de la porte et la regardait furieusement, le doigt pointé vers les récipients de sang vides.

David et Kathryn avaient déjà bondi hors de table et s'étaient retirés dans le coin le plus éloigné de la cuisine. Délibérément lentement, Faye se leva à présent de sa chaise. Elle ne permettrait pas à Baltimore de l'intimider.

— Ce ne sont nullement tes affaires, rétorqua-t-elle. Sors !

Mais la brute ne tint pas compte de son avertissement et entra dans la cuisine.

— Je vois, on distribue encore le sang.

Il désigna les deux vampires dans le besoin.

— Nous n'avons rien pour vous, ici, vous comprenez ? Allez mendier ailleurs ! ajouta-t-il en faisant un autre pas en avant.

D'un bond, Faye se mit sur son chemin.

— Laisse-les tranquilles. Je peux leur donner autant de sang que je le veux ! Tes tactiques d'intimidation ne marchent pas !

Il plissa les yeux et grogna.

— Toi, putain de garce !

Lorsqu'il l'attrapa et la repoussa contre la table, elle se retrouva complètement surprise par l'assaut.

— Abel l'interdit ! cria Baltimore en levant à nouveau le bras pour frapper.

Soulevant brusquement la jambe pour lui asséner un coup de genou dans les testicules, Faye brassa l'air, car cette brute de vampire venait d'être projetée vers l'arrière. Lorsqu'il tomba à la renverse, ses yeux se figèrent sur l'homme debout derrière lui : Cain, les canines allongées et une expression meurtrière dans les yeux.

— Abel n'est pas le roi ! Je le suis !

Cain plaqua Baltimore au sol et l'y maintint, un couteau en argent pointé vers sa jugulaire.

— Tu touches ma future épouse une fois de plus, et tu te retrouveras avec un pieu dans le cœur.

Cain appuya davantage le couteau contre la peau de l'autre vampire et la fit grésiller. L'odeur de la peau et de poils brûlés imprégna la cuisine.

— Et maintenant, tu vas te lever et quitter ma propriété. Si je te croise à nouveau, tu le regretteras.

Cain se redressa en un saut et attendit que Baltimore se relevât. Les mâchoires fermement crispées, le fidèle ami d'Abel regarda furieusement Cain, puis Faye. La menace dans ses yeux était évidente. Il la blâmait du sort qui était à présent le sien et lui ferait du mal à la première occasion qui se présenterait à lui.

Dès qu'il se fut retourné et eut quitté la pièce, Faye inspira profondément. Ce ne fut qu'à cet instant qu'elle assimila parfaitement les paroles de Cain. Il l'avait appelée sa future épouse. Ceci voulait-il dire qu'il voulait toujours d'elle, après tout, ou avait-il simplement employé ce terme afin d'affirmer son point de vue à Baltimore ?

Cain se tourna vers elle et parcourut la distance qui les séparait en deux pas. Il la regarda de haut en bas.

— Tu vas bien ? Il t'a blessée ?

Elle avait enduré bien pire.

— Je vais bien.

Elle examina le visage de Cain, alors qu'un doux sourire recourbait les lèvres de ce dernier.

— Bien.

Il posa ensuite le regard derrière elle et dévisagea David et Kathryn.

— Veux-tu bien me présenter à tes amis, s'il te plaît ?

## 23

Cain dévisagea les deux maigres vampires décharnés, toujours furieux de l'audace dont Baltimore avait fait preuve en vue d'empêcher l'acte charitable de Faye. Il avait brièvement rencontré le garde personnel d'Abel, la nuit précédente, et savait que son frère serait fâché qu'il l'eût banni du palais. Il ne s'en souciait toutefois guère. La sécurité et le bien-être de Faye étaient plus importants.

Il avait vu rouge lorsque Baltimore avait touché Faye et, à ce moment, il avait ressenti un sentiment de protection envers elle qui l'avait forcé à violenter le vampire. Avant de commettre un meurtre sanglant devant Faye et les deux étrangers, il avait fait usage de tout ce qui lui restait de self contrôle et avait banni Baltimore du palais.

— Voici David et Kathryn, entendit-il Faye lui dire, alors qu'elle désignait les deux vampires blottis dans un des coins de la cuisine. David le regardait avec appréhension, tandis que l'expression faciale de Kathryn exprimait purement la frayeur.

— Je ne vous veux aucun mal, leur assura Cain sans s'approcher, ressentant qu'un tel acte ne ferait que les effrayer davantage. Il se tourna plutôt vers Faye.

— Pourquoi est-ce que Baltimore refusait que tu donnes du sang à nos invités ?

Les lèvres de Faye se recourbèrent de mécontentement.

— Parce qu'Abel est contre la charité. Il a interdit à quiconque au palais de distribuer du sang.

Elle renifla, sa poitrine se soulevant avec indignation.

— Et ces approvisionnements ne sont même pas ceux du palais, ajouta-t-elle. Ce sont les miens. J'avais de bonnes raisons pour—

Cain posa une main réconfortante sur son avant-bras et la referma sur celui-ci.

— Oui, tu en avais.

Mais Faye n'avait pas encore terminé.

— Il y a quelques jours, il a voulu punir Robert parce qu'on avait découvert que quelques litres de sang avaient disparu des caves.

— Que lui a-t-il fait ?

Faye laissa tomber le regard au sol.

— Rien.

Cain sentit son front se plisser.

— Mais tu as dit qu'il voulait le punir.

— En effet. Je l'ai arrêté. Parce qu'il disait...

Elle marqua une pause.

Cain lui prit le menton et la força à le regarder.

— S'il te plaît, Faye.

Elle prit une inspiration avant de répondre.

— Il a dit que si j'étais sa reine, il deviendrait un roi plus clément.

Le cœur de Cain se serra.

— C'est comme ça qu'il t'a obligée à lui dire oui ?

Faye ne hocha pas la tête. Elle ferma simplement les yeux.

Sans un mot, il la prit dans ses bras. Tout était à présent si clair. Ce que Faye lui avait dit plus tôt était vrai : elle voulait être reine pour aider son peuple. Chacune de ses actions le confirmait. Et sa charité s'étendait même aux vampires extérieurs au clan. Elle était aimable avec les étrangers et avait le courage de résister aux brutes comme Baltimore. Cain sentit sa poitrine se remplir de fierté.

Lorsque les bras de Faye l'entourèrent pour l'étreindre fortement, il réserva bon accueil à son action. Tout en déposant un baiser sur le dessus de sa tête, il laissa à nouveau errer les yeux vers les deux vampires.

Il relâcha Faye à contrecœur et s'adressa à eux. Il remarqua leurs sales vêtements déchirés et réalisa que le sang n'était pas la seule chose dont ces deux-là avaient besoin.

— Comment pouvons-nous vous aider ?

David s'inclina.

— Si ça ne vous cause pas trop d'ennuis, si vous pouviez nous héberger, juste pour un jour ou deux, jusqu'à ce que nous nous soyons suffisamment reposés.

Cain acquiesça d'un hochement de tête.

— Que vous est-il arrivé ?

Faye posa une main sur le bras de Cain, le faisant ainsi se retourner vers elle.

— Cain, c'est affreux. Ils fuient leur clan à cause des affreuses conditions qui y règnent.

Elle baissa ensuite la voix, comme si elle refusait que les deux étrangers pussent entendre ce qu'elle avait à ajouter, quoique, en tant que vampires, leur ouïe pût leur permettre de capter le moindre de ses mots.

— On leur a ôté les canines. Ils n'ont aucun moyen de chasser pour trouver du sang. Nous devons faire quelque chose.

Cain les aurait tous deux aidés, même sans le regard implorant de Faye. Mais savoir qu'elle désirait les secourir rendit la question bien plus urgente.

— Certaines maisons de la propriété ne sont-elles pas disponibles en ce moment ? lui demanda-t-il.

— Une d'elles est vide, car nous projetions de la rénover, mais elle est habitable dans son état actuel.

— Bien, répondit Cain.

Il regarda David.

— J'espère que vous resterez plus longtemps que deux jours. Où allez-vous ?

David haussa les épaules.

— Aussi loin que possible du Mississipi.

Le cœur de Cain s'arrêta.

— Mississipi ?

— C'est là que se trouve notre clan.

Cain serra le poing et le frappa contre la table de la cuisine, ce geste faisant reculer David et Kathryn dans leur coin.

— Maudit soit Abel !

Sidérée, Faye laissa échapper une aspiration.

— Qu'y a-t-il ?

Cain serra les mâchoires.

— Il m'a convaincu d'inviter le clan du Mississipi pour les célébrations de mon retour, afin de faire la paix avec eux.

Il prit une inspiration avant de désigner les deux vampires.

— Comment puis-je faire la paix avec un clan qui fait *ça* à son peuple ?

— Pourquoi as-tu consenti à les inviter ? demanda Faye. Tu sais qu'ils ne partagent pas nos valeurs.

Était-il censé le savoir ? L'ancien Cain aurait manifestement dû être au courant.

— Je pensais que les choses avaient changé pendant mon absence. Abel a proposé de leur donner une autre chance.

Quoiqu'il apparût à présent qu'il ne devrait peut-être pas écouter la moindre des propositions d'Abel.

— Rien n'a changé, répliqua Faye. Ils sont toujours aussi cruels qu'ils ne l'étaient.

Plus tard, il aurait un mot avec Abel à ce sujet. Il fit signe à David et Kathryn.

— Allons vous installer afin que vous puissiez vous reposer.

Il regarda ensuite Faye.

— Veux-tu me montrer lequel des cottages est disponible ? ajouta-t-il.

— Venez ! encouragea-t-elle les deux étrangers avant de se tourner vers la porte.

Tandis qu'ils sortaient tous, Cain tendit la main vers celle de Faye. Celle-ci tourna la tête vers lui, son visage exprimant la surprise.

Il lui sourit, lui prit la main, l'amena à ses lèvres et y déposa un doux baiser sur le revers. Elle y répondit par un sourire hésitant. Dans la quiétude du silence, ils contournèrent le palais en direction de la longue allée. En chemin, Cain jeta un œil aux cottages et laissa Faye prendre la tête tout en appréciant la chaleur de sa main dans la sienne.

— C'est celui-ci, dit Faye.

Elle désigna un petit cottage en bois semblable à tous les autres et se dirigea vers la porte d'entrée. Elle se tourna ensuite vers lui.

— Je n'ai pas de clé, ajouta-t-elle.

Pendant un instant, Cain se figea. Il se souvint alors du trousseau de clés qu'Abel lui avait tendu durant la première nuit de son retour et le sortit de sa poche. Il regarda les différentes clés sans savoir laquelle correspondait à la serrure du cottage. Alors qu'il hésitait, Faye en désigna une.

— Celle-ci.

— Ça fait longtemps, dit-il, espérant qu'elle ne trouvât pas étrange qu'il ne sût plus quelle clé utiliser.

Il déverrouilla ensuite la porte.

L'intérieur du cottage était simple, mais fonctionnel : deux grandes pièces, une meublée en guise de salon et, l'autre, en guise de chambre à coucher, en plus d'une petite salle de bain avec baignoire.

— Je vous ferai apporter des draps et des serviettes par un des serviteurs, dit Faye.

Elle regarda ensuite la fille qui jetait à présent un œil tout autour et faisait des pas hésitants à l'intérieur.

— Et je peux t'amener des vêtements, Kathryn.

En entendant son nom, la fille pivota sur elle-même. Ses respirations devinrent irrégulières mais, lorsque Faye demeura juste là où elle se tenait, Kathryn commença à visiblement se calmer.

— Merci.

David tendit la main vers Cain.

— Je vous suis très reconnaissant pour votre gentillesse, Votre Majesté.

Cain lui prit la main et la serra.

— Ne me remercie pas. C'est Faye qui l'a fait, pas moi.

Du coin de l'œil, il remarqua le doux sourire que Faye lui adressait.

— Reposez-vous. Je vous ferai apporter tout ce dont vous avez besoin, ajouta-t-il.

Il se tourna ensuite vers la porte et sortit. Faye le rejoignit un instant plus tard. Il lui prit la main.

— Viens.

Une fois hors de portée de voix, il s'adressa de nouveau à elle.

— Je ne voulais pas le demander en face d'eux, mais comment leur a-ton ôté les canines ? N'importe quelle blessure devait guérir durant leur sommeil réparateur. Leurs canines devaient repousser en un jour.

Faye soupira.

— Normalement, oui, mais ces montres leur ont implanté des petites billes en acier à l'endroit où les canines devaient repousser et les ont enduites d'argent afin que la blessure ne guérisse jamais. La douleur constante doit être atroce.

Cain frissonna en y pensant.

— Il doit y avoir quelque chose que l'on puisse faire.

— Il nous faudrait un chirurgien, mais nous n'en avons pas. Nous devons les emmener auprès d'un chirurgien humain, mais ce sera risqué.

— Ce ne sera pas nécessaire.

Car Cain venait de trouver une solution.

Faye se tourna vers lui pour l'implorer.

— Mais tu ne peux pas les laisser continuer à souffrir comme ça. La fille est paralysée par la douleur. Je peux le ressentir.

Cain lui prit les mains et l'attira plus près.

— Ils ne souffriront pas plus longtemps. Je connais un médecin. C'est un vampire. Je peux amener Maya, ici, pour les opérer. Tout ira bien.

Faye écarquilla les yeux.

— Maya ? C'est la femme que tu aimes ?

— Maya ? Dieu, non ! Maya est une amie. Et elle est liée à un homme formidable que je ne voudrais pas du tout contrarier.

Cain amena les mains jointes de Faye à sa bouche et y déposa un baiser.

— Faye, il n'y a pas d'autre femme. Pourquoi penses-tu qu'il y en ait une ?

— Mais j'ai entendu que tu étais tombé amoureux d'une autre femme.

— Qui a dit ça ?

Faye détourna le regard, mais Cain n'eut pas de mal à comprendre qui lui avait mis cette idée en tête.

— Abel ?

Elle le fixa de nouveau du regard.

— Il a dit qu'il avait entendu tes hommes parler d'une femme que tu voulais ramener ici.

— Ce sont des conneries.

Cette dernière manipulation de son frère suscita de la colère en lui.

— Mais dans quel but dirait-il cela ?

— Parce qu'il veut créer un fossé entre nous !

C'était là la seule explication possible.

— Il veut que tu lui reviennes, poursuivit Cain avant de laisser échapper un rire amer. Et pourquoi ne le voudrait-il pas ? Quel homme ne serait pas accro après t'avoir eu dans son lit ?

Ses rêves lui avaient démontré qu'il l'avait également été.

— Mais il ne m'a jamais eue !

Cain se figea.

— Quoi ?

— Il ne m'a jamais touchée. Il le voulait, mais je n'ai pas pu…

Il leva une main et lui caressa la joue.

— Tu m'es demeurée fidèle, murmura-t-il, incapable de croire en sa chance.

Tout en se penchant, il rapprocha les lèvres de celles de Faye.

— Je veux avoir une chance d'apprendre à te connaître à nouveau. Veux-tu me montrer comment c'était entre nous, avant ma disparition ?

Il lui effleura les lèvres, lui laissant la moindre opportunité de se retirer, si elle le voulait. Mais elle ne recula pas.

— Oh, Cain, tu m'as tellement manqué.

**24**

---

Il avait donné pour instruction à Marcus de prendre soin des nouveaux venus et, à présent, il refermait la porte de la suite de Faye derrière lui et en tirait le verrou. Son regard voyagea vers elle, tandis qu'elle se tenait près de la cheminée, sans bouger.

Il se souciait peu que les *affaires royales* l'attendissent. Ce qu'il était prêt à faire était plus important que diriger un royaume.

— Merci d'aider ces deux vampires, murmura-t-elle.

Quoique son cœur battît avec fracas, il marcha dans sa direction à pas réguliers.

— Je veux que tu saches que je ne l'ai pas fait dans le but de te mettre dans mon lit.

Faye se mit à rire doucement et désigna le matelas.

— C'est mon lit, pas le tien.

— Aucune différence.

Arrivé près d'elle, il lui prit la tête entre les mains.

— Si je me souviens bien, poursuivit-il, le lit dans lequel je dormais n'a jamais eu tellement d'importance, pour autant que tu y aies été avec moi.

Du moins, c'était ce que ses rêves lui avaient révélé.

— Et parfois, peu t'importait que ce ne soit pas dans un lit.

Elle jeta un œil au tapis en peau d'ours à ses pieds.

Y avaient-ils fait l'amour auparavant ?

— Pourquoi ne me montrerais-tu pas ce que tu préfères ? suggéra-t-il.

Les lèvres de Faye se rapprochèrent des siennes, et son souffle vint rebondir contre sa bouche.

— Tu sais ce que je préfère.

Cain aurait aimé s'en rappeler, mais aucun souvenir n'était prêt à émerger. Il fit donc la seule chose dont il était capable. Il lui captura les lèvres et l'embrassa. Les lèvres de Faye lui cédèrent, s'entrouvrant à la plus légère des pressions, un léger soupir s'échappant de sa bouche, tandis qu'une de ses mains glissait vers la nuque de Cain, lui envoyant un frisson le long de la colonne vertébrale, jusque dans le coccyx. Une décharge parallèle voyagea vers son bas-ventre et l'enflamma.

Il avait espéré qu'il en fût de la sorte depuis le moment où elle était apparue dans ses rêves, mais il ne s'était jamais attendu à ce que la passion de Faye s'emparât si pleinement de lui au point d'en perdre tout sens de la réalité. Ceci ne pouvait être qu'un rêve ; rien ne pouvait être aussi bon dans la vraie vie. Et pourtant, tenir Faye dans ses bras et lui dévorer les lèvres, tel un homme assoiffé, semblait plus réel que tous les rêves confondus qu'il avait faits d'elle.

Il sentit son propre cœur rugir à la vie, comme si ce dernier avait été dormant depuis le début des temps. Il battait contre la poitrine de Faye, faisant écho aux pulsations de sa partenaire. Tout aussi rapidement que le sien, le cœur de Faye battait avec fracas à l'intérieur de sa cage thoracique, essayant de s'en échapper. Il déplaça une main vers le bas pour le capturer, pour enfin ressentir la chaleur de sa chair dans la paume de sa main. Une chair tendre l'y salua, lui remplissant la main dans toute sa capacité. Du pouce, il lui caressa le bout, le sentant durcir sous chacune de ses caresses. Mais le tissu de la robe d'été était toujours un obstacle ; celui qui l'empêchait d'entrer en contact avec sa peau.

Cain arracha sa bouche de celle de Faye et se mit à haleter fortement.

— Oh, Dieu, Faye !

Il la regarda fixement dans les yeux. Les paupières étaient lourdes, la passion y était manifeste. Cela l'affamait de simplement la regarder.

Il pressa son sein dans la paume de sa main et lui captura ensuite le second. Faye pencha la tête en arrière contre le mur et gémit.

— Ce n'est pas assez, dit-il entre les dents, en s'emparant du tissu. Sans réfléchir, il déchira le dessus de la robe, exposant ainsi les deux seins.

Faye haleta, les yeux écarquillés de surprise.

Cain baissa le regard afin de se régaler de la vue. Elle ne portait pas de soutien-gorge, et ses seins opulents débordaient des mains languissantes de Cain. Le contact peau contre peau fit pulser son sexe de manière incontrôlable, le grossissant davantage.

— Bon sang, Faye, prends-le avant que je n'explose ! lui ordonna-t-il avant de baisser la tête vers ses seins et d'en capturer un mamelon dans la bouche.

Alors qu'il tétait le délicieux bourgeon et le léchait, il sentit enfin les mains de Faye sur son pantalon afin d'en faire sauter le bouton. Ensuite, une main pressa toute la longueur de son membre, tandis que l'autre abaissait la fermeture éclair.

Il se sentit libéré lorsque le vêtement ajusté laissa place à l'air frais, alors qu'elle lui baissait le pantalon et le caleçon à mi-cuisses. Impatient, il vint écraser son sexe contre les mains de Faye.

— Cain, mon amour ! murmura-t-elle en enveloppant l'érection dure comme de l'acier dans la paume de sa main avant de laisser glisser celle-ci.

Le mamelon sortit d'un coup de la bouche de Cain.

— Putain !

Si elle continuait à le caresser de la sorte, il se répandrait dans sa main en trois secondes.

— Ne fais pas ça ! ajouta-t-il, la respiration lourde, tout en s'extirpant de sa poigne.

— Qu'est-ce qui ne va pas ?

— Ce qui ne va pas ? répéta-t-il. Faye, je vais jouir immédiatement si tu me fais ça.

— Mais je te touche à peine.

Il la regarda droit dans les yeux, rapprochant la tête de la sienne.

— Pour moi, c'est comme si tu étais une nouvelle femme. Comme si je ne t'avais jamais touchée par le passé. Tout ceci pourrait se terminer plus rapidement que nous ne le voulons tous les deux.

Du doigt, elle lui traça le contour de la bouche.

— Dans ce cas, nous aurons juste à le faire encore et encore jusqu'à ce que nous soyons tous deux satisfaits du résultat.

Cain lui sourit.

— Donc, tu ne me foutras pas dehors si je ne le fais pas très bien la première fois ?

Car, pour lui, ce serait la première fois qu'il lui ferait l'amour. Il n'avait que ses rêves comme toute comparaison. Et pourtant, Faye le comparerait à l'ancien Cain.

— Mon amour, murmura-t-elle, en secouant la tête comme pour le réprimander. Tu ne l'as jamais mal fait. Tu connais mon corps mieux que moi.

Il sourit.

— Bien, dans ce cas...

Il se passa la chemise par-dessus la tête et la jeta à terre. Il s'empara alors du reste de la robe et la déchira en deux.

Il laissa errer les yeux plus bas.

— Tu portes un slip, aujourd'hui.

Dans son dernier rêve, elle avait été nue.

— C'est parce que je ne m'attendais pas à ça.

Cain fit claquer sa langue.

— Tu devrais toujours t'y attendre. Jour et nuit. Car une femme comme toi devrait avoir les jambes écartées avec mon sexe en elle vingt-quatre heures sur vingt-quatre, sept jours sur sept.

Faye lui lança un regard provoquant.

— Alors, pourquoi es-tu toujours en train de parler ?

— C'est vrai, reconnut-il en s'emparant à nouveau de ses lèvres.

Il se souvint du rêve où il l'avait prise contre le mur, mais ce n'était pas de cette façon qu'il voulait la prendre pour la première fois. Il avait besoin d'elle sous lui.

Tout en l'embrassant intensément, il la souleva dans ses bras, la déposa sur le tapis en peau d'ours avant de la relâcher, se débarrassa de ses chaussures d'un coup de pied et se libéra rapidement de son pantalon et de ses chaussettes. Rien ne devait entraver ses mouvements.

Faye tendit les mains vers lui pour qu'il se baissât vers elle, et il s'y conforma, se glissant entre ses jambes écartées. Seul un slip minuscule recouvrait à présent le précieux endroit au sommet de ses cuisses et, pourtant, il n'empêchait pas l'odeur de son excitation de se répandre dans la pièce. Les narines de Cain se dilatèrent lorsqu'elles s'emplirent de cet arôme si tentant.

De la jointure des doigts, il frotta le tissu, la faisant ainsi tressauter.

— Tout doux, chérie, murmura-t-il. Je vais te donner tout ce dont tu as besoin.

Ou mourir en essayant. Mais il n'allait pas se précipiter. Il voulait l'explorer, apprendre à connaître son corps, se délecter de sa vue.

Avait-il vraiment eu une femme comme elle par le passé, quand il était toujours l'ancien Cain ? Lorsqu'il avait une mémoire ? Quel chanceux fils de pute il avait dû être pour avoir appelé sienne une femme comme elle.

Savoir que personne ne l'avait touchée durant son absence le remplit de satisfaction. Et pour cela, il allait à présent la récompenser, afin qu'elle sût à quel point il appréciait sa loyauté et sa fidélité.

Ses doigts glissèrent sous le délicat tissu du slip.

— Hmm, murmura-t-elle, se léchant les lèvres tout en arquant le dos.

Encouragé par sa réceptivité, il explora la chair moite. Elle était douce et chaude, les replis de sa féminité trempés par la cyprine, les genoux à présent en biais afin de lui procurer un meilleur accès. Cette réaction confirma à Cain qu'il lui avait maintes fois fait ceci. Mais pour lui, c'était tout nouveau. Excitant, captivant. Toucher une femme pour la première fois et apprendre ce qu'elle aimait, lui donner du plaisir, était une expérience qu'on ne pouvait jamais répéter. Pour cette chance qui se présentait à présent à lui, pour cette faculté de pouvoir à nouveau tout recommencer avec Faye, il éprouvait de la reconnaissance.

Cain baigna les doigts dans cette humidité avant de plonger plus bas. Impatient de goûter à la sensation de la contraction des muscles autour de son sexe, il sonda l'entrée et enfonça un doigt en elle.

Un halètement émana de Faye.

— Cain, lâcha-t-elle dans un souffle. S'il te plait, ne me taquine pas.

Voulait-elle plus que juste un doigt ? Déjà maintenant, elle semblait trop étroite pour un seul. Dès qu'il s'enfouirait en elle avec son membre, il se répandrait immédiatement.

— Je ne vais rien précipiter. Tu vas devoir attendre mon sexe un petit peu plus longtemps.

Bien qu'il pût à peine attendre plus longuement lui-même.

Lorsqu'il ôta son doigt, elle geignit en protestation. Il saisit le slip et le tira vers le bas avant de le laisser tomber à terre. Il put enfin se délecter de cette vue. Celle-ci le fit saliver. Incapable de résister, il baissa la tête et amena la bouche au centre de sa féminité. Les mains collées sur le haut de ses cuisses, il l'entendit gémir.

— Je n'ai même pas commencé, murmura-t-il en souriant.

— Alors, commence, le pria Faye.

Elle ne dut pas le lui dire deux fois. Il lapa la chair tendre et autorisa la saveur à se répandre. Il ferma involontairement les yeux et se laissa tomber. Il la lécha avidement, l'explora, tandis qu'elle se tordait sous lui, soulevant les hanches de façon à venir les écraser contre lui, ses lèvres délivrant des gémissements et des soupirs. Les bruits du plaisir semblables à ceux dont il se souvenait de ses rêves firent écho dans ses oreilles.

Dopé par son odeur et son goût, il continua de la lécher, tandis qu'il libérait une cuisse, uniquement dans le but d'enfoncer un doigt dans sa fente frémissante et de pouvoir concentrer ses efforts un peu plus haut. Lorsqu'il balaya la langue sur le clitoris engorgé, Faye se souleva presque du tapis. Il grogna, lui faisant ainsi savoir qu'il n'avait pas encore fini.

Faye mit les mains sur la tête de Cain et caressa ses courts cheveux et son sensible cuir chevelu, lui envoyant une décharge de désir à travers tout le corps, jusque dans le bout de son membre. De l'humidité s'écoula de la fente, et il sut qu'il ne pourrait plus tenir longtemps.

Cain releva la tête de l'intimité de sa partenaire et regarda vers le haut. Tous deux se rencontrèrent du regard ; elle était en train de l'observer.

— Tu es si différent, murmura-t-elle en le tirant vers elle.

Il ne pouvait la laisser penser qu'il y avait quelque chose de différent chez lui. Il lui agrippa dès lors les hanches, se mit au-dessus d'elle en ajustant l'angle et plongea dans la chaleur de son humidité.

Sous l'impact, Faye ferma les yeux et laissa échapper un souffle.

— Oui !

Ce cri fit écho à celui de Cain, tandis que la sensation des muscles qui se resserraient autour de son érection venait le percuter.

— Regarde-moi, demanda Cain.

Elle ouvrit les yeux et le fixa du regard. Lentement, il s'extirpa de l'étroitesse de sa gaine et glissa à nouveau en elle tout en la regardant droit dans les yeux. Faye croisa les chevilles sur son derrière et l'attira plus près.

— Tu m'as manqué, confessa-t-elle.

— Moi tout entier ?

Il plongea plus profondément en elle, insistant ainsi sur sa question.

— Toi tout entier.

Elle lui enfonça les ongles dans le dos, le pressant de lui en donner davantage.

Les mâchoires serrées, afin de repousser l'imminence de son orgasme, Cain commença ses va et vient. Tel un gant de soie, elle l'enveloppait à chaque descente et, tel un étau, le retenait à chaque retrait. Le corps de Faye ressemblait au paradis sur terre. La chaleur se répandait sur le corps de Cain comme si les rayons du soleil brillaient sur lui, le réchauffant sans le brûler, lui conférant un sentiment d'appartenance.

Il avait espéré que faire l'amour à Faye fût spécial, mais il ne s'était pas attendu à ce que ce fût phénoménal. Il fit étalage de sa force, ses hanches se donnant frénétiquement afin de délivrer coup après coup dans ce corps si enivrant. Il semblait impossible qu'il eût, un jour, appelé Faye sienne, et il n'en avait aucun souvenir. Comment un homme pouvait-il oublier avoir été avec une femme comme elle, une femme qui le faisait se sentir l'homme le plus puissant du monde ?

Chaque soupir et chaque gémissement qu'elle libérait alimentaient ses efforts de lui en procurer davantage, de lui montrer qu'il ferait tout pour lui donner du plaisir, la rendre heureuse. Et la maintenir en sécurité sans jamais la laisser repartir. Et quoique son esprit n'eût aucun souvenir de leurs ébats précédents, son corps semblait à présent s'en rappeler. Ses mouvements semblèrent réfléchir par eux-mêmes, s'ajustant aux exigences du corps de sa partenaire, exhortant plus de plaisir chez elle.

Il ne la quitta pas des yeux pendant une seule seconde, se délectant des signes de désir et de passion qui se reflétaient sur son visage et qui l'encourageaient à poursuivre, alors que son propre corps voulait se libérer. Il ne s'accorderait sa propre libération qu'une fois que Faye aurait trouvé la sienne. Ce signe d'abnégation le prit par surprise car, par le passé, il n'avait jamais vu ce trait de caractère en lui. Était-ce elle qui le faisait ressortir ? Était-ce elle qui faisait de lui l'homme qu'il voulait être ?

L'odeur de leurs corps se frottant l'un à l'autre emplit les narines de Cain et contribua à lui faire accélérer ses mouvements en un rythme de plus en en plus frénétique. Si Faye avait été humaine, les mouvements de son partenaire n'auraient été qu'un simple flou, et la sauvagerie avec laquelle il la pénétrait l'aurait blessée dans la délicatesse de sa féminité. Mais la diablesse de vampire qu'il avait sous lui ne présentait aucune limite. Comme lui, elle réagissait de manière incontrôlable. Ses ongles s'étaient transformés en griffes et s'enfonçaient profondément dans le dos de Cain, tandis que ses hanches venaient claquer contre lui, sans retenue.

Il sentit le corps de Faye trembler à chaque impact et ses muscles internes commencer à resserrer plus fermement son sexe, signe qu'elle était proche de l'orgasme.

— Oui, chérie ! l'encouragea-t-il.

La lueur rouge dans les yeux de Faye était à présent plus prononcée et, derrière ses lèvres entrouvertes, il aperçut les canines qui commençaient à descendre sur toute leur longueur. Fasciné par cette vue si attrayante, il grogna telle une bête et baissa la tête. Il l'inclina pour lui offrir son cou.

Faye en eut le souffle coupé.

La tentation de sentir les canines de Faye dans son cou était trop forte pour y résister. Il avait besoin qu'elle le mordît, qu'elle s'abreuvât de lui. Lorsqu'il sentit ses lèvres entrer en contact avec son cou, son cœur fit un saut périlleux, et son sexe, consentant, se mit à tressaillir.

— Faye ! dit-il, la voix éraillée.

Telles de minuscules piqûres d'épingles, les canines s'enfoncèrent dans son cou, le faisant frissonner. À la première traction sur sa veine, une décharge de désir le percuta dans les testicules.

— Putain ! fut tout ce que ses lèvres purent prononcer, avant qu'il ne sentît sa semence jaillir dans son sexe et exploser en son bout.

Ensuite, un frisson parallèle provenant du corps de Faye vint se heurter à ses spasmes, tandis qu'elle atteignait l'orgasme. Refusant qu'elle s'arrêtât de s'abreuver de lui, Cain continua à presser le cou contre ses lèvres, chaque traction sur sa veine lui envoyant un autre frisson palpitant à travers tout le corps et le sexe.

Durant des secondes qui se transformèrent en minutes, Cain continua à pousser son membre dans cette gaine soyeuse, tandis que les canines de Faye demeuraient logées dans son cou.

**25**

———

Cain enroula un bras autour d'elle tout en l'attirant dans la courbe de son corps, son torse nu glissant contre son dos, ses jambes serrées contre les siennes, son sexe toujours à moitié en érection. Le corps de Cain était aussi chaud qu'un fourneau, sa respiration irrégulière, et le pouls galopant.

Faye ne sentait plus les os de son corps, quoiqu'elle ne se fût jamais sentie aussi bien de toute sa vie. Bien qu'elle sût que l'absence de Cain durant plus d'une année avait contribué au côté plus qu'exceptionnel de leurs ébats, elle réalisa qu'en la laissant boire son sang, l'expérience avait été élevée à un niveau qu'elle n'aurait jamais cru possible.

Les lèvres de Cain se blottissaient à présent dans son cou, et la chaleur de son souffle lui caressait la peau, la faisant à nouveau frissonner.

— Hmm, bourdonna-t-il, lui envoyant une sensation de picotement tout le long de la colonne vertébrale. Donne-moi quelques minutes, et je verrai si nous pouvons améliorer ça.

Il poussa l'entrejambes contre le postérieur de sa partenaire.

Faye gloussa.

— Tu dois plaisanter.

— Tu penses que je plaisante ? la défia-t-il.

— Oh, je n'ai aucun doute quant au fait que tu sois à nouveau prêt dans quelques minutes. Tu l'es toujours. Mais—

— Mais quoi ? grogna-t-il, ce son venant se répercuter dans le corps de Faye telle une douce caresse.

— Même toi, tu ne pourras pas améliorer la perfection.

Et c'était exactement comme cela que ça avait été : parfait. Comme si la séparation longue d'une année n'avait jamais eu lieu. Mais, en même temps, quelque chose en lui était différent.

— Bien.

Bouche ouverte, Cain lui déposa un baiser dans le cou, tandis qu'une de ses mains lui caressait doucement le bras jusqu'à la main, là où leurs doigts s'entremêlèrent.

— J'ai toujours adoré que tu me mordes pendant que je te fais l'amour.

Faye tressauta, tournant la tête vers lui tout en se libérant de son étreinte.

— Quoi ?

Il la gratifia d'un regard perplexe et ouvrit la bouche pour parler. Mais il hésita.

— Qu'est-ce qui ne va pas ?

— Cain, c'était la première fois que je buvais ton sang.

Le cœur de Faye lui martela la poitrine.

Il lui fit un clin d'œil et la tira vers lui, lui enrobant la nuque de la main, son pouce lui caressant la zone sous l'oreille.

— Bien sûr, chérie, qu'est-ce que j'ai dit ?

Confuse, elle secoua la tête.

— Que tu as *toujours* aimé que je te morde. Mais je ne l'ai jamais fait, avant.

Il lui donna un rapide baiser sur la joue.

— Tu dois avoir mal compris. J'ai dit que j'ai aimé que tu me mordes.

Cain se blottit le visage dans le creux de son cou.

— En fait, je n'ai jamais rien ressenti de mieux, chérie.

Elle s'écarta à nouveau.

— Et pourquoi m'appelles-tu chérie ?

— Tu n'aimes pas quand je t'appelle chérie ?

— Oui, mais—

Elle hésita. Devenait-elle folle et voyait-elle des choses différentes chez lui à cause de leur longue séparation ? Ou avait-il réellement tant changé ?

— Mais quoi ? l'amadoua-t-il en lui déposant davantage de baisers dans le cou et sur la joue, tandis que sa main voyageait plus bas, enrobant un sein avant de le presser légèrement.

— Tu avais l'habitude de m'appeler mon amour.

Il soupira et releva la tête pour la regarder.

— Je veux t'appeler de tellement de manières, Faye. Je suis submergé par ce que tu me fais ressentir. Dans tes bras, je me sens vraiment à nouveau en vie. Je sais que j'ai changé. Je suis désolé.

Suite à la sincérité de ces paroles, elle sentit les larmes lui monter aux yeux. Elle les retint et lui caressa la joue. Il tourna la tête afin de déposer un baiser dans la paume de sa main.

— Tu dois avoir traversé tant de choses en captivité. Dis-moi ce qui t'est arrivé.

En guise de réponse, il hocha lentement la tête, puis détourna le visage.

— S'il te plaît, ne pose pas de question.

Légèrement blessée par ce refus, elle laissa tomber la main et fit mine de se relever, mais il la retint en l'attirant contre son corps avant de se laisser, tous deux, à nouveau glisser à terre.

— S'il te plaît, essaie de comprendre. Je ne peux pas parler de ce qui s'est passé pour beaucoup de raisons. J'aimerais pouvoir me confier à toi.

— Mais peut-être que ça t'aiderait de parler et de dire ce que tu as sur le cœur, suggéra-t-elle en espérant lui faire changer d'avis.

— C'est mieux comme ça.

— Tu m'as forcée à en parler, à l'époque, et cela m'a aidée.

Partager avec Cain les détails de son calvaire avait été un soulagement.

— À quel moment ? demanda-t-il en laissant courir une main le long de sa cuisse.

Faye fut heureuse d'avoir la tête détournée afin qu'il ne pût voir le gros froncement de sourcils qui s'était à présent formé sur son front. Pourquoi demandait-il cela, alors qu'il savait exactement de quoi elle parlait ? Il devait le savoir. Cain était celui qui l'avait délivrée. Elle et les autres.

— Après que tu m'aies sauvée.

Il se raidit un instant, faisant grandir le doute en elle. Pourquoi Cain se comportait-il si étrangement ?

Soudain, il se détendit de nouveau.

— Euh, oui, ça.

Il soupira et lui caressa doucement la cuisse.

— Faye, poursuivit-il, c'est juste que... Je dois me réhabituer à parler aux autres. Tout ce temps, je n'ai eu personne à qui me confier. C'est dur pour moi. Peut-être que cela aiderait si...

Il s'interrompit.

— Aiderait si ? l'encouragea-t-elle, posant sa main sur celle de Cain pendant qu'il lui serrait la cuisse.

— Peut-être que si tu pouvais me parler, me parler de nous, me rappeler les choses que nous partagions.

— Mais tu sais tout ça.

— Dans ma tête, oui, tout est là. Notre passé, tout. Mais ta voix m'a manqué. Durant tous ces jours où je ne dormais pas, je rêvais que j'écoutais ta voix en train de me raconter notre vie, ensemble.

Il lui embrassa le cou avec douceur.

— Et peut-être qu'entendre ta voix m'aidera à retrouver la mienne, ajouta-t-il.

Ses baisers étaient implorants, lui effaçaient les doutes momentanés qu'elle éprouvait. Elle-même n'avait-elle pas eu besoin de se retrouver après son emprisonnement ?

— Juste avant que l'ancien roi ne meure, te souviens-tu lorsque tu m'as prise dans tes bras pour me sortir de ce trou à rats ? commença-t-elle en se blottissant dans ses bras.

— Ouais, murmura-t-il.

— J'ai alors su que, pour moi, il n'y aurait jamais aucun autre homme que toi.

Cain gloussa.

— J'ai vraiment fait bonne impression, hein ?

Faye sourit mélancoliquement.

— Tu étais couvert de sang, et tu ressemblais au diable en personne. Mais tu n'étais pas venu pour nous blesser, moi ou les autres. Quand je t'ai observé en train d'ouvrir la cellule, j'ai reculé dans mon coin tant j'avais peur de toi. Peur que tu sois juste un de ceux qui nous avaient blessés par le passé. L'odeur de la mort te collait à la peau. Cela me faisait trembler. Mais ensuite, tu m'as regardée droit dans les yeux, et je n'ai pu échapper à ton regard. Tu étais un guerrier, et tout le monde te succombait. Si fort, si redoutable, si courageux.

Le souffle de Cain vint lui toucher la nuque.

— Étais-je tout cela ?

— Pour moi, tu l'étais.

Elle marqua une pause. Raconter à nouveau la période la plus sombre de sa vie lui faisait toujours mal. Mais savoir qu'elle était en sécurité, en sécurité dans les bras de Cain, apaisait sa douleur.

— Dis-moi ce qui s'est passé, demanda-t-il.

Le ton de sa voix était étrange, presque comme s'il l'interrogeait et voulait élucider un point important. Elle secoua la tête afin de balayer cette pensée.

— Mais tu sais tout. Tu étais là. Tu sais ce qu'il a fait. Je ne veux pas parler de la torture et des viols. Tout ça est derrière moi, maintenant. J'ai guéri.

Elle sentit une soudaine pression de la main de Cain sur sa cuisse, parallèlement à l'accélération de la respiration et du pouls de celui-ci. Lorsqu'il la fit se retourner pour qu'elle lui fît face, elle fut choquée de voir un masque d'horreur sur son visage, de même que la douleur au plus profond de ses yeux.

— Faye, murmura-t-il en remuant la tête d'un côté à l'autre.

On aurait dit qu'il voulait dire quelque chose, mais aucun mot ne sortit de sa bouche pendant de longs instants.

— On ne te fera plus jamais de mal, dit finalement Cain d'une voix émue.

Ses lèvres se retrouvèrent ensuite sur celles de Faye, et il l'embrassa plus intensément que précédemment. Elle enroula les bras autour de lui et le tira sur elle, écartant les jambes afin de lui faire de l'espace. Dur et pesant, le sexe de Cain demeura en repos contre le centre de sa féminité, sans la pénétrer. Elle lui prit la tête entre les mains et intensifia le baiser.

— Fais-moi l'amour, exigea-t-elle.

Des yeux sombres, attestant qu'une évidente tempête faisait rage en lui, la regardaient, quoiqu'elle n'en comprît pas la raison.

— Je ne veux pas te blesser.

— Alors, aime-moi.

Plus doucement que précédemment, Cain glissa en elle en un lent mouvement. Et tout aussi lentement, il se retira. Le sexe de Faye était non seulement lubrifié par sa propre cyprine, mais également par la semence de Cain. Pour cette seconde fois, il aurait pu la prendre bien plus violemment—ce qu'il avait fréquemment fait par le passé—mais il lui fit plutôt l'amour comme s'il touchait une vierge.

Elle ne comprenait pas ce qui avait provoqué ce changement en lui, mais cela n'avait aucune importance. Cain lui faisant l'amour avec tant de respect, tant de tendresse, était nouveau, et elle en accueillait chaque seconde.

— Tu m'as manqué, Cain.

La bouche de celui-ci descendit sur la sienne et l'empêcha de produire un autre son pendant un très long moment.

## 26

Penché sur le bureau, Cain frappa du poing sur la surface en bois et regarda furieusement son frère.

— Je me fous que Baltimore soit ton garde personnel ! Je ne le tolèrerai pas plus longtemps sur les terres du palais ! Cela vaut pour toutes les personnes qui manquent de respect à ma fiancée.

Il pointa Abel de l'index.

— Et ton garde a fait plus que ça, ajouta-t-il. Il l'a malmenée ! Il a de la chance d'être en vie.

— Ta réaction est exagérée. Je suis certain que c'était un malentendu. Baltimore est un bon garde. Il sait ne pas outrepasser ses limites.

— Il les a franchies. Je suggère que tu choisisses un autre garde personnel.

— Tu as changé, frère. Une petite contrariété de cet ordre ne t'aurait jamais fait dérailler au point de placer tes propres désirs avant le bien du royaume.

Cain plissa les yeux.

— Et en quoi laisser Baltimore rester ici serait bon pour le royaume, comme tu dis ?

— C'est un garde précieux et loyal. Es-tu sûr que nous pouvons prendre le risque qu'un homme comme lui se retourne contre nous en ces temps difficiles ? As-tu déjà oublié que quelqu'un, là, dehors, a voulu te tuer ?

Cain se raidit, se laissant le temps de digérer les dernières paroles de son frère.

— Me tuer ? C'était un kidnapping, pas un assassinat.

Abel se moqua.

— Enfin, c'est la même chose ! Dans les deux cas, mort ou kidnappé, tu ne rends pas service au royaume.

— Au moins, là-dessus, nous sommes d'accord.

— Alors, reconsidère ta décision au sujet de Baltimore. Tu auras besoin d'hommes comme lui pour te protéger. Il connaît tout le monde. Il pourra nous avertir s'il se passe quoi que ce soit de mauvais. Tu as besoin de lui.

Cain secoua la tête.

— Non. Je maintiens ma décision. Quiconque fait du mal à Faye aura affaire à moi.

— Bien, je suppose que ça veut dire que tu l'as reprise malgré ma mise en garde à propos de ses intentions.

La tentative de son frère de continuer à dépeindre Faye comme une croqueuse de diamants lui fit monter la colère au ventre.

— Oui, je l'ai reprise. Donc, je te conseillerais de garder pour toi tes opinions à son sujet.

Abel leva les mains pour se défendre.

— Allons, allons, depuis quand es-tu si susceptible ? Je veille sur toi, Cain, en tant que frère, ton plus proche conseiller. Nous avons traversé trop de choses ensemble pour laisser une femme s'interposer entre nous. Maintenant, je regrette d'avoir cédé aux avances de Faye...

Cain grogna de mécontentement.

— Tant que nous sommes sur ce sujet, je te conseillerais également d'arrêter de faire allusion à des choses et prétendre qu'elles sont vraies.

Abel gonfla le torse et mit les poings sur les hanches.

— Es-tu en train de dire que je mens ?

Cain serra les dents.

— Je dis que tu ferais mieux d'être prudent à propos de ce que tu dis sur Faye. Répands encore des rumeurs à propos de ce qu'elle a fait ou pas, et je devrai reconsidérer le genre de relation que toi et moi aurons dans le futur.

Abel se pencha plus près, les mâchoires serrées, les yeux fixant son frère.

— Tu as besoin de moi, frère. Beaucoup de choses ont changé durant ton absence. Tu ne sais pas à qui tu peux faire confiance. Et les hommes que tu as amenés avec toi, crois-tu vraiment qu'ils peuvent te protéger ? Ils n'ont pas le moindre indice de ce qui se passe dans le royaume. C'est vrai quoi, ils ne savent même pas qui est admis sur les terres du palais et qui ne l'est pas. Ils ne peuvent pas te protéger.

— Es-tu en train de me menacer, dit Cain, les dents serrées.

— Je te mets en garde. Tu as des ennemis. Nous en avons tous. Et il est imprudent de t'exposer à des attaques.

— Tant que nous parlons des ennemis : pourquoi m'as-tu convaincu d'inviter le clan du Mississipi ?

Abel plissa le front.

— Qu'est-ce que ça a à voir ? Il nous faut faire la paix avec eux pour sauvegarder le royaume. Tu le sais tout aussi bien que moi.

— Bon sang, Abel, as-tu la moindre idée de ce que ces salauds font à leur propre peuple ?

— De quoi parles-tu ?

— La nuit dernière, deux vampires sont arrivés chez nous. Ils avaient fui leur clan au Mississipi.

— Les deux mendiants qui sont logés dans un des cottages ?

Comment Abel était-il déjà au courant ? Cain ne lui avait pas parlé d'eux lorsqu'il l'avait informé de sa décision de bannir Baltimore.

— Tu les as vus ?

Abel haussa les épaules.

— Pas personnellement, non. Mais un des gardes en a parlé.

Cain aurait dû le savoir. Rien n'échappait à son frère. À l'heure actuelle, c'était le territoire d'Abel plus que ce n'était le sien. Mais c'était quelque chose qu'il avait l'intention de changer.

— Soit. As-tu également entendu ce qu'on leur a fait ?

— Comment pourrais-je le savoir ?

— Leur clan leur a ôté les canines. Tu comprends ce que ça signifie ?

Abel afficha une certaine surprise.

— J'ai entendu parler de cette pratique. Je suis sûr qu'il y avait de graves raisons et qu'ils l'ont méritée pour les crimes qu'ils ont commis, quels qu'ils soient. Tu ne vas certainement pas continuer à abriter des criminels. Fais-les partir avant qu'ils ne nous engagent dans une nouvelle querelle avec nos voisins.

— Comment peux-tu être aussi insensible ?

Abel secoua la tête.

— Je ne suis pas plus insensible que toi. Tu sais ce qui est en jeu. Pourquoi s'ingérer dans des choses qui peuvent mettre nos plans en périls ? Prendre parti n'a jamais été une bonne chose. Et interférer dans les affaires d'un clan voisin ne fera que nous causer des problèmes dont nous n'avons pas besoin pour l'instant.

— Donc, tu es toujours d'avis de faire la paix avec le clan du Mississipi malgré la cruauté de leurs pratiques ?

— Quelque chose d'aussi insignifiant n'aura aucune emprise sur moi. Je pense différemment mais, apparemment, mon cher frère, tu t'es ramolli durant ton absence. Tu ferais mieux de t'assurer que personne ne le remarque. Personne n'aime un roi faible.

Abel se retourna et se dirigea d'un pas raide vers la porte.

Cain lui répondit avant qu'il ne l'eût atteinte.

— Personne n'aime un roi cruel non plus.

Abel grogna en guise de réponse avant de refermer la porte derrière lui, laissant ainsi Cain réfléchir au sujet de l'antagonisme de leur échange.

Cain se tourna vers la fenêtre et regarda le jardin tout autour du palais. La pelouse était illuminée par des projecteurs. Faye était dehors, occupée avec quelques plantes. Il laissa le regard errer sur son corps. Dans son jean moulant et son débardeur qui l'était tout autant, les courbes voluptueuses de Faye étaient bien plus séduisantes. Manifestement, d'autres hommes l'avaient également pensé. Se remémorer le peu de ce qu'elle lui avait raconté la nuit précédente le faisait bouillir. Il n'avait pas osé poser plus de questions, sachant que son manque de connaissances des événements l'aurait rendue suspicieuse. En lieu et place, il lui avait encore fait l'amour, s'assurant qu'elle sût que, maintenant, il la protègerait.

Il savait qu'il lui fallait retourner à ses piles de papiers, relire les notes prises lors des interrogatoires des gardes, afin de voir s'il pouvait trouver la moindre contradiction dans leurs déclarations, mais le besoin de prendre Faye dans ses bras était plus fort.

Il ouvrit la porte-fenêtre qui donnait sur le porche et sortit. Lorsqu'il sauta par-dessus la balustrade et atterrit sur l'herbe douce juste par-dessous, Faye se tourna pour regarder par-dessus son épaule et sourit.

Il marcha vers elle à grands pas.

— Tu fais une pause ? demanda Faye.

Il l'attira dans ses bras.

— J'aimerais ne pas avoir à travailler du tout et pouvoir passer toute la nuit au lit avec toi.

Des lèvres, elle lui caressa les siennes.

— Mmm. Mais que diraient tes sujets s'ils découvraient que leur roi est paresseux ?

— Paresseux, je ne dirais pas, rétorqua Cain. Après tout, je n'avais pas l'intention de dormir. Je serais occupé dans nombre d'activités éprouvantes.

Alors qu'elle riait, il lui captura les lèvres et l'embrassa, tout d'abord avec douceur mais, lorsqu'elle enroula les bras autour de son cou pour l'attirer plus près d'elle, il inclina la tête sur le côté et glissa la langue entre les lèvres entrouvertes de sa partenaire afin de la goûter.

Faye tira la tête en arrière.

— Cain, pas ici, tout le monde pourrait nous voir.

— Je m'en fiche, murmura-t-il en essayant de l'attirer à nouveau à lui.

— Mais non, tu ne t'en fiches pas, insista-t-elle. Tu n'as jamais voulu que qui que ce soit nous voie dans l'intimité.

— J'ai changé d'avis.

Il voulait que tout le monde vît que Faye lui appartenait.

Elle le gratifia d'un curieux regard.

— Quoi qu'il te soit arrivé pendant ton absence, cela semble avoir changé ta manière de penser sur beaucoup de choses.

Qu'avait-elle remarqué d'autre ?

— Est-ce une mauvaise chose ?

— Non, non, pas du tout. C'est juste que tu avais l'habitude de porter le poids du monde sur tes épaules mais, maintenant...

— Maintenant quoi ?

De son doigt placé sous le menton de Faye, il lui releva la tête.

— Tu sembles tellement plus détendu, comme si tous tes soucis s'étaient envolés. Ce qui est très étrange, parce qu'être enfermé pendant si longtemps provoque généralement le contraire.

Du pouce, il lui caressa la joue.

— Peut-être que, durant tout ce temps, j'ai découvert ce qui avait réellement de l'importance.

Faye sourit de façon hésitante.

— Dis-moi ce qui est important pour toi, maintenant.

Il ouvrait la bouche pour répondre lorsque le claquement d'une porte lui fit tourner brusquement la tête. Thomas, le visage inquiet, se précipitait hors du palais.

Immédiatement, Cain relâcha Faye.

— Que se passe-t-il ?

— C'est Eddie ! répondit Thomas, déjà en train de courir à toute vitesse le long de l'allée qui l'éloignait du palais.

Ayant reconnu le ton alarmant dans la voix de son ami, Cain le suivit en courant. Tandis qu'il se rapprochait de Thomas, il se mit à crier.

— Qu'est-ce qui ne va pas ?

Thomas ne tourna même pas la tête et poursuivit sa course vers le bout de l'allée.

— Eddie a besoin d'aide.

Il vira ensuite sur la droite et courut dans la forêt.

Cain le suivit, la main déjà près de sa ceinture, là où il gardait son poignard d'argent dans une gaine. Depuis son arrivée au palais, son poignard était devenu son fidèle compagnon. Il grinça des dents. Si les gardes avaient ignoré ses ordres de laisser libre accès au palais à ses amis de Scanguards, quelques têtes allaient rouler, ce soir. Refusant de revivre la manière dont Haven, Thomas, Wesley et lui avaient été reçus, il avait avisé ses gardes de l'arrivée imminente de Blake et d'Eddie.

Un bruit derrière lui l'amena à tourner la tête.

— Putain !

Cain jura en repérant Faye en train de le poursuivre. En aucun cas, il ne la voulait à proximité d'un danger quelconque.

— Retourne au palais ! lui ordonna-t-il.

Mais elle ne se laissa pas dissuader et continua à courir après lui.

— Je peux peut-être aider, répondit-elle.

Ne désirant pas commencer à se disputer avec elle, il poursuivit sa course derrière Thomas, lequel disparaissait à présent derrière des arbres.

— Bon sang, Faye !

Il ralentit brièvement afin de lui laisser une chance de le rattraper, puis accéléra à nouveau, et tous deux suivirent Thomas dans le bosquet.

Encore quelques minutes, et Cain pourrait sentir l'odeur de l'eau saumâtre du bayou. Mais celle-ci n'était pas la seule que son odorat supérieur pouvait capter. Du sang humain était dans l'air. Immédiatement en alerte, il se mit à courir plus vite, ses oreilles percevant à présent des bruits. Des grognements, des éclaboussures d'eau, des branches qui se cassaient. Des évidences d'un combat.

Cain lança un regard soucieux à Faye, laquelle se maintenait toujours à sa hauteur.

— Tu aurais dû rester en arrière.

— Je suis presque aussi forte que toi, répliqua-t-elle.

Il en douta. Oui, en tant que femme vampire, elle était plus forte que n'importe quel humain, mais elle n'était pas un combattant. Elle n'était pas entraînée, pas comme lui.

Mais avant qu'il n'eût pu la contredire, ses yeux perçurent des mouvements dans l'obscurité. Il se concentra dessus. Thomas était déjà arrivé à cet endroit et était à présent en train de jurer.

— Bon Dieu !

Cain et Faye le rejoignirent deux secondes plus tard.

— À l'aide ! cria Blake en les repérant, tandis qu'il se hissait hors de l'eau trouble, les jambes assénant des coups de pieds à un alligator dont l'énorme gueule remplie de dents se refermait brusquement en voulant l'attraper.

Cain tourna la tête vers l'endroit où il entendait encore des bruits d'éclaboussures et vit, avec horreur, qu'Eddie était engagé dans un combat avec un autre alligator. Celui-ci était encore plus grand que celui qui pourchassait Blake.

Thomas se précipitait déjà sur l'alligator dont la gueule se dirigeait vers le bras d'Eddie, alors que celui-ci perdait pied et trébuchait en arrière dans cette eau peu profonde et trouble.

— Tu restes ici, ordonna Cain à Faye tout en sautant vers Blake. Il le saisit par les bras et le tira hors de portée de l'animal en pleine attaque, juste au moment où les mâchoires de ce dernier se refermaient brusquement, brassant de l'air.

Cain jeta aveuglément Blake derrière lui et se précipita vers l'alligator, les doigts déjà transformés en griffes. Il les enfonça dans les mâchoires de l'animal, une main par-dessus et une par-dessous, et lui ouvrit la gueule. Une rangée de canines mortelles luisit dans la clarté de la lune qui filtrait à travers les arbres.

L'animal se battait, fouettait la queue en va et vient, faisant tourbillonner l'eau et provoquant des éclaboussures, si haut et si loin, que Cain fut immédiatement trempé par le crasseux liquide. Mais Cain ne lâcha pas prise et continua à écarter plus fort les mâchoires de l'alligator jusqu'à ce qu'il les entendît craquer et se relâcher. Il avait anéanti la principale arme de l'animal, mais l'énorme queue de celui-ci continuait à se débattre, représentant un danger tout aussi réel que celui des dents.

Cain attrapa l'alligator derrière la tête et tira. S'il avait été humain, il n'aurait pas pu mouvoir d'un pouce cet animal de facilement cent trente kilos mais, avec sa force de vampire, il balança l'alligator dans les airs en lui faisant faire un tour de cent quatre-vingt degrés. Le corps du reptile alla se claquer contre un arbre avec une telle force que le tronc craqua.

Ayant temporairement étourdi l'alligator, Cain lui sauta sur le dos, lui tira la tête vers le haut et lui trancha la gorge à l'aide de ses griffes. Le sang se répandit, la puanteur de celui-ci emplissant l'air de la nuit. Cain tira sur la tête et l'arracha du corps. Le combat cessa. L'alligator était mort.

La respiration lourde, Cain chercha Blake du regard. Il le trouva assis contre la souche d'un d'arbre, tandis que Faye lui déchirait une des jambes de son pantalon, exposant la blessure faite par le reptile avant son arrivée.

Au son provoqué par d'autres éclaboussures, Cain tourna la tête dans cette direction et vit un alligator retomber dans l'eau, apparemment sans vie.

— Putain ! jura Thomas en tendant la main vers son compagnon.

— Tu vas bien ?

Quoiqu'il respirât lourdement, Eddie acquiesça et sortit de l'eau, Thomas à ses côtés.

— Il y en avait trois. J'ai réussi à en tuer un.

Il désigna un endroit au bord de l'eau où Cain remarqua un autre alligator mort.

— Mais ensuite, ces deux-là ont attaqué, et j'ai essayé de les maintenir éloignés de Blake, ajouta Eddie.

Thomas le prit dans ses bras et l'étreignit.

— Dieu merci, tu m'as contacté.

Eddie sourit à son partenaire.

— Rien ne peut battre la télépathie entre deux compagnons de sang-mêlé.

— Tu m'as flanqué la trouille.

— Je te revaudrai ça plus tard.

Eddie pressa les lèvres sur celles de Thomas et l'embrassa.

Cain détourna le regard et se dirigea vers Blake. Il s'accroupit près de lui et regarda la blessure.

— Tu vas bien ?

Un éclat de jalousie vint titiller Cain lorsqu'il remarqua que Blake détournait, à contrecœur, le regard qu'il avait posé sur Faye.

— Douleur de chien.

— On va s'en occuper, lui assura Cain. Tu peux marcher ?

— Avec un peu d'aide.

Blake se retourna ensuite vers Faye.

— Cain, tu ne veux pas nous présenter ? ajouta l'humain.

Il ne préférait pas mais, étant donné les circonstances, il n'avait pas le choix.

— Faye, voici Blake. Blake, voici ma fiancée.

Il regarda furieusement son collègue humain, s'assurant qu'il eût bien compris qu'elle lui était interdite, mais Blake ne le regardait même pas et tendait déjà la main à Faye.

— Bond, dit le jeune homme en souriant. Blake Bond.

Cain roula des yeux. Blake devait-il vraiment en remettre une couche ? Ne réalisait-il pas que cette routine du 007 ne lui ferait gagner aucun point, étant donné qu'il avait crié comme une petite fille seulement quelques instants plus tôt ?

— Faye Duvall.

Elle lui serra brièvement la main.

Des pas sur le terrain mou annoncèrent l'arrivée de Thomas et d'Eddie à leurs côtés. Cain les regarda.

— C'était pas de chance, dit-il en hochant la tête à l'intention d'Eddie.

Le jeune vampire ricana.

— Je ne dirais pas que ce n'était pas de chance, répondit-il en regardant furieusement Blake. Je dirais que c'était purement et simplement stupide !

Blake se raidit et souleva le menton.

— Comment étais-je censé le savoir ?

— Que s'est-il passé, Eddie ? les interrompit Cain.

Eddie désigna Blake du doigt.

— Une stupidité. Cet idiot, ici présent, dit, *oh, prenons un raccourci. Nous n'aurons qu'à patauger dans l'eau. Cela nous fera gagner une demi-heure.*

De frustration, Eddie souffla et poursuivit.

— Raccourci, mon cul ! Je l'ai averti de ne pas aller dans l'eau puisqu'il ne pouvait pas voir ce qu'il y avait devant lui. Mais, non, ce gros malin de Blake devait en savoir mieux que les autres, n'est-ce pas ?

Blake essaya de se relever, mais sa tentative fut assez peu convaincante, et son visage se tordit de douleur.

— Cela n'aurait pas été un problème si tu n'avais pas crié sur moi et réveillé les alligators !

— Réveillé les alligators ? Ne connais-tu rien ? Les alligators sont nocturnes. Ils ne dorment pas la nuit ! Ils chassent pour manger. Et si je n'avais sauvé ton stupide cul, tu aurais été au menu, cette nuit ! La prochaine fois que tu désobéiras à mes ordres directs, je réfléchirai deux fois avant de te venir en aide.

Blake ouvrit la bouche pour répliquer, mais Cain lui asséna une claque sur l'arrière du crâne.

— Encore un mot, cette nuit, et je te renvoie directement à la maison. Suis-je bien clair ? précisa Cain.

Blake le fusilla du regard. Pendant un instant, Cain pensa que l'humain essaierait aussi de se disputer avec lui, mais Blake hocha la tête en silence.

— Bien. Retournons au palais. Et si tu te tiens bien, peut-être que l'un de nous te donnera même du sang de vampire pour guérir.

— Ce ne sera certainement pas moi ! grogna Eddie.

Et au regard qu'il lançait à Blake, Thomas ne serait pas non plus un donneur volontaire, l'action de Blake ayant mis son compagnon en danger.

Cain aida le jeune humain à se relever en enroulant un bras autour de sa taille et en passant le de ce dernier autour de son épaule tout en le tenant par le poignet.

— Merci, Cain, murmura Blake, toute fanfaronnade à présent éteinte dans sa voix.

Peut-être que cet incident enseignerait un peu de bon sens au gamin. Et lui inspirer une certaine crainte. Car, sans peur, la bravoure n'existait pas.

**27**

———

Faye marcha aux côtés de Cain sur le chemin du retour vers le palais, tandis qu'il aidait l'humain meurtri. La blessure l'affaiblissant, il le portait pratiquement. Faye avait déchiré un morceau de tissu du tee-shirt de Blake et l'avait enroulé autour de la plaie, empêchant ainsi le sang de s'écouler des incisions causées par les dents de l'alligator.

Devant eux, Thomas et Eddie marchaient main dans la main. Elle les avait vus s'embrasser après qu'ils eussent vaincu l'alligator et les avait entendus parler d'un lien par le sang. Elle n'avait jamais rencontré un couple de sang-mêlé du même sexe. Vraiment. Elle n'avait même pas remarqué que Thomas était gay, lorsqu'il était arrivé au palais. Il ne semblait pas du tout efféminé. Pas plus que son partenaire.

— Comment connais-tu tous ces gens ? demanda-t-elle à présent à Cain.

Il tourna la tête vers elle.

— Ils viennent d'une agence de sécurité appelée Scanguards. Ils m'ont aidé.

— Une agence de sécurité ? Tu veux dire, qu'en réalité, ce sont des gardes de profession ?

Cain hocha la tête.

— Gardes du corps. Les meilleurs qu'on puisse s'offrir.

Cette révélation la stupéfia. Curieusement, elle avait imaginé que ces hommes avaient peut-être été emprisonnés avec lui, qu'ils avaient organisé une évasion ensemble, et que c'était la raison pour laquelle il leur faisait à présent confiance.

— Comment t'ont-ils libéré ?

— Ne parlons pas de ça maintenant.

Déçue qu'il refusât une fois de plus de parler de quoi que ce soit qui fût en rapport avec son enlèvement, elle pinça les lèvres. Après la journée qu'ils avaient passée dans les bras l'un de l'autre, elle avait pensé qu'il se serait enfin ouvert à elle afin de lui dire ce qui lui était arrivé. Mais, à nouveau, elle se frottait à un mur de silence.

— Donc, tu es la copine de Cain, hein ? demanda soudain l'humain en inclinant la tête de façon à pouvoir regarder par-delà la poitrine de ce dernier.

C'était un beau garçon mais, de ce qu'elle en avait vu jusque-là, il était clair qu'il était immature. Il ne pouvait avoir plus de vingt-cinq ans. Peut-être que dans une dizaine d'années, il serait un vrai homme.

Cain grogna et, aux oreilles de Faye, cela ressembla à un avertissement.

— Oui, elle est à moi. D'autres questions ?

— Cain, le réprimanda-t-elle légèrement, à la fois ravie qu'il l'eût appelée sienne et à la fois horrifiée qu'il pût parler à Blake d'une façon si menaçante, ton ami humain me fait juste la conversation.

— Il ne sera plus un ami très longtemps s'il te fait une fois de plus des avances, répliqua Cain avant de se taire, comme s'il n'avait pas voulu le dire.

Pour le calmer, Faye frotta doucement une main contre sa hanche. Les yeux de Cain cherchèrent les siens et commencèrent à chatoyer d'une lueur dorée. Son côté vampire dormait juste sous sa peau, prêt à éclater à n'importe quel moment s'il venait à sentir que quelqu'un menaçait son territoire.

— Mon amour, murmura-t-elle du bout des lèvres.

Ces mots semblèrent l'apaiser. Il rompit le contact visuel et continua de suivre les deux vampires gays.

Il ne leur fallut que quelques minutes pour atteindre l'allée qui menait au palais. Plusieurs gardes se ruaient déjà vers eux, prêts à faire feu. Visiblement attirés par l'odeur du sang de Blake, ils s'attendaient à avoir des ennuis et étaient prêts à les affronter.

Avant que les gardes ne les atteignissent, Cain cria à leur intention.

— Arrêtez ! Ce sont des amis.

Les gardes du roi attendirent que le petit groupe s'approchât d'eux.

— Y a-t-il eu une attaque ? demanda Lee, un des gardes occupant un poste plus élevé en regardant Blake avec méfiance, les narines dilatées.

— Un petit accident avec quelques alligators excessivement affamés, expliqua Cain. Escortez-nous jusqu'au palais. Nous devons prendre soin de mon ami humain.

— Bien sûr, Votre Majesté.

Flanqués des gardes, ils marchèrent vers le palais et entrèrent.

— Où ? demanda Faye en regardant Cain.

— En bas. Blake restera avec Haven et Wesley.

Cain jeta un œil vers Thomas et Eddie, lesquels faisaient l'objet de regards empreints de curiosité de la part des gardes. Il n'eut pas à désigner l'endroit où Eddie logerait. Aux regards que les deux amants échangeaient, il était évident qu'ils étaient impatients de se retirer dans leur chambre.

— Retournez à vos postes, ordonna Cain aux gardes qui l'accompagnaient.

Faye le précéda, tandis qu'il portait quasiment Blake. Ils se dirigèrent vers l'étage du bas en longeant le couloir qui menait aux quartiers du roi, Eddie et Thomas derrière eux. Elle ouvrit la double porte toute grande pour laisser place aux hommes derrière elle, puis regarda Cain. Il désigna la porte sur la droite, indiquant que c'était la chambre d'Haven et Wesley.

Elle frappa et l'ouvrit avant de recevoir la moindre réponse. La pièce était vide.

— Ici, sur le canapé, dit-elle en désignant le grand divan à éléments qui dominait le salon de la suite confortablement aménagée destinée aux gardes. Quoique pas aussi luxueuses que celles du roi ou de la reine, les suites des gardes royaux étaient accueillantes. Ces hommes ayant à peine une vie privée, leur chef n'en ayant aucune, chaque roi s'était assuré qu'ils fussent logés dans des chambres pour lesquelles on n'avait pas regardé à la dépense, afin de les faire se sentir comme chez eux. Chaque chambre était dès lors différente et meublée au goût du garde.

Cain déposa l'humain sur le sofa. À présent capable de laisser reposer ses jambes, Blake s'autorisa un soupir de soulagement évident.

— Je vais d'abord nettoyer sa blessure. Ensuite, quelqu'un pourra lui donner du sang de vampire, suggéra Faye.

Elle s'était déjà tournée vers la salle de bains afin d'y prendre de l'eau et une serviette lorsque Cain l'arrêta.

— J'y vais.

Surprise par la volonté de Cain de l'aider, elle lui sourit.

— Merci.

Alors qu'il disparaissait dans la salle de bains, elle prit un oreiller et le fourra sous la tête de Blake.

— Voilà. Ce pourrait être un peu plus confortable.

Blake jeta un regard en direction de la porte ouverte de la salle de bain derrière elle avant de la remercier d'un sourire.

Du coin de l'œil, elle remarqua Thomas et Eddie en train d'attendre. Elle les regarda.

— Alors, qui va lui donner du sang ?

Eddie leva la main.

— Pas moi.

Thomas hésita, mais n'eut pas l'opportunité de répondre, la voix de Cain émanant de la salle de bains, tandis qu'il en sortait.

— Moi.

Il se dirigea vers Faye et déposa une petite cuvette d'eau à terre, à côté d'elle. Il plaça la serviette sur l'accoudoir du canapé, puis s'accroupit près de celui-ci et défit le nœud du bandage de fortune que Faye avait enroulé autour de la jambe de Blake, un peu plus tôt.

— Tu n'as pas besoin de faire ça, dit-elle en se mettant à genoux à ses côtés. Tu es le roi.

— Il est sous ma responsabilité.

Faye posa une main sur celle de Cain et la lui ôta doucement.

— Je suis bien meilleure que toi pour ça.

Elle soutint son regard jusqu'à ce qu'il hochât enfin la tête et se redressât.

— Cain, lui dit Eddie. Un mot, s'il te plaît.

— Excusez-nous. Je reviens dans un instant, dit Cain en suivant Thomas et Eddie, tandis qu'ils quittaient la pièce.

Elle les entendit traverser l'espace commun et ouvrir la porte qui donnait sur l'autre chambre. Elle se retourna ensuite sur Blake.

— Maintenant, jetons un œil sur ta blessure.

Cain referma la porte de la chambre de Thomas et regarda Eddie.

— Tu nous as demandé de vérifier l'histoire de John, commença le jeune vampire blond.

— Oui. Qu'avez-vous trouvé ?

— J'ai piraté des titres de propriété et ai cherché les noms de John et de sa maîtresse. John possède un petit bien dans le quartier français.

Cain hocha la tête.

— Ça colle. C'est probablement là que vit Nicolette. Vous avez vérifié ?

— Oui. Modeste, joli, mais pas tape-à-l'œil. Elle vit là, c'est certain. Nous avons demandé aux voisins.

— Et à la fille ? Qu'a-t-elle dit ?

— Nous ne lui avons pas parlé. Elle n'était pas là.

— Vous n'avez pas attendu ?

— Si, mais elle n'est pas rentrée de toute la nuit.

Cain se frotta la nuque.

— Où peut-elle être ? John est revenu au palais sans elle. Je pense que je l'aurais entendu s'il l'avait ramenée.

— Il y avait autre chose de vraiment étrange, ajouta Eddie, le front plissé. Peut-être que ce n'est rien.

— Qu'est-ce que c'est ?

— Eh bien, l'extérieur de la maison est un peu décrépi. Les fenêtres, les volets et tout le reste ont besoin d'un peu de peinture.

— Et ?

— La porte venait récemment d'être remplacée et, quand j'y ai regardé d'un peu plus près, j'ai remarqué qu'une des charnières avait l'air d'avoir été pliée, puis redressée.

Cain inclina la tête sur le côté.

— Comme si quelqu'un avait enfoncé la porte à coups de pied ?

— Ouais.

— Il se peut que ça ne veuille rien dire, les interrompit Thomas. Il y a bon nombre de crimes dans cette ville. Il y a des cambriolages toutes les nuits, j'en suis certain.

Cain réfléchit aux paroles de Thomas.

— Il se pourrait que tu aies raison, mais je n'aime pas ça.

Il se tourna à nouveau vers Eddie.

— Avez-vous parlé de ça aux voisins ou leur avez-vous demandé s'ils avaient entendu des bruits, ces derniers jours ?

— J'ai demandé s'ils avaient entendu quelque chose de suspect, mais rien.

— Je veux que vous y retourniez et que vous creusiez plus en profondeur. Je veux savoir où est la fille. John a dit qu'elle avait été blessée. Donc, ça n'a pas de sens qu'elle se soit aventurée dehors, au milieu de la nuit, juste après avoir été attaquée. Elle est humaine et, même si John l'a guérie, n'importe quelle femme se méfierait de sortir, la nuit, sans protection, après avoir été agressée. Trouvez où elle est.

Eddie hocha la tête.

— La nuit prochaine, nous nous rendrons dans le quartier français pour enquêter, dit Thomas. Mais d'abord, je pense que nous avons tous besoin d'une douche pour nous débarrasser de cette puanteur du bayou.

Cain fit la fine bouche.

— Personne ne dira le contraire.

Il sauterait dans la douche dès que son sang aurait guéri Blake.

**28**

———————

Abel se gara dans l'allée et déverrouilla les portières de sa Ferrari rouge. Il observa impatiemment la portière s'ouvrir et Baltimore se glisser sur le siège passager. Les mâchoires serrées, il attendit que son garde eût claqué la portière et tourné la tête.

— Toi, foutu idiot ! lui dit Abel en guise de salutation.

Par soumission, Baltimore baissa la tête, mais ce geste n'apaisa même pas l'irrépressible envie d'Abel de blesser quelqu'un.

— As-tu la moindre idée de ce à quoi ton stupide comportement a mené ?

— Je suis désolé, Abel !

— Etre désolé ne me suffit pas, bordel ! Imbécile !

Il se pencha plus près de son subordonné.

— Fallait-il que tu ailles contre son avis ? Etait-ce nécessaire de l'attaquer ?

Baltimore souleva le menton.

— Je ne l'ai pas attaquée !

Abel afficha ses canines.

— Je me fous de comment tu appelles ça ! Ça ne change rien du tout au résultat ! Maintenant, Cain t'a banni des terres du palais. À l'extérieur, tu ne me sers à rien ! J'avais besoin de toi à l'intérieur des murs du palais.

— Je ne pouvais pas savoir qu'il allait se montrer.

Cette mince excuse rongea les nerfs d'Abel.

— Là n'est pas la question ! De plus, à la manière dont ces deux-là s'entendent en ce moment, Faye serait allée vers lui, de toute façon, et lui aurait dit ce que tu avais fait, même si Cain ne s'était pas montré. Il l'a reprise et, avec ton stupide geste, tu as probablement fait empirer les choses, tu les as même rapprochés l'un de l'autre. Ce n'est pas ce que j'avais prévu !

— Je comprends.

— Tu ne comprends rien, espèce d'idiot ! Ou tu n'aurais pas fait ça. Maintenant, Cain lui fait à nouveau confiance. Si ce n'était pas le cas, pourquoi mes espions m'ont-ils rapporté qu'il avait emménagé avec elle et avait passé la journée entière dans ses appartements ?

Abel gifla Baltimore.

— Je voulais isoler Cain, et que fais-tu ? Tu le conduis dans les bras de Faye afin qu'il ait une alliée au palais.

— Mais nous avons toujours John.

— Heureusement ! Plus que jamais, nous aurons besoin de lui, étant donné que je ne peux pas me fier à toi. Je vais devoir repenser à notre approche.

Il s'appuya contre le dossier de son siège et regarda à travers le pare-brise. Dans quelques heures, le soleil se lèverait à nouveau et le rapprocherait encore plus du jour qui célébrerait le retour de Cain. Et s'il n'avait pas mis au point un plan solide dès lors, l'opportunité de piquer le trône juste sous le nez de son frère lui glisserait entre les doigts.

— Putain ! Je ne vais pas attendre plus longuement pour avoir ce qui me revient de droit. Tu me comprends ?

Ne souhaitant aucune réponse de la part de Baltimore, il ne le regarda même pas.

Un moment plus tard, l'idiot se mit tout de même à parler.

— Peut-être que, maintenant, il est temps de demander quelques faveurs.

Abel tourna la tête et plissa les yeux.

— De quoi parles-tu ?

— Au palais, il y a encore quelques personnes qui feront ce que vous leur demanderez, de crainte que vous ne mettiez vos menaces antérieures à exécution, s'ils ne le font pas.

Prenant quelques inspirations, Abel réfléchit aux paroles de Baltimore et dut admettre que son garde personnel trouvait parfois de possibles solutions, quoiqu'il ne lui en ferait pas l'éloge dans l'immédiat. À ses yeux, pour avoir fait échouer une partie de son plan en se faisant bannir du palais, Baltimore ne méritait aucune louange.

— Je vais y réfléchir, dit plutôt Abel en tournant la clé de contact. Rends-toi utile et relève tes hommes de leur surveillance sur la maîtresse de John. Reste avec elle jusqu'à ce que je te contacte, et renvoie les deux gardes au palais. Il se peut que j'aie besoin d'eux.

Baltimore hocha docilement la tête et tendit la main vers la poignée de la portière.

— Et autre chose.

— Oui, Abel ?

— As-tu parlé au clan du Mississipi ?

La bouche de Baltimore se tordit en un large sourire.

— Ils étaient surpris de recevoir votre invitation, mais ils sont heureux de venir pour parler de paix.

Abel gloussa.

— Excellent. Qu'un de tes hommes les contacte anonymement pour leur dire que Cain héberge deux de leurs traîtres.

Baltimore fronça le front.

— Dans quel but ?

— Je t'ai engagé pour tes muscles, pas pour ton cerveau, alors laisse-moi les réflexions. Maintenant, pars. Ne me contacte pas à moins que quelque chose ne tourne mal. Il ne faut pas que Cain découvre que je communique toujours avec toi. Est-ce clair ?

Baltimore grogna en guise d'acquiescement et sortit de la voiture. Lorsque la portière se referma, Abel enfonça la manette en marche arrière, sortit à toute vitesse de l'allée et accéléra lorsqu'il se retrouva sur la route principale.

Encore quelques jours, et tout se mettrait en place.

Et au bout du compte, Abel serait roi. Enfin.

## 29

N e voulant pas être vue par les gardes de Cain, Faye se faufila dans le passage secret. Elle s'était assurée que Blake se rétablît et l'avait laissé aux soins du sorcier, Wesley. S'étant débarrassée de ses vêtements salis dans le bayou, elle n'était vêtue que d'un peignoir.

Sans faire de bruit, elle ouvrit la porte secrète menant à la suite de Cain et la referma doucement derrière elle. Le bruit de l'eau courante provint de la porte entrebâillée de la salle de bains. Pieds nus, elle s'en approcha et l'ouvrit plus grande.

Cain se trouvait sous la douche, lui tournant le dos. L'eau coulait le long de son dos musclé et de son postérieur bien sculpté. Il avait des poils noirs sur les cuisses et sur les mollets, ses pieds étaient écartés, tandis qu'il laissait le jet de la douche couler sur sa tête, les mains posées sur le carrelage.

Elle ne pouvait se rassasier de la vue de ce magnifique corps dénudé. Lorsqu'il avait combattu l'alligator, un peu plus tôt, elle avait observé, avec fascination, la manière dont il avait lutté et vaincu l'animal à mains nues. Il avait eu l'air féroce, tel un vrai guerrier, et il lui avait rappelé la nuit où il l'avait sauvée.

Le voir combattre pour sauver ses amis avait fait grandir son désir pour lui. Elle avait besoin de lui, le voulait plus que toute autre chose dans sa vie. Elle soupira.

Cain virevolta, ses doigts se transformant immédiatement en griffes mais, dès l'instant où ses yeux se posèrent sur elle, il se détendit visiblement. Un sourire se forma sur ses lèvres.

— Tu ne devrais pas m'approcher sans faire de bruit comme ça.

Il fit un pas sur le côté, se dégageant du jet de la douche.

Elle laissa errer son regard sur son torse presque imberbe. Il arborait des muscles bien définis, de vraies tablettes de chocolat. Plus bas, une touffe de poils foncés entourait son membre. Long et dur, il pendait, là, au repos. Faye se lécha les lèvres.

— Si tu ne veux pas de moi là-dedans, je peux partir, suggéra-t-elle, sans toutefois faire le moindre mouvement pour se détourner. Elle dénoua plutôt la ceinture de son peignoir et la laissa retomber vers l'avant.

— Eh bien, puisque tu es déjà là, dit-il afin d'éviter de répondre, peut-être aimerais-tu te joindre à moi ?

— J'espérais que tu dises ça.

Elle se dénuda les épaules et laissa tomber le peignoir à terre en un léger souffle.

Lorsqu'elle leva les yeux vers le visage de Cain, elle remarqua l'air affamé avec lequel il la dévorait des yeux. Plus bas, une autre réaction attira son attention. Le sexe de Cain se redressait.

Lentement, sans le quitter des yeux, elle fit un pas à l'intérieur de la douche vitrée et posa les mains sur le torse de Cain.

— Tout à l'heure, quand tu combattais cet alligator, je ne pouvais détacher mon regard de toi.

Les bras de Cain s'enroulèrent autour d'elle et l'attirèrent contre lui.

— Pourquoi ?

— Tu semblais si fort, si redoutable. Si nous avions été seuls, je t'aurais demandé de me faire l'amour, juste là, confessa-t-elle.

Cain afficha un large sourire.

— Eh bien, regardez-moi ça. Ma séduisante diablesse qui s'excite en voyant un petit combat à mains nues. Y'a-t-il autre chose qui t'excite ?

Faye glissa une main plus bas, la rapprochant du bas-ventre de son partenaire.

— Toi, nu sous la douche.

Elle lui caressa le sexe, se délectant de la douceur de sa peau de velours.

— Ton sexe qui se raidit à ma vue.

— Continue, l'encouragea-t-il, une main se dirigeant à présent vers le postérieur de Faye en la caressant de façon suggestive.

— La pensée de te prendre dans ma bouche.

Cain en eut le souffle coupé, et ses yeux s'obscurcirent de désir.

— C'est pour ça que tu es venue ici ? Pour me sucer ?

Il se frotta le membre contre la paume de la main de Faye, et un gémissement s'échappa de sa gorge.

— Seulement si ça ne te dérange pas.

— Tu sais que non. Alors, tu vas me taquiner éternellement ou vas-tu te mettre à genoux et mettre tes menaces à exécution ?

Elle sourit, baissant à moitié les paupières.

— Me commandes-tu en tant que mon roi ?

— En tant que ton roi, je n'ai aucun pouvoir de te commander. Mais en tant qu'amant, je te supplie de me sortir de cette misère et de me faire sentir tes lèvres sur mon sexe.

Le fait qu'il la suppliât plutôt que la commander la surprit. Par le passé, lorsqu'ils jouaient à ce jeu, il s'y était toujours prêté en se glissant dans la peau du roi tout-puissant dont les ordres devaient être suivis. Mais soudainement, il lui confiait le pouvoir.

Faye le regarda droit dans les yeux. Tant de choses avaient changé chez lui et, pourtant, tant de choses étaient toujours les mêmes. Le désir entre eux était toujours aussi fort. Non, encore plus maintenant. Comme s'ils recommençaient tout depuis le début. Tout était frais et nouveau, excitant et inconnu. Et complètement palpitant. Même en ce moment, tandis qu'elle s'accroupissait et positionnait son visage au niveau du bas-ventre de Cain, l'impatience la submergeait, comme si elle ne lui avait jamais donné de plaisir de cette manière.

— S'il te plaît, murmura Cain en s'appuyant le dos contre le carrelage mural, les mains à plat contre la surface humide.

— Laisse-moi te sentir.

Faye glissa les mains sur ses cuisses, caressant ses puissants muscles. Elle les sentit se contracter sous ses caresses.

— Tu es beau.

Le sexe de Cain se trouvait à présent en totale érection, le manche veiné dirigé vers son nombril. Les testicules étaient également tendus, les deux boules visibles sous la peau.

De l'index, elle caressa les bourses sous tension et poursuivit de la sorte lorsqu'elle atteignit le dessous de la verge.

Cain expulsa un souffle irrégulier.

— Putain !

Ah, comme elle aimait sa réaction, crue et indomptée. Elle l'en récompenserait.

Rapprochant son visage, elle ouvrit la bouche et laissa glisser la langue sur la face intérieure du sexe, prenant son temps avant de se rendre sur l'extrémité et y donner un grand coup de langue sur la chair pourpre. Du coin de l'œil, elle vit Cain serrer les poings, comme s'il essayait de se maîtriser. Mais elle ne le permettrait pas. Cain perdrait son self contrôle, cette nuit, et serait à sa merci. Il s'abandonnerait à elle.

Faye lécha le gland une fois de plus avant de l'envelopper de ses lèvres et de le prendre dans sa bouche. Pleinement gorgé de sang, le sexe était gros et long. Elle aimait la manière dont il bandait alors qu'elle l'avait à peine touché. Comme si, pour lui, ceci était également nouveau. Tout comme ce qu'il avait dit lorsqu'ils avaient fait l'amour, la veille. Peut-être que leur longue séparation contribuait à cette impression de nouveauté.

Lorsqu'elle sentit soudain la paume de la main de Cain lui caresser la joue, elle leva les yeux vers lui. Il l'observait, les yeux emplis de passion, les lèvres entrouvertes exhibant ses canines.

— Je ne te mérite pas, dit-il. Mais, par Dieu, je ne peux me rassasier de toi.

Elle amena la main à la base de son sexe et l'enfouit plus profondément dans sa bouche tout en léchant la chair ferme. Cain posa la tête contre le mur, mais continua à lui caresser la joue à l'aide de son pouce. Il ne la forçait pas à le sucer plus en profondeur en rapprochant sa tête vers lui. En lieu et place, il bougeait au rythme des mouvements de Faye, la laissant le guider, et non l'inverse.

Sentir son membre dans sa bouche, entendre ses gémissements et ses respirations lourdes et voir ses muscles se contracter sous ses mains procurèrent des frissons le long de la colonne vertébrale de Faye. Un picotement se répandit dans tout son corps jusqu'à atteindre ses mamelons, les durcissant immédiatement. Plus en-dessous, la même sensation de picotement fit vibrer son clitoris. Un frisson la parcourut. Avec Cain, elle se sentait puissante, car il s'abandonnait à elle. Il lui laissait prendre le contrôle, plus qu'il ne l'avait jamais fait auparavant. Elle aimait cette nouvelle facette de lui. Il y avait, à présent, quelque chose de si doux chez ce dur guerrier. Il lui montrait enfin quelque chose qu'il lui avait toujours caché.

Au plus elle lui léchait le sexe, au plus les gémissements de plaisir sortant de la bouche de Cain devenaient forts et fréquents. Telle une symphonie de désir, ils rebondissaient contre les murs de la douche, faisant écho aux siens. Elle ne pouvait se rassasier de lui, du puissant guerrier, de ce magnifique roi. Mais, surtout, elle ne pouvait se rassasier du vampire qu'elle avait pour amant.

— Tu dois arrêter, chérie, l'implora-t-il en lui agrippant les épaules des deux mains, la repoussant dès lors doucement afin que son sexe glissât hors de sa bouche.

— Je n'ai pas fini.

Elle leva les yeux vers lui.

Cain l'aida à se redresser et la tourna de façon à ce qu'elle se trouvât appuyée contre le mur de la douche, les mains déjà enroulées sous ses cuisses pour la soulever.

— Oh, non, nous n'avons pas fini.

Lui écartant les jambes tout en la soulevant afin de se positionner en son centre, il proféra son ordre.

— Maintenant, sois une gentille fille et guide ma queue à l'intérieur de ta chatte.

La respiration de Faye se coinça dans sa poitrine. Il ne lui avait jamais parlé de la sorte, par le passé. Il avait toujours été presque poli dans ses déclarations, lorsqu'ils faisaient l'amour. Et pourtant, elle découvrit qu'elle aimait la façon dont il lui parlait à présent. Cela l'excitait plus que ce qu'elle ne l'aurait pensé.

Sans hésitation, Faye saisit le sexe de Cain et l'amena vers le sien, le plaçant juste à l'entrée du centre humide de sa féminité. Lorsque la tête toucha ses lèvres inférieures, elle gémit et pencha la tête en arrière, en haletant. Mais Cain ne la pénétra pas immédiatement. Il souleva plutôt les hanches et laissa son sexe glisser contre le clitoris afin de le lubrifier de sa propre cyprine. Un frisson la parcourut à toute allure.

— Oh, Faye, murmura-t-il. Ma belle Faye.

Il recula alors les hanches et baissa son membre vers les replis de la féminité de sa partenaire, sondant, testant, jusqu'à ce que la tête de celui-ci, après une éternité en parfaite agonie, écartât enfin la chair et s'enfouît en elle.

Tout l'air s'expulsa des poumons de Faye, tandis que le membre épais l'envahissait, et que les testicules venaient claquer contre elle à chaque pénétration complète.

— Cain !

Ses entrailles étaient en feu, enflammant également son clitoris et inondant tout son corps de plaisir. Elle sentit son canal s'étirer de sorte à s'adapter à son partenaire, et ses hanches ondulèrent en le priant de lui en procurer davantage. Elle lui agrippa le postérieur, ses ongles s'enfonçant dans la chair afin de proférer ses exigences.

— Encore ! Plus fort !

— Tout ce que tu voudras.

Les coups assénés par Cain devinrent plus féroces, sa poitrine se soulevant, alors qu'il s'efforçait de maintenir Faye immobile contre le mur, sa respiration se muant en de rapides halètements. Il avait les mâchoires fermement serrées, et ses canines dépassaient de ses lèvres. Cette vision fit battre plus rapidement le cœur de Faye. Elle se souvint de la façon dont il l'avait mordue avant de disparaître, et elle n'avait jamais rien senti d'aussi exaltant que la sensation de ses canines venant se loger dans sa peau et de sa bouche puisant dans sa veine.

Faye inclina la tête sur le côté pour lui offrir son cou.

Il l'embrassa à cet endroit, lui lécha la peau, tandis que son sexe la martelait implacablement. Elle sentit les canines lui érafler la peau, ce qui la fit frissonner de plaisir.

— Dis-moi que tu m'aimes, exigea-t-elle en lui enrobant la tête entre les mains.

Il se libéra aussitôt et lui captura les lèvres, noyant sa requête dans un baiser passionné. Comme si quelque chose l'avait fâché, il s'enfonça en elle avec encore plus de force, son os iliaque venant claquer contre le clitoris si rapidement, qu'elle explosa instantanément. L'orgasme le plus puissant qu'elle eût jamais expérimenté jaillit en elle, au moment même où elle sentit le sexe de Cain se contracter. La chaleur du jet de sa semence l'emplit, lubrifia son canal plus au loin et permit ainsi à Cain d'accélérer encore plus son tempo jusqu'à, enfin, ralentir les coups. Il intensifia le baiser et pencha le front contre le sien, la respiration lourde.

— En tant que roi, je ne sais pas comment j'ai pu faire mon travail avec toi auprès de moi.

Faye sentit son front se plisser. En tant que roi, Cain avait toujours placé ses obligations en premier lieu. Elle l'avait toujours su et l'avait accepté. Mais ses paroles semblaient suggérer autre chose. Et ce qui était encore plus étrange, c'était qu'à l'époque, il lui avait toujours librement confessé son amour pour, ensuite, deux secondes plus tard, s'excuser d'avoir à traiter les affaires du royaume, alors que, maintenant, l'inverse se produisait : il n'avait pas dit une seule fois qu'il l'aimait et, pourtant, il l'inondait de bien plus d'attention qu'auparavant.

Cain avait changé. Et elle avait besoin d'en comprendre la raison.

D'un pressant coup à la porte, Haven avait arraché Cain des bras de Faye. Ce dernier s'était rapidement habillé et s'était précipité à l'étage afin de le rejoindre dans le bureau. Cain lui était néanmoins reconnaissant de cette interruption. Faye avait demandé à entendre qu'il l'aimait au moment où il allait la mordre et boire son sang. Et à ce moment-là, il n'avait pas pu le faire. Que ce fût la mordre ou lui déclarer son amour. Cela n'aurait pas été juste pour elle. Il ne pouvait prendre son sang ou lui dire qu'il l'aimait, alors qu'il la trompait à son sujet.

Oui, il ne s'était jamais senti mieux que lorsqu'il était avec elle. Le sexe était prodigieusement exceptionnel, et sa jalousie au zénith lorsqu'un autre homme l'observait avec insistance. Il savait qu'il éprouvait des sentiments pour elle, des émotions plus profondes que probables après si peu de temps. Mais il savait également qu'il lui mentait. Il lui cachait qu'il ne se souvenait de rien à son propos, et pourtant, il faisait comme si tout allait bien. C'était faux. Et il ne savait pas comment le lui dire. Le repousserait-elle si elle venait à le découvrir ? Penserait-elle qu'il ne serait, à présent, plus que la moitié d'un homme et pas le héros à qui elle était venue faire l'amour dans la douche ? Pas le puissant guerrier qu'elle admirait ? Car si elle le repoussait maintenant, il serait dévasté.

Cain tenta de refouler ces pensées et ouvrit la porte de son bureau.

Haven n'était pas seul. Robert se tenait au milieu de la pièce, flanqué de Wesley et d'un des gardes du roi.

— Que se passe-t-il ? demanda Cain tout en regardant Haven pendant qu'il refermait la porte derrière lui.

— Simon, raconte au roi ce que tu m'as dit, ordonna Haven au garde.

— J'ai trouvé une copie des plans du palais dans la cave à fournitures. Elle était cachée entre les pages du registre que tient Robert. Il y avait aussi une enveloppe.

Cain regarda les papiers que tenait Simon et les pointa du doigt.

— C'est ça ?

Simon hocha la tête et lui tendit le morceau de papier plié et l'enveloppe. Cain le déplia et l'examina. C'était, en effet, un plan du palais indiquant toutes les entrées et sorties à tous les niveaux, sans toutefois, et au grand soulagement de Cain, préciser la localisation des tunnels secrets. Il le replia et regarda l'enveloppe. Elle était adressée à une boîte postale à Gulfport, Mississipi.

Les dents serrées, Cain souffla et fixa furieusement Robert.

— Explique-toi, Robert !

— Je ne sais pas comment une telle copie s'est retrouvée dans mes livres. Ce n'est pas à moi ! cracha-t-il, avec indignation.

— Ce n'est pas à toi, bien sûr ! dit Cain, entre les dents. C'est la raison pour laquelle elle n'aurait jamais dû se trouver dans ton registre. Alors, bordel, qu'avais-tu l'intention d'en faire, hein ?

Il pouvait se risquer à deviner la nature des plans de Robert.

— Rien ! Je n'ai pas fait cette copie. Quelqu'un doit l'avoir dissimulée dans mes affaires, protesta Robert.

Cain lui poussa l'enveloppe devant le visage.

— Est-ce ton écriture ?

Le fait que Robert serrât les dents indiquait clairement qu'il hésitait à répondre à la question.

— Je t'ai posé—

— C'est mon écriture, mais ce n'est pas ce que vous pensez.

— Et qu'est-ce que je pense ? riposta Cain.

— C'est la nouvelle adresse de nos fournisseurs en sang. J'étais sur le point de leur envoyer un chèque.

— Au Mississipi ? Tu penses que je suis stupide ?

Bien qu'il n'en fût pas certain, Cain supposa que son clan ne recevait pas le sang conditionné en provenance du Mississipi. Il était sûr que le clan de l'état voisin ne tolèrerait jamais que son propre clan pût empiéter sur son territoire en commerçant avec leurs fournisseurs. Il espéra avoir raison.

— J'ai reçu un avis comme quoi ils déplaçaient leur service comptabilité au Mississipi. Pour des raisons fiscales.

Cain jura et se positionna nez à nez avec Robert.

— Donc, tu penses vraiment que je suis stupide. Je vais te dire ce qui s'est réellement passé ! Tu as décidé de semer le trouble, et tu as vendu des informations sensibles à un clan rival afin qu'il puisse nous attaquer. Que t'ont-ils promis ? De l'argent ? Du pouvoir ?

Cain grinça des dents et sentit ses canines s'allonger.

— Je n'ai rien fait de tel ! Je suis un sujet loyal. Je ne mérite pas votre méfiance ! Ne vous ai-je pas servi avec loyauté depuis que vous êtes roi ? Ne me connaissez-vous pas du tout ?

Ces mots touchèrent la corde sensible. Non, il ne connaissait pas Robert, et c'était le nœud de tous ses problèmes. Il ne savait pas à qui faire confiance, ne savait pas qui lui était loyal ou qui lui voulait du mal. Bien que ses amis de Scanguards et lui eussent procédé aux interrogatoires des gardes et des autres membres du personnel du palais, ils n'avaient pas avancé dans l'enquête relative à la tentative d'assassinat. Ceci était la première piste qu'ils détenaient, et Cain ne laisserait pas le fervent plaidoyer de Robert l'empêcher de faire ce qu'il avait à faire.

— Enfermez-le en bas, ordonna-t-il à Simon.

Robert le regarda furieusement.

— Vous commettez une erreur.

— Je préférerais te devoir des excuses si j'ai tort plutôt que de finir avec un pieu dans la poitrine.

Il fit ensuite signe au garde d'exécuter son ordre.

Robert ne lutta pas lorsque Simon l'escorta vers la porte. Il garda plutôt la tête haute. La porte ne se ferma pas derrière eux. Thomas et Eddie entrèrent, la tête tournée vers Simon et son prisonnier.

— Salut les gars, lança Thomas.

Il tira la porte derrière eux.

— Salut Haven, dit Eddie.

— C'est bon de te voir, Eddie. J'ai entendu que tu avais eu quelques ennuis avec la faune locale.

— Tu peux l'appeler comme ça. Ou tu pourrais dire un ramassis de conneries de la part de notre incroyablement stupide collègue humain.

Haven roula des yeux.

— Pas besoin d'en dire plus. Suis déjà au courant.

— Sans doute la version édulcorée de Blake.

— Fais-moi confiance, j'ai déjà fait le rapport.

— Comment va Blake, maintenant ? demanda Cain.

Haven haussa les épaules.

— Mieux. Sa jambe blessée guérit rapidement grâce à ton sang. Il sera comme neuf dans quelques heures.

Cain hocha la tête.

— Bien. Nous aurons besoin de chaque homme disponible. Même Blake.

Il se tourna vers Thomas et Eddie.

— Nous venons juste de trouver Robert en possession d'une copie des plans du palais et d'une enveloppe adressée à une boîte postale au Mississipi. Je ne peux m'empêcher de suspecter qu'il avait l'intention de vendre ces informations au clan adverse. C'est un traître.

— C'est une grave accusation, répliqua Thomas. Quelle est sa défense ?

— Il a dit que quelqu'un avait dissimulé les documents. Pourtant, il admet avoir rédigé l'enveloppe lui-même.

— Penses-tu qu'il pourrait avoir quelque chose à voir avec la tentative d'assassinat ? demanda Haven en s'accrochant le pouce dans la ceinture.

— C'est tout à fait possible. C'est peut-être lui qui a laissé entrer l'assassin et, maintenant, il essaie à nouveau.

— Veux-tu que je lui parle pour voir si je peux lui soutirer autre chose ? proposa Thomas.

— Vas-y. Tu es meilleur que moi à ce jeu-là.

— Est-ce que cela a un sens ? interrompit Eddie.

— Qu'est-ce qui a un sens ? demanda Cain.

— L'implication de Robert dans la tentative d'assassinat.

Il posa le poids de son corps sur l'autre pied et poursuivit.

— Regarde, s'il a déjà permis au clan du Mississipi d'accéder au palais, il y a un an, pour essayer de te tuer, pourquoi devrait-il leur envoyer les plans maintenant ? Ne sauraient-ils déjà pas comment y entrer ?

Eddie marquait un point.

— Possible. Mais qu'en est-il si les membres de ce clan n'étaient pas derrière tout ça à l'époque ? Et si Robert avait eu quelqu'un d'autre pour l'aider à ce moment-là mais que, maintenant, puisqu'ils ont échoué, Robert misait sur le clan du Mississipi ?

Eddie haussa les épaules.

— Peut-être. Mais pourquoi changer de camp ? Plus il y a de gens impliqués dans quelque chose comme ça, et plus il est probable que quelqu'un parle.

Il regarda son compagnon pour approbation.

Thomas acquiesça.

— Je vais avoir un mot avec lui pour voir ce que je peux lui soutirer. Avons-nous quelque chose à son sujet qu'on puisse utiliser pour l'influencer ?

Cain se passa une main sur le visage.

— J'aimerais bien. Parle à John pour voir s'il sait quelque chose à propos du gars. Mais ne lui dis que ce qu'il a besoin de savoir.

— Tu ne lui fais plus confiance, n'est-ce pas ? demanda Thomas.

— J'ai mes soupçons à son égard, quoique je ne puisse pas arriver à comprendre pourquoi il m'aurait d'abord sauvé pour ensuite me trahir. Ça n'a pas de sens. Quand irez-vous, Eddie et toi, dans le quartier français pour poursuivre votre enquête sur sa femme ?

Thomas regarda sa montre.

— Le soleil sera levé dans plus ou moins deux heures. Ça ne servira pas à grand-chose maintenant. Nous nous y rendrons demain. En attendant, je vais voir avec Robert.

— D'accord, dit Cain en se retournant vers Haven. Demande au personnel de préparer un van aux vitres teintées pour demain au coucher du soleil. Je veux que tu envoies Blake à l'aéroport.

Haven mit les mains sur ses hanches.

— Allez, tu ne peux pas le renvoyer à la maison maintenant. Ne viens-tu juste pas de dire que nous avions besoin de tout homme disponible ? Ce n'est pas juste pour le gamin. Il voulait bien faire.

Cain soupira.

— Ne monte pas sur tes grands chevaux. Je ne le renvoie pas à la maison. Il va juste jouer au chauffeur. Au moins, c'est quelque chose qu'il ne foirera probablement pas.

Haven gloussa.

— Tu sais qu'il déteste être relégué au rôle de coursier.

— Je le sais. Que ce soit sa punition.

Son ami se mit à rire.

— Tu es bien trop doux avec lui.

Cain ne put s'empêcher de sourire.

— C'est juste que je ne veux pas que Quinn me botte le cul quand je suis trop dur avec son précieux petit-fils.

De plus, il ne pouvait pas dire qu'il n'aimait pas Blake. Il espérait juste que le gamin pût faire preuve de davantage de bon sens et de moins de bravade.

## 31

Cain évita deux vampires qui traversaient le couloir en portant une grande plante en pot, tandis qu'un membre féminin du personnel de maison les suivait, une pile de linge de table dans les mains.

— Qu'est-ce qui se passe, ici ?

La femme tourna la tête et s'inclina furtivement.

— Nous préparons la salle de bal pour la réception de bienvenue donnée en l'honneur de votre retour, Votre Majesté.

Bien, apparemment, il y avait une salle de bal. Quoique, jusqu'à présent, il n'avait pas eu le temps ou l'envie d'aller l'inspecter.

— Continuez ! la congédia-t-il.

Se dirigeant vers la porte d'entrée, il vit John sortir par l'une des portes du côté opposé. Cain lui fit signe de s'approcher.

— Bonsoir, Votre Majesté, le salua poliment John.

— Soir, John. Je vois que les festivités avancent bien.

Quoique non désireux de parler de cette stupide fête, il en profita pour introduire un autre sujet.

— Oui, ça va être un sacré événement.

— Ça en a l'air.

Cain marqua une pause pendant un instant et poursuivit.

— Écoute, je voulais juste te faire savoir que, maintenant que j'ai changé d'avis à propos de l'interdiction faite au chef de la garde royale d'avoir une relation, j'ai pensé qu'il serait approprié que tu amènes ta femme, je veux dire Nicolette, à la fête. Je prévois d'annoncer quelques changements de politique, et t'avoir, ici, avec elle, soulignerait ma sincérité.

Visiblement ébahi, John le dévisagea pendant un moment.

— Eh bien, euh, je ne sais pas—

Cain posa une main sur son avant-bras.

— Ne dis pas non. Amène-la. J'aimerais la rencontrer. Je n'accepterai pas un non comme réponse.

— Bien sûr, dans ce cas. Je vais m'assurer qu'elle y assiste. Et merci pour l'invitation.

John hocha la tête.

— Excusez-moi, ajouta-t-il, je dois vérifier les équipes pour la relève des gardes.

— Merci, John. Et, euh, merci de ne pas m'avoir fait de difficulté à cause du fait que j'ai déplacé Thomas et Eddie dans tes appartements.

— Je m'y attendais. Je sais que vous faites plus confiance à vos hommes de Scanguards qu'à n'importe qui ici. Peut-être qu'un jour…

— Oui, peut-être qu'un jour.

Cain l'observa ensuite bifurquer et disparaître au fond du couloir.

Il espéra que Thomas et Eddie pussent découvrir que tout se vérifiait au sujet de John et Nicolette, de sorte à pouvoir apaiser ses inquiétudes à l'égard du chef de sa garde.

Tout en soupirant, il ouvrit la porte d'entrée et regarda au bout de la longue allée, tandis que l'air chaud de la nuit faisait coller sa chemise sur sa peau. Une limousine noire s'approchait, dégageant de la poussière par sa vitesse trop élevée sur la route en gravier. Lorsqu'elle marqua enfin l'arrêt par un spectaculaire dérapage, les pneus arrière firent tourbillonner le gravier dans les airs. Les cailloux atterrirent sur les marches de la maison.

Cain s'abstint de rouler des yeux et descendit plutôt pour saluer ses visiteurs.

La portière de l'habitacle des passagers à l'arrière du véhicule s'ouvrit, et Gabriel en sortit. Il se retourna immédiatement pour aider galamment son épouse, Maya, à sortir de la voiture. Cain dut sourire. Gabriel était le genre de mec vieux-jeu habité par une douce âme malgré la dure apparence extérieure qu'il affichait.

Lorsque ce dernier se retourna, Cain n'eut aucun problème à distinguer la grande cicatrice qui lui défigurait le visage du haut de son oreille droite jusqu'au menton. Cela lui conférait un air dangereux et, dans son job en tant que sous-chef chez Scanguards, cela s'avérait utile. Il était à la fois craint par ses ennemis et vénéré par ses collègues et subalternes qui, parfois, le redoutaient également.

La beauté aux cheveux noirs à ses côtés était extraordinaire. Docteur durant sa vie humaine, elle avait été transformée contre son gré, mais avait trouvé le vrai amour avec Gabriel. Ce couple de sang-mêlé était très dévoué l'un à l'autre. Ce n'était dès lors pas une surprise que Maya n'eût pas pris l'avion seule pour la Nouvelle Orléans, préférant emmener son époux afin d'avoir de la compagnie. Bien que Cain suspectât la présence de Gabriel pour une raison différente : protéger la femme sans qui il ne pouvait vivre.

— Gabriel, Maya, je suis si content que vous soyez venus, les salua Cain en leur serrant la main.

C'eût été n'importe quelle autre femme, il l'aurait serrée dans ses bras pour dire bonjour, mais il connaissait les opinions de Gabriel à propos des autres hommes qui touchaient sa partenaire et, finalement, il comprenait ce sentiment. Il ressentait le même pour Faye.

— Donc, c'est ici chez toi, répliqua Gabriel en lançant un regard admiratif à cette énorme propriété. Qui l'eût cru ?

— Tout le monde t'adresse son amour et ses félicitations, ajouta Maya en souriant. Ils sont tous très heureux pour toi.

— Merci.

Le regard de Cain se tourna vers Blake, lequel était en train de sortir de la voiture.

— Blake, poursuivit-il, veux-tu bien prendre leurs bagages, s'il te plaît ? J'ai fait préparer une chambre d'amis pour eux au second étage.

Blake hocha la tête, se dirigea vers l'arrière de la limousine et ouvrit le coffre pendant que Cain désignait la porte d'entrée.

— On y va ?

— Tu es installé ? demanda Gabriel en s'approchant furtivement de lui.

Cain haussa les épaules.

— Autant que je le peux. C'est toute une adaptation.

— Tu m'étonnes ! commenta Maya, main dans la main avec Gabriel. Mais je suis certaine que tu te débrouilleras.

Elle marqua une pause pendant un instant avant de changer de sujet.

— Je suis impatiente de voir mes patients. Sont-ils à l'intérieur ?

— Je les ai installés dans un des cottages de la propriété. Ils sont quelque peu effrayés, et j'ai pensé que ce serait mieux s'ils avaient un endroit juste pour eux. La fille est particulièrement terrorisée.

— La douleur a cet effet sur une personne, confirma Maya, tandis qu'ils traversaient le hall et se dirigeaient vers le bureau de Cain. J'ai fait une petite recherche sur la pratique d'extraction des canines sur un vampire.

Curieux, Cain la regarda.

— Et ?

— Elle a été sporadiquement utilisée à travers les siècles mais, récemment, elle a été largement interdite. Elle est considérée comme un châtiment cruel et peu courant.

— Eh bien, cela n'a pas empêché le clan du Mississipi de la pratiquer sur ces deux malheureux.

Cain entra dans son bureau et fit signe à Gabriel et à Maya de prendre place sur le canapé. Il prit le fauteuil en face d'eux.

— Que sais-tu à propos de ce clan ? demanda Gabriel.

— Très peu. À ce que je sais, nous sommes en guerre avec eux depuis des décennies au sujet de différends frontaliers, mais ils sollicitent un accord de paix. J'ai peur de ne pouvoir voir l'intérêt de mon royaume à faire la paix avec un clan qui traite son propre peuple si cruellement.

L'appeler son royaume lui semblait encore incongru à ses oreilles.

— Est-ce que ça ne signifierait pas que je cautionne ce qu'ils font ? ajouta-t-il.

Gabriel médita sa réponse avant de parler.

— Peut-être que cela pourrait faire partie des négociations de paix. Tu feras la paix avec eux s'ils abandonnent certaines pratiques.

— Bien sûr, mais qui fera respecter ces règles ? Nous ne sommes au courant de leurs crimes que parce que ces deux vampires se sont débrouillés pour s'échapper et survivre suffisamment longtemps avant de trouver refuge auprès de nous. Si Faye ne s'était pas occupée d'eux et ne leur avait pas donné ce dont ils avaient besoin, il se pourrait qu'ils aient péri, et nous n'en aurions rien su.

Maya lui sourit.

— Et comment est Faye ? Je suis impatiente de la rencontrer.

— Elle est charmante.

Plus que cela, Faye était tout ce dont il avait rêvé, et même davantage. Chaque minute passée avec elle le faisait la désirer davantage. Et ce qu'elle lui avait fait dans la douche, la nuit précédente, avait été extraordinaire. Sentir sa bouche sur lui avait été plus qu'incroyable ; cela avait été époustouflant.

Gabriel gloussa et échangea un regard avec sa femme.

— Il semble que notre ami soit complètement épris d'elle.

Il reposa le regard sur Cain.

— Je suis heureux pour toi, ajouta-t-il. Et qu'en est-il de ta mémoire ? Est-ce que quelque chose te revient ?

— J'ai peur que non. Ce qui rend certaines choses difficiles. Je ne sais pas à qui vraiment faire confiance sans connaître la nature de mon histoire avec eux.

— C'est compréhensible, convint Maya. Mais c'est également une opportunité.

— Une opportunité de quoi ?

— De tout voir avec un regard neuf.

Cain soupira.

— Dans l'immédiat, je me contenterais juste de me souvenir de quelques éléments essentiels plutôt que d'avoir à m'inquiéter, à chaque moment, de faire un faux pas et d'éveiller les soupçons des gens, si les choses ne se passent pas comme elles le devraient. Je ne peux pas me permettre de paraître faible.

— Et tu n'es pas faible, dit Gabriel.

Ces mots étaient rassurants.

— Je t'ai toujours dit que tu étais un garde du corps exceptionnel quand tu étais à notre service. Nous sommes désolés de te perdre, ajouta le vampire à la cicatrice.

Cain se mit à rire.

— Es-tu en train d'essayer de me dire que je suis viré ?

— Je croyais qu'en ayant pris cette fonction, ici, tu étais en train d'essayer de me dire subtilement que tu démissionnais, plaisanta Gabriel avant de redevenir sérieux. Tu étais doué en tant que garde du corps. Tu seras un super roi.

Cain regarda vers la fenêtre.

— Me croirais-tu si je te disais qu'avant de devenir roi, ici, j'étais en fait le chef de la garde royale ? Je suppose que c'est pour ça que j'étais si doué en débarquant chez Scanguards. J'avais une expérience antérieure.

— Ça ne me surprend pas du tout. Dès le début, tu savais ce que tu faisais. Tu n'as pas du tout eu besoin de beaucoup d'entraînement. Bien que ton enthousiasme à suivre les ordres te faisait défaut, vers la fin, dit Gabriel en clignant de l'œil.

— Ça doit être le fait que je ne suis pas destiné à suivre des ordres.

— Je le suppose.

Maya se redressa sur son siège.

— Je déteste interrompre l'évocation de vos souvenirs, mais j'aimerais voir mes patients dès que possible, pour les examiner.

— Bien sûr.

— Y a-t-il un endroit où nous pouvons faire cela dans l'intimité ? Je vais avoir besoin d'eau et de sang, ainsi que d'une surface à transformer en table d'opération. À mon avis, l'intervention va être douloureuse et, sans rien pour les endormir, j'aurai besoin d'aide pour les maintenir. Peut-être les attacher.

— Il se peut que la vieille cuisine de la plantation convienne. Il y a de l'eau et des fournitures de sang, et elle est un peu séparée du reste du palais. Elle procurera un peu d'intimité. Je serai heureux de t'assister.

Cain regarda Gabriel, lequel hocha immédiatement la tête.

— J'aiderai à les maintenir, convint Gabriel.

— Cain, je suis sure que tu as des choses plus importantes à faire, dit Maya. Pourquoi ne demandes-tu pas à Thomas de venir m'aider ? Il se pourrait qu'il puisse même être capable de les apaiser un peu avec le contrôle de l'esprit. Il est le seul à pouvoir utiliser son habileté sur un autre vampire, en toute sécurité.

Maya avait raison. Thomas était un maître du contrôle de l'esprit.

— J'ai peur que Thomas et Eddie aient dû aller à la Nouvelle Orléans pour suivre une piste. Ils ne seront pas de retour avant vingt-quatre heures.

— Oh, c'est dommage.

— Quel genre de piste ? voulut savoir Gabriel.

— Je n'en suis pas encore sûr. Juste une intuition. Je te brieferai plus tard.

Il se leva.

— Laissez-moi vous présenter David et Kathryn et faire préparer la cuisine par mon personnel afin que vous puissiez l'utiliser, ajouta-t-il.

Maya et Gabriel étaient tous deux en train de se lever lorsqu'on ouvrit violemment la porte. Cain tourna rapidement la tête et vit Faye débouler dans la pièce.

— Comment as-tu pu ?

Elle hurlait, le visage comme recouvert par un masque de colère, les yeux furieux.

Sidéré, Cain se figea. Qu'avait-il fait, maintenant ?

— Faye.

Elle marchait dans sa direction lorsqu'elle sembla soudain réaliser qu'il n'était pas seul.

— Faye, poursuivit-il, voici mes amis : Gabriel et sa compagne, Maya. Maya est le médecin dont je t'ai parlé.

Faye prit une profonde inspiration et hocha la tête à leur intention.

— Ravie de vous rencontrer, dit-elle, avant de reposer le regard sur Cain. Pouvons-nous parler ? En privé.

Le ton employé lui dit que cette conversation ne pouvait attendre. Il regarda ses amis, mais n'eut pas besoin de dire quoi que ce soit.

— En attendant, nous allons défaire nos bagages, suggéra Maya en prenant la main de Gabriel. On y va, chéri ?

L'air soucieux, Gabriel suivit son épouse et ferma la porte derrière eux.

Cain attendit quelques secondes de plus avant de regarder à nouveau Faye. Il ne l'avait jamais vue si furieuse.

— Qu'est-ce qui ne va pas ?

## 32

La naïve expression arborant le visage de Cain fit rager Faye encore davantage. Comme s'il avait déjà oublié ce qu'il avait fait !

— Tu as enfermé Robert ! Comme s'il était ton ennemi ! Comment as-tu pu !

Cain se raidit visiblement.

— J'ai peur que ce ne soient mes affaires. Je dois me protéger.

Faye sentit des larmes de frustration se former et les refoula.

— Robert est mon ami ! C'est un homme honorable ! Il n'est pas ton ennemi.

Cain écarta les jambes et mit les mains sur les hanches, comme s'il voulait l'intimider grâce à son physique.

— Alors, pourquoi une copie des plans du palais et une enveloppe adressée au Mississipi ont-elles été retrouvées en sa possession ?

Faye fit instinctivement un pas en arrière, une main pressée sur sa poitrine.

— Tu penses que c'est un traître ?

— Que puis-je penser d'autre au vu de ces éléments accablants ?

Incrédule, elle secoua la tête.

— Robert ne ferait jamais ça. Il t'est loyal. Tout ça n'est qu'une erreur.

— Les preuves ne mentent pas.

— Robert ne te trahirait pas. Durant tout ce temps, c'est lui qui m'a soutenue. Il était là pour moi quand j'avais besoin d'une épaule sur laquelle pleurer. Ce n'est pas un traître. Quelqu'un doit l'avoir piégé.

— Tu parles comme lui. Il a prétendu que quelqu'un avait dissimulé les plans.

— Tu dois le croire, implora-t-elle.

— Comment puis-je faire ça quand, deux secondes plus tard, il admettait avoir rédigé lui-même l'enveloppe ? Thomas a comparé l'adresse avec son registre. C'est son écriture, sans aucun doute possible. Il l'a fait, Faye. Tu as tort à son sujet. Robert a voulu vendre des informations au clan du Mississipi pour les aider à m'attaquer. M'assassiner, plus que probablement.

Faye secoua la tête en essayant d'avaler ces paroles.

— Non ! Tu te trompes. Robert hait les membres de ce clan. Il méprise leurs pratiques. Hors de question pour lui de leur vendre des informations.

— S'il te plaît, reste en dehors de ça, Faye. Cela te bouleverse visiblement. Laisse-moi m'occuper de ça.

Il tendit la main vers elle, mais elle recula.

— Rester en dehors de ça ? C'est donc ainsi que ça va être entre nous, n'est-ce pas ?

Cain plissa les yeux.

— Qu'es-tu en train de dire ?

— Ne fais pas comme si tu ne le savais pas. Es-tu vraiment si aveugle ?

Il serra les dents et fit un pas dans sa direction.

— Qu'est-ce qui se passe, Faye ? Pourquoi te comportes-tu ainsi ?

— À cause de la manière dont toi tu te comportes. Cette relation est une mascarade.

Sous le choc, l'expression faciale de Cain changea aussi rapidement qu'un feu de forêt engloutissant cette dernière durant une période de sécheresse.

— Il ne se peut pas que tu penses ça. Toi et moi, on est très bien ensemble. Nous avons de supers—

— Rapports sexuels ? cracha Faye tout en l'interrompant. Oh, oui, nous avons de supers rapports sexuels. Mais c'est tout ce que nous avons.

Elle ricana.

— Nos ébats sont fabuleux et époustouflants, poursuivit-elle et, ensuite, tu te détournes et te renfermes sur toi-même dès que je veux te parler. Tu ne partages rien avec moi. Que t'est-il arrivé pendant ton absence ?

Cain éluda son regard.

— C'est compliqué.

— Tu vois ! s'exclama-t-elle en le pointant du doigt. Tu recommences. Tu me laisses en dehors et refuses de répondre à mes questions sur ce qui t'est arrivé durant ton année d'absence.

Cain soupira.

— Faye, s'il te plaît, chérie—

— Ne m'appelle pas chérie. Ça ne veut visiblement rien dire pour toi. Parce qu'à part le sexe, il n'y a rien entre nous. Tu n'en as rien à faire de mes sentiments. Tu ne fais aucun effort pour te rapprocher de moi, et tu déjoues la moindre de mes tentatives de te comprendre. Que veux-tu de moi ?

— Faye, tu es ma fiancée.

— Je me fous d'être ta fiancée. Je veux être la femme que tu aimes. Je veux à nouveau être ta confidente. Mais tu m'exclus. Et je ne veux plus faire semblant plus longtemps de pouvoir vivre comme ça.

Cain cessa de respirer un instant.

— Qu'es-tu en train de dire ?

— Je ne peux pas venir dans ton lit pour que tu me fasses l'amour alors que ce n'est pas sincère. Bon sang, tu ne sais même pas me dire que tu m'aimes, pas vrai ?

Cain souleva une main, comme pour la tendre vers elle, mais la laissa retomber. Il entrouvrit les lèvres pour parler, mais aucun mot ne sortit.

— Je le savais.

— Mais tu dois savoir comment je...

— Que dois-je savoir ? Je ne sais rien, Cain, rien du tout. Parce que tu ne me dis rien. Tout ce que je sais, c'est que tu n'arrives pas à me dire que tu m'aimes.

— Et c'était cette pensée qui faisait le plus mal. Malgré l'intimité physique qu'ils avaient partagée dernièrement, jour et nuit, émotionnellement, ils étaient plus distants que jamais.

— Ta réaction est exagérée.

— Vraiment ?

Comment osait-il reléguer ses soucis au second plan?

— Relâche Robert, et je te donnerai une autre chance de t'expliquer, mais ne t'attends pas à ce que je réchauffe à nouveau ton lit. Je ne vais pas épouser un homme qui ne m'aime pas, qui qu'il soit. Si tu ne peux pas me dire que tu m'aimes et que tu ne le penses pas, alors toi et moi n'avons aucun avenir ensemble. Fais ton choix, car j'ai fait le mien.

Elle se tourna brusquement et se dirigea avers la porte. La main sur la poignée, elle hésita un instant.

— Ne fais pas ça, l'implora Cain.

— Tu n'emploies pas les bons mots.

Le cœur douloureux, elle ouvrit la porte et quitta la pièce. Ce ne fut que lorsqu'elle eut atteint les escaliers menant à l'étage inférieur qu'elle osa à nouveau respirer. Avant qu'elle n'arrivât dans sa suite, les larmes s'étaient mises à couler sur son visage.

Cain ne l'aimait pas.

**33**

---

Cain avait envisagé de courir après Faye dès l'instant où elle avait quitté le bureau. Mais à quoi cela aurait-il servi ? Il ne pouvait pas dire les mots qu'elle voulait entendre. Pas encore, pas tant qu'il devait continuer à lui mentir à son sujet. Il ne pourrait lui confesser les sentiments qu'il éprouvait à son égard que lorsqu'il pourrait lui parler de son amnésie et de ce qui lui était réellement arrivé. Le faire alors qu'il lui cachait toujours la vérité ne ferait que dévaloriser ce moment. Et il ne voulait pas ternir la seule vraie émotion dont il était enfin certain. La perspective de la perdre le lui avait fait comprendre une fois pour toutes : il était amoureux de Faye.

Comment pouvait-il lui dire qu'il l'aimait, alors que deux secondes plus tard, il devait continuer de lui mentir ?

Lorsqu'il apprit par Gabriel que tout était prêt pour l'opération des deux fugitifs, Cain fut content d'avoir cette distraction.

La vieille cuisine de la plantation était équipée tel un bloc opératoire. Elle était pourvue de draps stériles, cuvettes en acier inoxydable et instruments stérilisés que Maya avait emportés avec elle depuis San Francisco. Il ne manquait qu'une seule chose : un anesthésiant. Malheureusement, les vampires ne pouvaient être réceptifs aux drogues qui fonctionnaient si bien sur les humains.

— Qui veut commencer ? demanda Maya en regardant David et Kathryn.

David avait le bras enroulé autour de la fille, la serrant contre lui.

— Commence par moi. Mais que Kathryn ne regarde pas.

Effrayée, celle-ci s'accrocha à lui. Il la regarda et s'adressa à elle d'une voix plus douce.

— Ça va aller, ma petite. Tu seras en sécurité avec eux.

Cain désigna Blake, lequel se tenait près de la porte d'entrée.

— Pendant ce temps-là, Blake peut l'emmener à la bibliothèque.

Ce dernier étant humain, Cain avait pensé que la fille aurait moins peur d'être sous sa surveillance plutôt que sous celle de quelqu'un comme Gabriel.

Kathryn regarda Blake. Cain remarqua l'enthousiasme avec lequel le jeune homme lui souriait.

— Il y a également une télé grand écran, l'encouragea Blake. Nous pouvons regarder un film ou jouer à la Xbox.

Cain roula des yeux. Il doutait que Kathryn fût d'humeur à jouer à quelque stupide jeu sur la Xbox.

— Xbox ? répéta Kathryn.

Blake afficha un large sourire.

— Ouais, je t'apprendrai.

— Va avec lui, Kathryn, l'encouragea David. Tu seras en sécurité.

Avec hésitation, elle quitta l'abri que lui prodiguaient les bras de David et se dirigea vers Blake. Lorsqu'elle arriva à sa hauteur, elle regarda par-dessus son épaule, à la recherche d'encouragements supplémentaires de la part de son ami. Ce dernier hocha la tête. Un instant plus tard, elle quittait la pièce, Blake à ses côtés.

Gabriel ferma la porte derrière eux.

— Allonge-toi sur la table, s'il te plaît, dit Maya à David. Cela va faire mal, j'en ai peur. Mais je ne peux rien y faire.

— Je le sais. Je suppose que c'est pour ça que tu as deux hommes pour t'assister, répondit David en regardant Cain et Gabriel.

Cain s'approcha.

— Nous allons t'attacher à la table. Je te tiendrai la tête immobile, et

Gabriel s'assurera que tu ne te détaches pas. Nous ne voulons pas utiliser de l'argent.

Bien que cela pût assurer l'immobilité du vampire, Cain n'avait nullement l'intention de lui infliger davantage de douleur qu'il n'en eût déjà endurée.

Tout en hochant la tête, David grimpa sur la table recouverte d'un drap blanc. Tandis que Maya enfilait des gants en latex, Cain et Gabriel fixaient des sangles en cuir autour du bas des jambes, des cuisses et du torse de David avant de les nouer sous la table. Lorsqu'il fut immobilisé, Cain regarda le patient.

— Prêt ?

David déglutit difficilement.

— Prêt.

— Je vais faire aussi vite que je le peux, promit Maya en saisissant la pince coupante en acier inoxydable se trouvant dans un plateau à côté de la table. Je vais d'abord faire un test afin de savoir à quel point la bille est enfoncée dans tes gencives, ok ?

David cligna des yeux en guise de consentement, tandis que Cain plaçait les mains de chaque côté de sa tête et l'agrippait fermement pour le maintenir en place.

Maya se pencha par-dessus son patient.

— Ouvre grand.

Soudain, la porte s'ouvrit d'un coup, et tout le monde tourna brusquement la tête dans cette direction.

— Attends !

Wesley déboula dans la pièce et, d'un coup de pied, referma la porte derrière lui.

— J'ai quelque chose pour estomper la douleur.

David tenta de se relever de la table, mais les sangles l'empêchèrent de soulever autre chose que la tête.

— Sorcier ! cria-t-il.

— Reste calme, David, l'apaisa Cain. Wesley est un ami. Il ne te veut aucun mal. Il est ici pour aider.

Toutefois, Cain doutait quelque peu que le sorcier fût capable de faire ce qu'il affirmait.

Wesley se dirigea vers la table.

— J'ai préparé une potion. Elle devrait fonctionner sur un vampire.

— Devrait ? demanda Maya, septique.

— Va fonctionner, corrigea Wes. Cela le mettra un peu en transe et moins conscient de ce que tu vas faire.

Maya expira.

— Et si ça ne fonctionne pas ?

Wes haussa les épaules.

— Si ça ne marche pas, alors ça n'aura juste aucun effet. Ça ne peut pas lui faire de mal. Promis.

— Il vaudrait mieux que ça ne le teinte pas en rouge, intervint Gabriel.

— Quoi ? demanda David, perplexe.

Wesley dévisagea le patient.

— Ne l'écoute pas. Certaines personnes, ici, ne me permettront jamais d'oublier mes erreurs bien que j'aie beaucoup progressé dans ma sorcellerie.

— Progressé ?

David lança un regard inquiet à Cain.

— C'est un apprenti ? ajouta-t-il.

Cain mut le poids de son corps d'une jambe sur l'autre.

Avouer à David que Wesley n'était pas exactement un expert dans son domaine n'aiderait pas dans cette situation. Peut-être que, pour une fois, il valait mieux laisser le bénéfice du doute au gamin.

— Wesley est un sorcier accompli.

Soudain, un sourire se forma sur le visage de l'homme plus âgé.

— Vous êtes un épouvantable menteur, Votre Majesté.

Il regarda ensuite Wesley.

— Eh bien, fais ton truc, alors, et espérons que ça ne me tuera pas.

Triomphalement, Wesley ôta une fiole de la poche de sa chemise.

— Vous allez tous devoir reculer pendant un instant afin de ne pas inhaler la substance également.

Cain fit quelques pas en arrière, de même que Maya et Gabriel. Wesley ouvrit ensuite la fiole et la tint sous le nez de David. Un effluve de couleur verte s'en échappa.

— Respire juste profondément, lui dit Wes, la voix apaisante.

Le vampire s'exécuta et prit une profonde inspiration. Ses yeux se fermèrent et, soudain, sa tête roula sur le côté. Il était inconscient.

— Oups !

Wesley releva les yeux, l'air penaud.

Cain se précipita vers lui.

— Putain, qu'est-ce que tu as fait, maintenant ?

— Je suppose que la potion est un peu plus forte que je ne le pensais. Ne t'inquiète pas, il va juste rester comme ça pendant un petit moment.

Le jeune sorcier fit signe à Maya.

— Il vaudrait mieux commencer immédiatement, ajouta-t-il. Je n'ai aucune idée de combien de temps ça va durer.

— Juste magnifique ! bougonna Gabriel.

Il désigna ensuite la porte.

— Il vaudrait mieux que tu sortes d'ici, poursuivit-il. Il se pourrait que David ne soit pas trop heureux de te voir quand il reprendra connaissance.

— *S'il* reprend connaissance, ajouta Cain.

— Vous êtes de tels pessimistes, se plaignit Wes en se retournant. Appelez-moi quand tout sera fini, et je m'occuperai également de la fille.

Lorsque la porte se referma derrière lui, Maya prit une fois de plus la pince coupante.

— Eh bien, faisons-le, alors.

Cain reprit la tête de David entre les mains et la tourna de façon à ce qu'elle fût dirigée vers le haut.

— Écarte-lui les mâchoires, lui dit Maya.

Il agrippa les mâchoires du vampire et les força à s'ouvrir. Il tendit ensuite la main vers un objet rectangulaire en métal de la taille d'une friandise et le coinça entre les dents de David, du côté gauche de la bouche, s'assurant que celle-ci demeurât ouverte pour que Maya pût avoir librement accès au côté droit.

Cain l'observa placer la pince à l'endroit où l'on apercevait la petite boule en métal implantée par les vampires du Mississipi. Elle tenta de l'attraper avec son instrument, mais il glissa sans trouver prise.

Maya leva les yeux.

— Je n'ai aucune prise. Je vais plutôt devoir la découper.

Elle déposa la pince et saisit le scalpel. Dès l'instant où elle incisa la gencive pour la première fois, l'air s'emplit de l'odeur du sang du vampire. Cain détourna la tête, mais ne put empêcher ses canines de s'allonger en réaction.

— C'est mieux, entendit-il Maya marmonner. Encore un tout petit peu.

Elle grogna, et Cain sentit la tête de David bouger entre ses mains.

— Merde, il reprend connaissance, l'avertit-il. Vite !

— Gabriel, la pince.

Immédiatement, Gabriel bondit et lui tendit la pince tout en lui reprenant le scalpel. Un gémissement du patient se fit à présent entendre.

Cain remarqua les globes oculaires de David remuer sous les paupières.

— Ça se dissipe trop rapidement.

— Je l'ai ! cria Maya en tirant.

Du sang jaillit, tandis qu'elle arrachait la bille de la bouche du vampire et la jetait dans un bol.

— L'autre côté, maintenant.

Gabriel remplaça la pince par le scalpel dans la main de Maya, tandis Cain déplaçait rapidement le bloc de métal de l'autre côté de la bouche du patient.

L'incision du côté gauche sembla prendre moins de temps à Maya et, quelques instants plus tard, elle agrippait déjà la seconde bille avec son instrument.

Lorsqu'elle l'ôta, la tête de David se redressa, et ses yeux s'ouvrirent d'un coup au même moment. Un cri de douleur lui déchira la gorge, tandis que du sang l'éclaboussait partout sur le devant du corps et que le bloc de métal glissait de sa bouche. Une lueur rouge brillait dans ses yeux, et il tira brusquement sur son dispositif de retenue.

— C'est fini, David, tout va bien, dit Cain pour tenter de le calmer en lui agrippant les épaules tout en le repoussant sur la table.

La poitrine du vampire se souleva mais, finalement, il regarda Cain dans les yeux et cligna.

— Elles sont sorties ? demanda-t-il, de manière un peu étouffée.

Maya lui sourit.

— Oui, toutes les deux. Allons te donner du sang humain pour que tu puisses guérir.

David ferma les yeux et soupira. Lorsqu'il les rouvrit, il semblait de nouveau calme.

— Merci. À vous tous.

— Tu as senti quelque chose ? demanda Maya.

— Juste maintenant, quand tu as tiré.

— Bien.

David regarda tout autour de la pièce.

— Où est le sorcier ?

— Nous l'avons fait sortir. J'ai pensé qu'il se pourrait que tu ne veuilles pas le voir après ceci, dit Cain.

— Ramenez-le. Et assurez-vous qu'il donne une plus grande dose de sa potion à Kathryn. Je ne veux pas qu'elle ressente la moindre douleur.

— D'accord, dit Cain.

**34**

Tandis que Kathryn et David se reposaient après l'intervention, et que Maya et Gabriel les surveillaient afin de voir si leurs canines repousseraient effectivement durant leur sommeil réparateur, Cain faisait les cent pas dans son bureau.

La fervente croyance de Faye en l'innocence de Robert le faisait douter de ses propres soupçons. Bien que Thomas eût parlé au prisonnier, il n'avait pas pu lui faire confesser l'acte de trahison. Robert avait continué à proclamer son innocence.

Avait-il quelque chose à perdre en parlant lui-même à Robert ?

Cain sortit en courant de son bureau et faillit presque percuter Abel dans le couloir.

— Holà, Cain, où te précipites-tu comme ça ?

— Vais voir Robert dans sa cellule.

— Ah, le traître. Tu veux que je t'accompagne ?

Ayant déjà dépassé son frère, Cain ne tourna même pas la tête en lui répondant.

— Non !

Il poursuivit son chemin vers le niveau le plus bas du palais. Il connaissait à présent suffisamment bien la disposition des lieux pour trouver la cellule sans avoir à demander son chemin à quiconque.

Un garde que Cain reconnut comme Simon était assis à une table dans l'antichambre menant aux cellules. Il se redressa immédiatement en un saut lorsque Cain entra.

— Bonsoir, Votre Majesté.

— Soir. Ouvre la cellule de Robert et laisse-moi entrer.

— Bien sûr, Monsieur.

Simon décrocha les clés de sa ceinture et désigna une lourde porte en fer au bout du corridor.

Cain se dirigea vers elle et attendit que le garde la déverrouillât et l'ouvrît.

— Verrouille derrière moi. Je te ferai savoir quand j'aurai terminé.

Il fit un pas dans le sombre cachot et entendit la porte se refermer derrière lui en un bruit sourd. Ses yeux perçurent immédiatement Robert. Il était assis sur un petit lit de camp, dans le coin, le dos raide et le regard fixé sur Cain.

— À quoi dois-je ce plaisir ? demanda Robert, une bonne dose de sarcasme dans le ton de la voix.

Cain ne se laissa pas démonter par cette provocation.

— Faye implore qu'on te relâche.

Une étincelle jaillit dans les yeux du vampire plus âgé.

— Ah, Faye, elle croit toujours au bon côté qu'il y a en chaque personne, n'est-ce pas ?

— A-t-elle tort d'agir ainsi ?

— Parfois, oui.

— Et cette fois-ci ?

Robert secoua doucement la tête.

— Cette fois, son instinct dit vrai. Je ne suis pas un traître. Ce que je vous ai dit est réel. Quelqu'un m'a piégé.

— Et pourquoi devrais-je te croire ?

— Là, je ne peux pas vous aider.

Robert haussa les épaules.

— Ça ne m'est pas très utile.

— Pourquoi êtes-vous réellement ici ? Si Faye s'est débrouillée pour vous convaincre, vous devriez me libérer dès maintenant.

Robert jeta un œil à la porte et poursuivit.

— Mais il ne semble pas que vous me laissiez partir. Donc, si elle n'a pas pu vous convaincre de mon innocence, il n'y a aucune raison que j'essaie. Vous et moi avons toujours eu une relation un peu difficile. S'il y a une personne à qui vous faites confiance en cet endroit, c'est Faye. Depuis que vous l'avez sauvée, il en a toujours été ainsi.

Que Robert lui confirmât qu'il avait toute confiance en Faye le rassura.

— Une relation difficile, hein ?

Robert sourit.

— Ouais. Je n'ai jamais approuvé la manière dont vous vous êtes débarrassé de l'ancien roi.

Cain fit instinctivement un pas en arrière.

— Débarrassé ?

Que voulait donc dire Robert ?

Le captif baissa les yeux vers le sol.

— Mes excuses si vous pensez que ce n'est pas le mot approprié pour ce que vous avez fait. Peu importe qu'il l'ait mérité ou pas. Mais vous l'avez massacré ; vous l'avez laissé souffrir comme un animal avant de mettre fin à son supplice.

Robert eut un geste méprisant de la main.

— À présent, l'eau a coulé sous les ponts. Vous avez eu ce que vous vouliez, n'est-ce pas ? Maintenant, vous êtes roi. Et devinez quoi, vous trouvez cela tout aussi difficile que n'importe lequel de vos prédécesseurs de prendre les bonnes décisions.

Ces paroles le choquèrent violemment. Lui, Cain, avait-il réellement tué le précédent roi ? Non, il ne pouvait en être ainsi. Il n'était pas un assassin. Il était un homme honorable empreint de moralité. Pas un meurtrier, et certainement pas un homme qui infligeait des sévices excessifs. Il ne torturait pas les gens.

— Tu te trompes.

— Pourquoi le nier ? demanda Robert, son regard croisant le sien. Tout le monde le suspecte, bien que peu de personnes le sachent avec certitude.

— C'en est assez ! dit Cain, les dents serrées.

— Vous voyez, vous ne pouvez même pas supporter la vérité, mais vous vous attendez à ce que j'accepte d'être accusé à tort. Je suis innocent. Faye croit en moi.

Cain détourna le regard et tenta de se soulager l'esprit. Il ne voulait pas s'éterniser sur la révélation de Robert qui le dépeignait comme un tueur de roi, car cela ne voudrait-il pas dire que, lui, Cain était mauvais ?

— Faye dit que tu es son ami.

— Elle avait besoin d'une épaule sur laquelle pleurer quand elle pensait que vous étiez mort.

— Je pensais qu'Abel aurait été cette épaule.

— Abel ? se moqua Robert. Elle l'évitait autant que possible.

Ces paroles ne firent que renforcer les soupçons de Cain quant au fait qu'Abel avait essayé de mettre de la distance entre Faye et lui, bien qu'il semblât qu'il eût, à présent, creusé lui-même ce fossé entre eux en n'étant pas franc avec elle. C'était quelque chose qu'il lui fallait changer, ou il la perdrait. Mais Faye lui avait donné une autre condition à remplir : elle voulait la libération de Robert.

Cain regarda à nouveau son prisonnier, le fixant longuement et avec insistance. Pouvait-il prendre le risque de croire ce qu'il disait et le libérer ? Peut-être était-il temps de franchir ce pas.

— Garde !

---

— Garde ! Ouvrez cette foutue porte ! hurla Cain de derrière la lourde porte de la cellule.

Abel éprouva l'envie de se frotter les mains et ne s'en abstint qu'à cause de la puérilité du geste. Toutefois, il n'en eut pas moins le tournis. Le timing était parfait. Et bien que ceci n'eût pas été son plan d'origine, il n'aurait pas pu mieux le planifier lui-même.

Cain était dans la cellule avec Robert. C'était là la parfaite occasion de coller le meurtre du roi sur le dos de son sujet et ainsi continuer à impliquer le clan du Mississipi. Tout le monde savait que l'on avait trouvé Robert en possession de matériel compromettant qu'il voulait envoyer au clan rival. Personne ne le croyait quand il affirmait que les plans avaient été dissimulés à son insu. Personne, sauf Abel, parce que c'était lui qui avait glissé les papiers dans le registre de Robert en s'assurant que les hommes de Baltimore pussent les y trouver et en faire rapport.

Tout avait fonctionné comme sur des roulettes. Au départ, Abel ne l'avait fait que pour attirer les soupçons sur les membres du clan rival, dès leur arrivée en vue de participer aux festivités : Cain aurait été retrouvé mort, et il aurait été aisé de les pointer du doigt.

Mais la solution qui s'offrait à présent à lui était encore plus simple. Tout ce qu'il aurait à faire, ce serait de tuer Cain, lui-même, de coller cela sur le dos de Robert et, ensuite, de l'exécuter et de déclarer la guerre au clan voisin.

Abel fit un geste à Simon, le garde en poste au bloc pénitentiaire. Il était loyal à Baltimore. Simon se dirigea vers lui, et Abel se pencha au plus près, lui parlant tout bas à l'oreille afin de lui donner ses instructions.

Simon hocha la tête avec obéissance et alla jusqu'à un placard. Il le déverrouilla et en sortit un pistolet de petit calibre. Il y vissa un silencieux en son extrémité.

— Chargé ? murmura Abel.

— Avec des balles en argent.

Abel le prit et l'arma. Il aimait le bruit de l'écho contre les murs de pierre.

— Tu as un pieu ?

— Oui, Monsieur.

— Bien. Assure-toi qu'on ne le trouve pas dans la cellule de Robert, une fois qu'on aura terminé.

Bien qu'Abel allât tuer son frère avec une balle d'argent qui l'incinère-rait, le résultat final serait identique. En découvrant les cendres de Cain, personne ne serait capable de dire s'il avait été poignardé par un pieu ou pas. Tout ce qu'Abel avait à faire, c'était faire disparaître la balle et la douille de la cellule avant de sonner l'alarme. Personne n'entendrait le tir.

— Prêt ? demanda Abel.

Simon acquiesça d'un hochement de tête, glissa la clé dans la serrure et la tourna en silence. Au signe de tête d'Abel, il poussa la porte et l'ouvrit.

Abel visa dans l'obscurité, le doigt se contractant sur la gâchette.

Mais il ne tira pas.

La cellule était vide.

Ébahi, il se tourna vers son complice.

— C'est quoi ce bordel ?

Le garde vampire sembla tout aussi surpris. À peine quelques instants plus tôt, Abel avait entendu Cain crier de le laisser sortir de la cellule. Mais Simon n'avait pas ouvert la porte.

Abel devait réfléchir rapidement. Si, d'une façon ou d'une autre, Cain et Robert s'étaient échappés, il ne leur faudrait pas longtemps pour revenir et découvrir son acte. Il n'avait pas le temps de se demander comment ils avaient fui. Il devait couvrir ses arrières. À l'instant même.

— Désolé, dit Abel en regardant Simon.

Le coup, étouffé par le silencieux, vint toucher Simon au front. Lentement, le vampire se désintégra en poussière.

Abel jura. Il était de retour à la case départ et devrait, maintenant, attendre patiemment avant de mettre son plan original à exécution.

Tant pis pour cette opportunité en or.

## 35

Dans le tunnel, Cain se tourna vers Robert.

— Enlève ta chemise.

— Pourquoi ?

— Pour que je puisse te bander les yeux.

Après tout, même s'il avait découvert l'entrée des tunnels dont John lui avait parlé et qu'il s'était débrouillé pour les sortir tous deux de la cellule avant l'ouverture de la porte, Cain n'allait pas révéler tous ses secrets à Robert. En fait, il ne pouvait permettre à son responsable en approvisionnements de voir les tunnels. C'était déjà assez moche qu'il fût au courant de leur existence.

— Un mot à propos des tunnels, et je t'enfonce un pieu, moi-même.

Robert ôta sa chemise et la tendit à Cain.

— Vous avez ma parole.

Si Cain n'avait pas entendu l'armement d'un revolver de même que quelques bas murmures dont il n'avait pu discerner la provenance, Robert et lui seraient devenus des proies faciles. Des proies faciles et mortes. Qui que fût l'éventuel assassin, il n'avait, à ce stade, même pas voulu spéculer à ce sujet.

Dès que Robert eut les yeux bandés, Cain le prit par le coude et le guida à travers le labyrinthe jusqu'à atteindre le passage secret qui menait à la suite royale. Tout en tirant Robert avec lui, il se laissa glisser à l'intérieur de la pièce. Lorsque l'œuvre d'art reprit sa place devant l'issue secrète de sa chambre, il fit tourner Robert plusieurs fois sur-lui-même.

— Maintenant, tu peux enlever ton bandeau.

Lorsque Robert s'exécuta, ses yeux errèrent dans la chambre.

— Que fait- on, maintenant ?

Tandis qu'il se dirigeait vers la porte, Cain s'arrêta en chemin et s'orienta plutôt vers la table de nuit. Alors qu'il se penchait pour sortir un pistolet du tiroir et l'extirper de son étui, son regard se posa sur quelque chose qui était tombé sous son lit. Un téléphone portable. Sa main se mut instinctivement vers la poche de son pantalon, mais son téléphone se trouvait à l'endroit où il était supposé l'être. N'ayant pas le temps d'investiguer plus longuement, il se rua vers la porte et l'ouvrit.

— Haven ? cria-t-il.

Un instant plus tard, son collègue de chez Scanguards passait la tête en dehors de sa chambre, le téléphone collé à l'oreille.

— Ouais ?

— J'ai besoin de toi, maintenant !

— Dois y aller. Embrasse le bébé pour moi. Je t'aime, dit-il au téléphone avant de couper la communication et de se précipiter vers Cain.

— Qu'est-ce qui ne va pas ? demanda-t-il.

— Je pense que quelqu'un vient à nouveau d'attenter à ma vie.

— Merde !

— Prends ton revolver.

Il se tourna ensuite vers Robert.

— Reste ici, dit-il à son sujet.

Haven retourna à sa chambre et fut de retour deux secondes plus tard, pistolet en main. Derrière lui, émergea un Wesley qui semblait avoir envie de dormir.

— Que se passe-t-il ? demanda le jeune sorcier.

Ses vêtements semblaient fripés.

— Va t'assurer que Faye est dans sa suite. Ensuite, protège-la comme si ta vie en dépendait.

Sans attendre la réponse, Cain se précipita dans le couloir en direction du bloc pénitentiaire, Haven sur les talons.

Lorsqu'il pénétra dans l'antichambre menant aux cellules, Cain sut déjà qu'il arrivait trop tard. La porte de la cellule de Robert était grande ouverte, mais la pièce était vide. Le garde était parti, de même que son visiteur, qui qu'il eût été. Son regard se posa sur un placard dont la porte balançait toujours, comme si quelqu'un l'avait claquée sans parvenir à la refermer. Dans le placard, plusieurs revolvers pendaient à des crochets.

Cain se dirigea vers le meuble et renifla. On avait récemment tiré avec un des pistolets. Il pouvait toujours en sentir le résidu de poudre.

— Merde, regarde ça ! lui cria Haven.

Cain se tourna et le vit accroupi près de la porte de la cellule. Lorsqu'il s'approcha, il put voir ce que son ami regardait. Une fine couche de cendres. Un portable et quelques pièces trônaient au milieu de celle-ci. Les clés étaient toujours coincées dans la porte.

— Quelqu'un a tué le garde.

Cain hocha la tête en direction du placard derrière lui.

— On a tiré avec un de ces pistolets. Et je suis certain qu'une fois qu'on l'aura examiné, on découvrira qu'il n'y a aucune empreinte dessus.

— Essayons tout de même, suggéra Haven.

— Vérifiez, toi et Gabriel. Ensuite, allez chercher Robert et emmenez-le dans un endroit sûr.

Après cet attentat manqué, Cain était certain que Robert avait été victime d'un coup monté, comme il l'avait affirmé.

— Je dois parler à John.

Cain se retourna et partit. Il trouva le chef de la garde royale dans sa nouvelle chambre, au premier étage. Lorsqu'il ouvrit violemment la porte, un John seulement à moitié vêtu se dressa dans le lit.

— Cain !

John bondit du lit.

— Vous avez besoin de quelque chose ? ajouta-t-il.

— J'ai besoin de connaître la vérité. Ai-je assassiné l'ancien roi ?

Visiblement étonné, John cligna des yeux.

— Comment— ?

— Je le sais ? Robert y a fait allusion. C'est vrai ?

John baissa les yeux vers ses pieds nus.

— Oui.

— Putain, pourquoi ne me l'as-tu pas dit ?

John leva la tête.

— Ce n'était pas important.

— Ce n'était pas important ? Je suis un meurtrier, un assassin !

— Et cela vous a toujours hanté. C'est pour cela que je ne vous ai rien dit. Je ne voulais pas que vous reviviez cela à nouveau. Vous vous blâmiez de l'avoir sauvagement tué, malgré le fait que le vieux bâtard ait mérité tout ce qu'il a eu.

Tout l'air sortit des poumons de Cain.

— Je l'ai massacré, n'est-ce pas ?

Était-ce ce qu'il était, un homme sans scrupule ? Un meurtrier insensible ?

John hocha la tête.

— Lorsque vous avez vu ce qu'il avait fait, vous êtes devenu enragé. Et quand vous avez vu les victimes, quand vous avez vu Faye, on n'a pas pu vous arrêter.

— Faye ?

— Elle faisait partie des malheureux qu'il avait enfermés dans une partie des caves aujourd'hui remplie de débris. Vous avez découvert que l'ancien roi aimait capturer des vampires appartenant à d'autres clans pour les torturer. Il considérait cela comme un sport. Faye était l'une d'entre eux.

Cain se frotta une main sur le visage.

— Oh, Dieu.

— Je ne voulais pas que vous ayez à vous remémorer tout ça. J'avais besoin que vous ayez l'esprit clair

— Qui d'autre sait que j'ai tué le roi ?

— Votre frère, bien sûr. Il était votre adjoint quand vous étiez chef de la garde royale. Quelques autres savaient, Robert inclus. Mais le reste de vos sujets ne font que soupçonner que c'était vous.

— Il doit y avoir des membres de mon clan qui me haïssent pour ça.

— Sans doute, mais le peu qui sont au courant n'en ont jamais soufflé mot, et les autres ne lèveront pas une main contre vous.

— Ils ont peur de moi, n'est-ce pas ? Peur que je tue quiconque se soulèvera contre moi.

— Chaque roi a ses ennemis.

— Et j'en ai plus que ma part. Pas étonnant que quelqu'un veuille se débarrasser de moi.

Cain fit une pause et prit une inspiration avant de poser la question qui lui importait le plus.

— Et Faye ? Est-elle au courant ?

— Oui. Elle vous regardait quand vous avez délivré le coup mortel.

Choqué par cette révélation, Cain tressauta.

— Pourquoi l'ai-je laissé regarder ?

— Vous ne vouliez plus qu'elle ait peur. Vous vouliez qu'elle sache que vous auriez vaincu n'importe quel dragon pour elle.

Cain se laissa tomber sur le lit. Faye connaissait tous ses secrets, l'avait vu dans son état le plus sauvage et, pourtant, elle l'aimait toujours. Elle était plus forte qu'il n'eût pu le supposer. Si elle avait été près de lui lorsqu'il avait tué ce roi malveillant, se tiendrait-elle à présent à ses côtés lorsqu'il se dévoilerait à elle?

## 36

Faye entendit frapper à la porte de sa suite et s'arrêta de faire les cent pas, pour la première fois depuis ces deux dernières heures, depuis que Wesley était venu la voir pour lui dire de demeurer, jusqu'à nouvel ordre, en sécurité dans ses propres appartements. Elle n'avait pas protesté. L'expérience du passé lui avait appris à tenir compte des avertissements quand celui qui les délivrait le faisait avec une lueur d'anxiété dans le regard. Et le sorcier avait semblé suffisamment inquiet pour qu'elle obéît à son ordre sans la moindre question.

Son cœur battait violemment dans sa gorge lorsqu'elle répondit.

— Entrez.

Les yeux rivés sur la porte, elle la regarda s'ouvrir. Cain en personne entra et referma la porte derrière lui. Il demeura debout, ses yeux cherchant ceux de Faye avant de les laisser courir sur son corps, comme s'il voulait s'assurer qu'elle allait bien. Cet acte la rendit encore plus nerveuse. Les mains collées sur le ventre, elle fit un pas hésitant vers lui.

— Que se passe-t-il ?

Cain désigna le canapé en face de la cheminée.

— Je pense que tu devrais t'asseoir.

Les nouvelles étaient donc mauvaises. Vraiment mauvaises. Personne ne demandait à une autre personne de s'asseoir s'il avait de bonnes nouvelles à annoncer.

— Je préfère rester debout.

— Bien.

Elle le vit déglutir difficilement avant de rouvrir la bouche pour parler.

— On a attenté à ma vie.

Faye haleta et pressa instinctivement une main sur sa poitrine.

— Oh, Dieu, non !

— Je vais bien.

— Que s'est-il passé ?

— Je suis allé voir Robert dans sa cellule pour lui parler. Quand j'ai appelé le garde pour qu'il déverrouille la porte, je n'ai pas reçu de réponse. Mais j'ai entendu qu'on armait un pistolet.

Les pieds de Faye la transportèrent jusqu'à lui, et elle tendit les mains, trouvant prise sur sa chemise.

— Cain ! Oh, non !

L'idée que la vie de Cain fût en danger lui coupa tout approvisionnement en oxygène.

— Qui était-ce ? demanda-t-elle.

— Je ne sais pas.

Faye pencha la tête sur le côté. Comment pouvait-il ne pas le savoir ? Visiblement, il avait survécu.

— Mais tu dois l'avoir tué. Ou sinon, comment serais-tu en vie ?

— Je suis parvenu à m'échapper par les tunnels.

Étonnée, elle le dévisagea. Bien qu'elle sût pour les tunnels et le passage secret permettant d'accéder de sa suite à celle du roi, elle ne connaissait pas les autres galeries souterraines. Cain ne lui avait montré que la seule entrée qu'elle devait connaître.

— Il y a une entrée vers les tunnels dans le bloc pénitentiaire ?

— Elle m'a sauvé la vie.

Soudain, elle cessa brièvement de respirer.

— Et Robert ?

Des mains, Cain lui caressa la partie supérieure des bras.

— Robert est en sécurité.

Il baissa la tête avant de poursuivre.

— Je veux m'excuser auprès de toi. Tu avais raison. Robert n'est pas un traître. Après ce qui s'est passé dans la cellule, je crois fermement que Robert a été piégé, peut-être même pour m'attirer là, en bas, près de lui, afin que l'assassin puisse se débarrasser de moi et faire accuser Robert. Je ne peux pas en être certain.

Un sentiment de soulagement la parcourut. Cain avait, en définitive, pris son avis en compte et avait donné une chance à Robert. Mais le soulagement fut de courte durée, car c'était son point de vue qui avait mis Cain dans cette périlleuse situation.

— Je suis désolée, Cain. Si je n'avais pas mis une telle pression sur toi pour que tu voies Robert, ceci ne serait pas arrivé.

Elle sentit les larmes lui monter aux yeux et tenta désespérément de les refouler.

— Ce n'est pas ta faute. Tu as bien fait. J'avais tort à propos de Robert.

— Que vas-tu faire, maintenant ? Où est le garde qui a fait ça ?

Cain secoua la tête.

— Le garde est mort. Plus que probablement tué par celui qui est derrière tout ça. Mes hommes recherchent l'assassin, mais nous n'avons pas beaucoup d'espoir. Il n'a laissé aucun indice. Nous avons trouvé une arme qui a, plus que vraisemblablement, été utilisée pour tuer le garde. Haven l'a examinée pour trouver des empreintes, mais il n'y en avait aucune.

Faye le chercha des yeux.

— Il essaiera encore et encore jusqu'à ce qu'il réussisse, n'est-ce pas ?

Comment Cain pourrait-il jamais être en sécurité ?

— On peut le supposer. C'est pour ça que je suis ici.

Elle plissa le front suite à cette étrange déclaration.

— Que veux-tu dire ?

La suspectait-il, en définitive, bien qu'il lui eût dit que ce n'était pas de sa faute ? Ses battements de cœur tambourinèrent dans sa poitrine.

— Tu ne peux pas croire que je suis—

— Faye.

Il l'attira plus près. L'intensité de son regard l'immobilisa.

— Quand j'étais dans cette cellule, prêt à être assassiné, tout ce à quoi j'ai pu penser, c'était toi et au fait que je n'aurais jamais la moindre chance de te dire la vérité si je venais à mourir.

— La vérité ? s'entendit-elle répéter.

— À propos de moi et de ce qui m'est réellement arrivé pendant l'année où j'étais parti.

Il prit une inspiration.

— Je t'ai menti, Faye.

Instinctivement, elle tenta de s'éloigner de lui, mais les mains de Cain s'enroulèrent autour de ses bras et ne lui permirent pas de s'échapper.

— Mais je ne peux plus continuer à mentir.

Il ferma les yeux un moment.

Sans voix, elle le dévisagea.

— Je pense que tu vas vouloir t'asseoir pour ceci.

Il la relâcha.

— S'il te plaît, ajouta-t-il.

Le corps entièrement engourdi, elle marcha vers le sofa et s'assit, le dos raide. Après tout, allait-il à présent lui dire qu'il y avait eu une autre femme ?

Les coussins du canapé se tassèrent lorsqu'il s'assit tout près d'elle, le corps tourné sur le côté afin de lui faire face. Il lui prit les mains et les tint avec douceur.

— Je n'ai pas été kidnappé, il y a un an. Un assassin a attenté à ma vie et m'a blessé. John m'a sauvé la vie, mais la blessure à la tête était importante. Lorsque je suis revenu à moi, je n'avais plus aucun souvenir de ma vie. Je ne savais pas qui j'étais. J'étais complètement amnésique.

Faye haleta, et il poursuivit.

— John a pris la décision de me faire sortir clandestinement du palais par les tunnels et de mettre ma mort en scène pour me maintenir en sécurité. Je crois qu'il a fait ce qui était le mieux dans ces circonstances. Je n'étais pas du tout en état de me défendre contre une autre attaque.

Faye pressa une main sur ses lèvres.

— Oh mon Dieu !

— Ce n'est pas tout.

Que pouvait-il y avoir d'autre ?

— Tu es de retour, maintenant. Tu peux combattre celui qui est derrière ceci, qui qu'il soit.

Le triste sourire que Cain lui adressa lui pinça le cœur de douleur.

— Faye, je ne suis pas guéri de mon amnésie.

Ne comprenant pas, Faye secoua la tête.

— Que veux-tu dire ? Toute blessure non mortelle que subit un vampire guérit au fil du temps. Et tu es revenu. Donc, tu dois te souvenir.

Cain soupira.

— Durant toute cette année, j'ai travaillé comme garde du corps pour Scanguards. Ils sont devenus mes amis, les seuls amis et la seule famille dont je me souvienne. Ma mémoire n'est toujours pas revenue. Je ne sais pas pourquoi la blessure n'a jamais guéri.

Il regarda la cheminée.

— Faye, ajouta-t-il, je ne me souviens pas de toi. Je ne me souviens pas de t'avoir aimée. Je ne me rappelle rien de mon ancienne vie. Rien à notre sujet. C'est pour ça que je ne pouvais pas te dire ce que tu avais besoin d'entendre.

Un sanglot déchira la gorge de Faye. Il ne se rappelait pas de son amour pour elle ?

— Cain, murmura-t-elle, mais sa voix se brisa dans le sanglot suivant.

C'était donc vrai : il ne l'aimait plus et avait seulement fait semblant.

— Ces derniers jours. Ils n'étaient que mensonge, ajouta-t-elle, se parlant à elle-même.

Cain tourna de nouveau la tête vers elle et lui serra les mains.

— Pas tous. Il se peut que je ne me souvienne pas de notre amour, mais ça ne veut pas dire que je ne le ressente pas.

Les cils de Faye se soulevèrent, et ses yeux s'écarquillèrent, tandis qu'elle prenait une inspiration. Cain la regarda amoureusement.

— On m'a donné une deuxième chance, Faye. Une deuxième chance de retomber amoureux de toi. Quand tu es venue dans ma chambre après mon retour, pour moi, c'était la première fois que je t'embrassais. Pour moi, tout était une première fois. Te faire l'amour, ici, devant la cheminée, sentir tes lèvres autour de mon sexe quand tu es venue vers moi dans la douche. Pour la première fois, j'ai pu ressentir ta passion, ta tendresse.

Il se passa une main dans ses courts cheveux et poursuivit.

— Mais quand tu m'as pressé de te dire que je t'aimais, je n'ai pas pu le faire. Je ne pouvais pas te mentir et te proclamer mon amour, alors que je ne pouvais pas me fier à mes propres sentiments. Maintenant, je le peux.

Parce que, maintenant, j'ai vu le genre de femme que tu es. Tu es bonne et généreuse. Loyale et fidèle, même quand tu me pensais mort.

Le regret s'afficha soudain dans les yeux de Cain.

— Je suis désolé, Faye, mais tu dois savoir ceci : j'ai couché avec d'autres femmes. Je ne savais pas que tu existais. Si je l'avais su, jamais je n'aurais touché une autre femme.

Cain baissa la tête.

— Aucune d'elles ne signifiait quoi que ce soit. Dans mes rêves, c'était toujours toi.

Tandis que cela la peinait d'entendre qu'il avait été avec d'autres femmes, elle ne pouvait réellement l'en blâmer. Sans connaissance de sa vie antérieure, comment aurait-il su qu'il devait lui être fidèle ? Elle posa une main sur son avant-bras.

— Ne t'en veux pas. Parle-moi de tes rêves.

Cain leva les yeux, ses lèvres arborant un timide sourire.

— Il y a quelques mois, j'ai commencé à rêver de toi. De nous. Faisant l'amour. Je voyais tout si nettement que je pensais que c'était réel. C'est pour ça que j'ai dû revenir quand John est venu me voir le week-end dernier et m'a parlé de toi, ainsi que du fait qu'Abel t'avait demandée en mariage. Je savais que je devais me battre pour toi.

— Et pour ton royaume, ajouta-t-elle.

Il secoua la tête.

— Je ne suis pas revenu pour le royaume. Je suis revenu uniquement pour toi. Ce que je ressentais dans mes rêves devenait réalité. *Tu* es devenue réalité. Et la façon dont tu as traité et aidé ces étrangers a, à mes yeux, vraiment laissé transparaître ta bonté. Et ta confiance en Robert n'a fait que cimenter ce que je savais déjà.

Cain souleva une main vers la joue de Faye et la caressa.

— Maintenant, je peux le dire, parce que je sais que c'est vrai. Je t'aime, Faye, et peu importe ce qui se passera, je n'oublierai plus jamais que je t'aime.

Une larme échappée de l'œil de Faye coula le long de sa joue, laissant une traînée chaude dans son sillage.

— Cain.

Ce fut tout ce qu'elle put dire.

— Veux-tu bien me reprendre ?

Des larmes plein les yeux, elle hocha la tête, mais les mots lui manquèrent. Elle tendit plutôt la main vers lui et l'attira plus près, penchant le front contre le sien.

— Aide-moi à me souvenir, mon amour, et je promets que je ferai tout ce qui est en mon pouvoir pour devenir l'homme que tu aimais autrefois, précisa-t-il.

Elle recula un petit peu et lui prit le visage entre les mains.

— Oh Cain, mais tu *es* l'homme que j'aime. Ça ne changera jamais.

Un instant plus tard, les lèvres de Cain rencontrèrent celles de Faye, et le cœur de celle-ci s'ouvrit afin de l'accueillir à la maison.

## 37

Les lèvres de Faye procurèrent à Cain tout le réconfort dont il avait besoin pour passer à l'étape suivante. L'étape finale. Il ne doutait nullement que sa vie fût en danger, tout comme celle de Faye. Et il n'y avait qu'une seule façon de s'assurer qu'il pût vraiment la protéger.

À contrecœur, il mit un terme au baiser avant que celui-ci ne devînt trop enflammé. La respiration lourde, il appuya le front contre celui de Faye.

— Lie-toi à moi par le sang. Immédiatement.

Faye haleta et s'écarta de lui, mais uniquement dans le but de le regarder dans les yeux.

— Maintenant ?

— À l'instant même. Afin que je puisse toujours te protéger.

Ce lien leur permettrait de ressentir quand l'autre serait en danger. Ensemble, ils seraient plus forts qu'individuellement.

— Oui. Mon amour.

Un sourire se forma sur les lèvres de Cain.

— Ma reine.

Il se redressa et la prit dans ses bras. Elle croisa les mains derrière son cou et rapprocha les lèvres pour l'embrasser. Il pouvait enfin se laisser aller.

Il lui avait tout dit, et elle lui avait pardonné. Plus rien ne se trouvait à présent sur leur chemin, plus rien mis à part leurs vêtements.

Cain savait que Wesley montait toujours la garde de l'autre côté de la porte de la suite de la reine, prêt à l'alerter au moindre ennui. Mais il espéra qu'aucun problème immédiat ne s'ensuivît afin de se donner une chance de rendre mémorables les prochaines heures en compagnie de Faye. Ce serait le début de leur vie commune. Le début de l'éternité.

Il l'allongea sur le lit, se débarrassant simultanément de ses chaussures avant de lui ôter les siennes de ses pieds délicats et de les laisser tomber au sol.

— J'ai envie de toi, murmura Faye en tendant la main vers lui, l'attirant au-dessus d'elle.

— Si impatiente, murmura-t-il, en retour.

— Je t'attends depuis si longtemps.

Cain balaya une mèche de cheveux de sa joue.

— Je ne te ferai plus jamais attendre pour quoi que ce soit. Je le promets. Dorénavant, tu passeras toujours en premier.

— Mais ton royaume—

Il posa un doigt sur ses lèvres.

— Mon amour pour toi est deux fois plus important que mon royaume.

Elle lui sourit.

— Tu *as* changé. Il y a un an, les besoins du royaume t'importaient bien plus que n'importe quoi d'autre.

— Je devais être fou.

Cain baissa les lèvres vers les siennes et prit possession de sa bouche, désireux de lui montrer ce qu'il ressentait pour elle, à quel point il l'avait dans la peau.

La bouche de Faye céda, l'invitant à l'envahir et l'accueillant à l'aide de fermes caresses de sa langue sur la sienne et d'une forte pression des lèvres sur sa bouche. Des mains, elle lui enroba l'arrière du crâne, comme si elle voulait s'assurer qu'il ne se retirât plus jamais.

Il pouvait enfin l'explorer sans regret, sans culpabilité suite aux mensonges qu'il lui avait racontés. À présent, seule la vérité existait entre eux, et cela rendait le fait d'être dans ses bras tellement plus parfait.

— Je t'aime, murmura Cain entre une reprise de souffle et la nouvelle capture des lèvres de Faye, en un baiser plus profond, noyant ainsi toute réponse qu'elle eût à lui fournir.

Plus aucun mot n'était à présent nécessaire, car il pouvait ressentir la profondeur de la dévotion qu'elle avait à son égard, rien qu'à la façon dont elle pressait son corps contre le sien, à la façon qu'elle avait d'écraser les hanches contre son bassin, demandant en silence qu'il la fît sienne. Tout comme sa langue qui se trémoussait avec la sienne dans une danse d'accouplement aussi vieille que les temps.

Faye avait le goût d'un arc-en-ciel après un long déluge. L'odeur de sa peau emplit les narines de Cain et le transperça d'impatience, telle une lance, à travers le centre de son corps. Il était déjà en feu. Seul son baiser pouvait lui procurer cela, le transformer en un homme qui ne pouvait penser qu'à une seule chose : faire sienne, pour toujours, la femme qu'il tenait dans ses bras.

À cet instant précis, il se délecta du fait d'être un être immortel, un vampire, pour qui les mots *Je t'aimerai pour toujours* signifiaient réellement pour toujours. Et il s'estimait heureux d'avoir trouvé Faye, de l'avoir sauvée afin qu'elle eût pu en faire de même en retour.

S'il ne devait jamais retrouver la mémoire, cela n'aurait plus d'importance, car il avait récupéré Faye. Elle était sa mémoire, sa vie. Plus rien d'autre ne comptait.

Lentement, en mouvements doux, Cain commença à lui ôter les vêtements, couche par couche. Tout d'abord le tee-shirt, puis son jean. Il l'autorisa ensuite à en faire de même avec lui, à le dépouiller de sa chemise et de son pantalon. Il l'arrêta lorsqu'elle tendit la main vers son caleçon.

— Pas encore.

Il ne voulait rien précipiter et, bien que son sexe eût déjà pris la forme d'une tente à l'avant de son sous-vêtement, il n'était pas prêt à laisser sortir la bête de sa cage. Il voulait savourer ce moment.

— Ne viens-tu juste pas de me promettre de ne plus jamais me faire attendre ? l'amadoua Faye.

Il ne put s'empêcher de glousser.

— Oh, je ne vais pas *te* faire attendre. Uniquement moi. Je vais t'inonder de plaisir à l'instant même.

Faye glissa une main sur sa nuque et l'attira vers elle.

— Ça me plaît.

Il lui effleura les lèvres en un toucher aussi léger qu'une plume pendant que, plus bas, il se plaçait entre le « v » de ses cuisses, le bas-ventre posé contre son bassin. Malgré le tissu de leurs sous-vêtements respectifs, il put sentir à quel point elle lubrifiait, à quel point elle se préparait pour le recevoir.

Cain inspira, imprégnant ses poumons de l'odeur alléchante de l'excitation de sa compagne. Il laissa errer son regard du visage de Faye jusqu'à son cou, là où il vit la veine palpiter, comme si elle l'appâtait. Bientôt, il enfoncerait ses canines à cet endroit précis et y puiserait le sang afin de créer un lien indéfectible avec elle.

Sans la moindre précipitation, il enroula un pouce autour d'une des bretelles du soutien-gorge et la fit glisser de son épaule. Il en fit de même avec l'autre, puis poussa les bonnets vers le bas, loin des seins, exposant ainsi, à sa vue, les cimes rosées de ceux-ci. Dures comme le roc, elles le saluèrent. Il plongea la tête et suça un mamelon bien ferme tout en le léchant.

Ses yeux se fermèrent tous seuls, et son corps se délecta de son goût et de la texture de sa chair. Le gémissement qu'elle émit retentit dans ses oreilles et lui confirma qu'il était en train de lui donner ce qu'elle voulait. Désireux de la satisfaire, il lécha et suça ce beau sein, tandis que ses mains s'affairaient à la libérer du vêtement. Lorsqu'il parvint enfin à ouvrir le fermoir, il lança le soutien-gorge sur le côté.

Il passa à l'autre sein, y prêtant la même attention que celle donnée au premier. Les mains à présent libres, Cain pressa les deux, de concert avec ses mouvements de succion. Ses efforts le gratifièrent de davantage de gémissements et de soupirs.

Faye arqua le dos en poussant plus profondément sa voluptueuse poitrine dans la bouche de son partenaire, exigeant ainsi qu'il suçât plus fort.

La tentation de faire plus que simplement la lécher fut trop forte pour y résister. Il autorisa ses canines à érafler cette chair si chaude et sentit Faye frissonner à ce contact.

— Oui ! cria-t-elle, sa voix n'étant qu'une symphonie de passion et de besoin.

Le vampire en lui y répondit à l'aide d'un grognement.

— Et merde, jura-t-il en lui relâchant le sein.

Il ne pouvait attendre. Il le voulait, mais n'avait aucun contrôle sur la bête qui était en lui et qui réclamait sa compagne.

— Je suis désolé, Faye, mais j'ai besoin de toi, maintenant.

Leurs yeux se rencontrèrent lorsqu'elle posa le regard sur lui.

— Qu'est-ce qui t'a retenu si longtemps ?

D'un mouvement sec, il se débarrassa de son caleçon et tendit ensuite les mains vers le slip de Faye. Le fin tissu se déchira immédiatement, bien qu'il l'eût à peine touché. Ses doigts transformés en griffes avaient peut-être quelque chose à voir avec cela.

Toutes les barrières disparues, il ajusta son membre en amenant l'extrémité de celui-ci vers la fente frémissante de Faye et plongea en elle. La chaleur de sa partenaire l'emprisonna instantanément, le privant de son souffle. Elle enroula les jambes autour de lui, ses chevilles le verrouillant en un étau bien serré duquel toute évasion était impossible.

Elle l'avait emprisonné. Et il ne pouvait imaginer se retrouver dans plus divine prison.

Cain ondula des hanches et commença à glisser vers l'intérieur, puis hors de ce corps attrayant. Sa place était ici. Tout comme dans ses rêves, il pouvait ressentir leur connexion, l'amour qu'ils partageaient ; sauf que, maintenant, c'était réel. *Elle* était réelle.

— Je t'aimerai toujours, Faye, murmura-t-il, la fixant dans le vert de ses yeux, lesquels avaient déjà commencé à changer de couleur.

À chaque seconde qui passait, tandis que leurs corps se mouvaient en synchronisation l'un avec l'autre, les iris de Faye viraient d'un vert éclatant à un orange profond, puis à un rouge rayonnant. Elle était à présent complètement vampire, ses besoins primaires à leur comble.

— Montre-les-moi, exigea-t-il, en regardant les lèvres de Faye s'entrouvrir.

Des canines aiguisées comme un rasoir pointaient de la gencive supérieure. Cette vision provoqua un soubresaut de désir à travers son corps, faisant tressaillir son sexe d'impatience. Son regard se décala, prenant la direction de la veine qui palpitait dans le cou de Faye. Il sentit à présent ses canines le démanger plus instamment tant elles étaient désireuses de s'enfoncer dans la chair.

Prenant une profonde inspiration afin de se calmer, il la regarda à nouveau fixement dans les yeux.

— Tu es à moi.

À peine ces mots eussent-ils franchi ses lèvres qu'il appuya la bouche contre le cou de sa compagne et perça la douceur de sa peau.

Sous lui, Faye se courba, son corps venant se frotter contre le sien.

Le sang sucré se répandit sur la langue de Cain et lui coula dans l'arrière-gorge. Il avala goulûment, s'imprégnant de l'essence de sa partenaire. Ensuite, il sentit les lèvres de Faye sur son épaule, juste sous la jointure du cou. À ce contact, un frisson le percuta à travers tout le corps. Les canines lui touchèrent la peau et, en lui, le feu fit rage plus violemment.

Tremblant d'impatience, il attendit qu'elles lui perçassent enfin la peau. Lorsqu'elles se logèrent dans sa chair, et qu'il sentit Faye puiser dans sa veine, le plaisir explosa dans ses vaisseaux sanguins et amena davantage de sang dans son sexe. Celui-ci se durcit plus qu'il ne l'eût été possible, et le rythme de ses mouvements implacables accéléra.

La transpiration lui recouvrait à présent la peau, le faisant glisser encore plus aisément sur elle. La respiration de Faye avait également accéléré et, ses mouvements étant devenus plus exigeants, ses soupirs et gémissements se faisaient davantage entendre.

Oui, il aimait cette femme. Il l'aimait de toutes les fibres de son être. Et alors qu'il puisait encore et encore son sang, tout comme elle puisait le sien, il put ressentir les changements qui se produisaient dans leurs corps respectifs. Il put sentir le lierre de l'amour s'enrouler autour d'eux afin de les lier l'un à l'autre, pour qu'ils ne fissent plus qu'un. Leur cœur battait à présent au même rythme, leurs souffles remplissaient leurs poumons en une infaillible synchronie. Et plus en bas, là où ils se rejoignaient grâce à son membre en elle, un autre pouls battait avec régularité, les faisant planer de plus en plus.

Cain avala le sang intoxiqué de Faye et se laissa aller. Une vague de plaisir le submergea, le catapultant à un endroit où seuls l'amour et l'extase existaient. Le corps de Faye se contracta au même moment, son intimité l'agrippant étroitement jusqu'à lui extraire la toute dernière goutte de sperme.

L'orgasme de Cain fut plus puissant qu'il ne l'eût expérimenté par le passé. Mais quelque chose d'autre fut encore plus étonnant : à présent, il pouvait la ressentir. Il était dans son esprit, dans ses pensées, dans son cœur. La chaleur l'enveloppa, le protégeant tel un doux cocon, tout comme il la protégeait lui-même. Ils ne formaient qu'un, libres de partager, ensemble, leur amour, leurs pensées et leur cœur.

*Je t'aime*, Cain.

Ces mots firent écho dans son esprit bien qu'elle n'eût pas bougé les lèvres.

*Pour toujours,* répondit-il en lui envoyant ses pensées.

Quelque chose de blanc jaillit tel un éclair devant ses yeux, lui traversa la tête telle une lance et le fit tressauter. La douleur lui transperça le crâne. Tentant d'empêcher celui-ci d'exploser, il se pressa les mains sur les tempes.

— Cain ! Oh Dieu, qu'est-ce qui ne va pas ?

La voix paniquée de Faye le ramena sur terre.

Lentement, il se relâcha la tête. La douleur était partie aussi rapidement qu'elle n'était venue, mais elle lui avait laissé quelque chose.

— Je me souviens de tout. Faye, je me souviens de nous.

**38**

---

Rhabillé, Cain prit la main de Faye et la regarda. Elle lui avait rendu son ancienne vie. Il avait complètement retrouvé la mémoire. Il se souvenait de chaque moment passé ensemble, de leur amour, de leurs projets d'avenir. Mais il se rappelait aussi de ce qui s'était passé la nuit de la tentative d'assassinat. Et le savoir exigeait qu'il agît immédiatement.

— Dieu, j'aimerais que nous restions au lit pour célébrer notre union, mais—

Faye posa un doigt sur ses lèvres.

— Tu n'as rien à expliquer, mon amour.

Empreint de satisfaction, il lui déposa un rapide baiser sur les lèvres. Savoir qu'il existait une personne qui comprît instinctivement ce qu'il pensait était une bénédiction.

Cain ouvrit la porte donnant sur le couloir. Wesley, toujours en poste devant la suite de la reine, se redressa lorsque Cain et Faye sortirent.

— Wes, va chercher Gabriel et Maya et fais-les descendre dans ma suite. Immédiatement.

— Qu'est-ce qui ne va pas ? demanda Wes, visiblement inquiet par le ton sec de cet ordre.

— Je pense savoir qui est l'assassin.

La main de Faye toujours dans la sienne, Cain passa à côté de lui à toute vitesse, se dirigeant vers la suite du roi. Il ouvrit brusquement la double porte et entra dans le vestibule.

— Haven ? Thomas ?

Un son provint de la chambre qu'occupaient Haven, Blake et Wesley. Cain s'y rendit d'un pas raide. La porte s'ouvrit avant qu'il ne l'eût atteinte.

— Cain ? lui demanda Blake en le dévisageant.

— Haven est levé ?

— Il est reparti aux cellules pour voir s'il pouvait trouver un autre indice laissé par l'assassin.

Blake le dévisagea.

— Fais-le venir. Maintenant !

Blake tira son portable de la poche de son pantalon et composa le numéro.

— Euh, merde, je n'ai plus de jus. Ai oublié de le recharger.

Il le remit dans sa poche.

— Serai vite de retour.

Tandis que Blake se dirigeait rapidement vers la double porte donnant sur le couloir, Cain l'interpela.

— Thomas est rentré ?

— Ils sont en route. Eddie et lui devraient être ici d'un moment à l'autre, répondit Blake en sortant de la pièce à toute vitesse.

À présent seul avec Faye, Cain se tourna vers elle et l'attira dans ses bras.

— Selon toi, pourquoi est-ce que ta mémoire t'est soudain revenue ? demanda-t-elle.

— Je ne peux que présumer que c'est ton sang qui en est la cause. C'est une des dernières choses que j'ai faites, cette nuit-là, avant d'être attaqué. J'ai bu ton sang pour la première fois. Peut-être qu'en y goûtant à nouveau, tout à l'heure, il a déclenché quelque chose en moi qui a tout fait revenir d'un coup.

— Je suis si soulagée que tu aies retrouvé la mémoire.

Faye lui sourit. Quoique son sourire se fanât rapidement et son visage devînt sérieux.

— Mais je suis tellement désolée de—

— Qu'y a-t-il de si urgent ?

La voix de Gabriel se fit entendre depuis la porte restée ouverte, interrompant ainsi leur conversation.

Derrière lui, apparut également Wesley.

— Cain relâcha Faye et fit signe à Gabriel et au sorcier d'entrer.

— Grâce à Dieu tu es là. Où est Maya ?

— Elle est allée vérifier si ses patients sont déjà complètement guéris. Dois-je la faire venir ?

Cain secoua la tête.

— Ça va. Laisse-la d'abord s'occuper d'eux. Nous la brieferons plus tard.

Il tendit l'oreille, à l'affût du moindre bruit provenant du couloir.

— Attendons Haven et Blake pour que je n'aie pas à le raconter deux fois.

Gabriel lui lança un regard inquiet.

— Tu vas bien ?

À la recherche d'une réponse, Cain se frotta une main sur la tête. Il allait bien. Plus que cela. Il se sentait entier depuis qu'il s'était uni à Faye. Mais se souvenir des événements de la dernière nuit de son ancienne vie le forçait à agir. Vite, et sans pitié.

Avant qu'il n'eût pu trouver les mots justes afin de répondre à la question de Gabriel, Haven et Blake déboulèrent dans le vestibule.

— Ferme la porte, ordonna Cain à Blake, lequel obéit immédiatement à son ordre.

Tous ses amis le regardèrent, dans l'expectative, sans dire un mot.

— Il s'est passé quelque chose, commença Cain en jetant un œil vers Faye.

— Faye et moi, nous nous sommes liés par le sang.

Plusieurs bouches s'ouvrirent, manifestement pour le féliciter, mais il souleva une main afin de les arrêter.

— Merci. Je devrais fêter ça avec vous mais, dans l'immédiat, ce n'est pas le moment. J'ai retrouvé la mémoire. Je ne sais pas comment, mais je présume que ça a un rapport avec le sang de Faye. Quoi qu'il en soit, pour l'instant, la raison du regain de ma mémoire n'a aucune importance. Ce qui en a, c'est qu'elle soit revenue.

— Supers nouvelles ! dit Haven.

— Oui. Mais ce n'est pas tout. Je pense à présent savoir qui est derrière la tentative d'assassinat qui a causé mon amnésie.

Haven fit un pas vers lui, étonné.

— C'est Abel, n'est-ce pas ? Ce salaud.

— Ce n'est pas lui. C'est John, l'interrompit Cain.

— John ?

Cette question ne fut pas uniquement posée par Haven. Gabriel, Blake et Wesley en firent l'écho.

— Mais ça ne se peut pas, protesta Blake. Il t'a sauvé et est revenu, pour toi.

Cain regarda furieusement son ami humain.

— Alors, pourquoi m'a-t-il envoyé dans un piège ?

— Attends ! l'avertit Gabriel. Dis-nous exactement ce qui s'est passé à l'époque. N'omets aucun détail.

Cain sentit Faye lui serrer la main pour le rassurer. Ils échangèrent un bref regard.

— Faye et moi étions dans ma suite. Au coucher du soleil, j'ai reçu un texto. Il était de John. Il me demandait de venir dans la cuisine de la plantation, seul. Il avait écrit qu'il avait découvert une conspiration, et que je ne pouvais faire confiance à personne. Que nous devions agir rapidement avant que les gardes impliqués ne puissent étouffer l'affaire et détruire toutes les preuves.

Faye hocha la tête et s'adressa aux hommes de Scanguards.

— J'ai su que quelque chose clochait sérieusement lorsque Cain a reçu le texto. Avant de quitter sa suite, il a dit que des têtes allaient rouler durant la nuit. Ce fut la dernière fois que je l'ai vu en vie.

— Et es-tu certain que c'était John qui t'envoyait ce message, et pas quelqu'un d'autre ? voulut savoir Gabriel.

— Absolument. C'est son nom qui s'est affiché. C'est John qui m'a attiré là.

— Que s'est-il passé quand tu es arrivé dans la cuisine ?

— Elle était vide. John n'y était pas. Quand je me suis retourné pour quitter les lieux, un vampire que je n'avais jamais vu m'a attaqué. Nous nous sommes battus.

— Tu étais armé ?

Cain hocha la tête.

— Oui, mais je n'ai jamais eu la moindre chance de sortir mon arme. Il était fort. Je savais que c'était un combat à mort. Je pensais avoir pris le dessus, mais une seconde personne est arrivée. C'était John. J'ai tourné la tête et l'ai vu. Je lui ai dit que je savais que c'était lui le responsable. Alors, il m'a visé avec son pistolet et a appuyé sur la gâchette. J'ai ressenti l'impact sur mon crâne, et tout est devenu sombre.

Haven secoua la tête.

— Une balle d'argent t'aurait tué. Et pourtant, tu n'es pas mort. De plus, apparemment, les restes d'un vampire ont été trouvés sur place.

— C'est vrai. Bien que personne au palais ne se souvienne avoir entendu des tirs, nous avons trouvé les cendres, dit Faye en posant une main sur le bras de Cain. C'était indubitable. Et puisque John et toi êtes vivants, l'assassin doit être mort. John doit l'avoir tué.

— Oui, cracha Cain, afin de couvrir ses arrières pour que personne ne puisse témoigner contre lui.

— Alors, pourquoi ne t'a-t-il pas également tué, si telle était son intention au départ ? le défia Gabriel.

Cain haussa les épaules.

— Peut-être que, finalement, il a pris peur et n'a pas pu le faire. Et quand il a réalisé que j'avais perdu la mémoire, il m'a simplement traîné dans une autre partie du pays sans que je sache ce qui se passait.

Bien que ce fût une explication plausible, il n'y en avait toutefois aucune quant à la raison pour laquelle John était venu pour le ramener au royaume. Cain soupira, frustré. Il savait que quelque chose ne collait pas. Néanmoins, dans son esprit, un souvenir était clair comme du cristal : John l'avait visé avec son arme et avait appuyé sur la gâchette.

— Je dois me confronter à John. Je dois connaître la vérité.

Il dévisagea ses amis et proféra ses ordres sans la moindre hésitation.

— Gabriel, Haven, vous venez tous les deux avec moi. Blake, Wes, restez avec Faye.

Il marcha d'un pas raide vers la porte, mais celle-ci s'ouvrit avant qu'il n'y fût arrivé.

Thomas et Eddie entrèrent.

— Hé, les salua Thomas, jetant un coup d'œil à l'assemblée. On a raté quelque chose ?

— Cain a recouvré la mémoire.

— Excellent ! s'exclama Eddie en souriant.

Cain hocha la tête.

— Oui, et je crois que c'est John qui a essayé de me tuer. Il m'a envoyé un texto pour me tendre un piège consistant à me faire attaquer par l'assassin.

Les deux vampires gays échangèrent rapidement un regard avant que Thomas ne se mît à souffler entre les dents.

— Eh bien, cela expliquerait pourquoi Nicolette a disparu. On ne trouve aucune trace d'elle. S'attendant à avoir des ennuis, John doit l'avoir mise à l'abri, quelque part.

— Tu en es sûr ? demanda Cain.

— Absolument. On ne l'a plus vue depuis la nuit où nous sommes arrivés à la Nouvelle Orléans. Nous avons suivi chaque piste et un peu utilisé le contrôle de l'esprit sur les voisins pour nous assurer que tout le monde nous disait la vérité. Personne n'a vu quoi que ce soit, ce qui me fait penser que John a bien veillé à effacer la mémoire de tous ceux qui l'avait vu en train de faire sortir Nicolette.

Eddie se gratta le cou.

— Mais si John est derrière ceci, ne trouves-tu pas étrange qu'il t'ait ramené ?

— Nous en avons déjà discuté avant que tu n'arrives, répondit impatiemment Cain. Finalement, il a probablement eu peur de me tuer. Mais qui sait pourquoi il m'a ramené ?

— Tu es certain que John t'a tendu un piège ? le pressa Thomas.

— Le texto venait de lui.

— Laisse-moi jeter un œil au portable. Tu l'as ?

Cain haussa les épaules.

— À quoi bon ? Je me souviens clairement qu'il venait de lui. De plus, il a tiré sur moi, cette nuit-là.

Thomas haussa un sourcil.

— J'envisage juste toutes les pistes. Tu l'as ?

— Il n'était pas avec les choses que nous avons trouvées dans les restes du vampire, cette nuit-là, les interrompit Faye. Je ne sais pas où il est. Peut-être que John l'a détruit parce qu'il aurait pu mener à lui.

— Non, il ne l'a pas détruit. La nuit dernière, j'ai vu un téléphone sous le lit de ma suite. Il doit être tombé là-dessous, la nuit de l'embuscade. Je ne l'ai jamais pris avec moi. J'étais trop pressé.

Et selon Faye, personne n'avait occupé la suite royale depuis lors.

— Donnez-moi trente secondes, dit Thomas qui se ruait déjà dans la suite du roi pour aller y rechercher le téléphone.

Cain se remit les idées en place. Vérifier le téléphone ne servirait à rien si ce n'était confirmer que John avait envoyé le message pour lui tendre un piège. Mais il savait également que Thomas était minutieux et insistait toujours pour vérifier toutes les informations qui lui étaient présentées.

Lorsque Thomas revint, le portable en mains, Cain tapa impatiemment du pied.

— Je l'ai, dit Thomas, tout en pressant déjà sur le bouton pour l'allumer. Merde ! La batterie est morte.

Cela ne surprit pas Cain. Après tout, le téléphone était demeuré sous ce lit pendant plus d'une année.

— Je ne vais pas attendre plus longtemps. Allons-y, dit-il en désignant Gabriel et Haven.

Il se heurta presque à Marcus lorsqu'il ouvrit brusquement la porte pour sortir.

— Excusez-moi, Monsieur, dit Marcus, la respiration lourde. J'ai pensé que vous devriez le savoir : les membres du clan du Mississipi ont été repérés à environ une demi-heure d'ici. Mes éclaireurs croient qu'ils sont armés et hostiles.

Cain jura.

— Putain !

Le timing était mauvais. Il dévisagea le garde.

— Assure-toi que tout le monde est à son poste. Renforce le périmètre.

Il se tourna vers ses amis.

— Gabriel, j'ai besoin que tu essaies de gagner du temps quand ils arriveront. Prends Eddie avec toi. Marcus, c'est Gabriel qui te donnera les ordres. Haven, Wes, Blake, vous venez avec moi. Il jeta un œil vers Thomas, ensuite vers Faye.

— Thomas, protège Faye. Et que personne ne dise un mot au sujet des deux membres du clan du Mississipi qui sont dans la cuisine.

Cain dévisagea Marcus.

— Tu m'as bien compris ?

Marcus opina rapidement de la tête.

— Va-t'en ! lui ordonna Cain.

Dès l'instant où le garde se rua dans le corridor, Cain s'adressa de nouveau à Gabriel.

— Préviens Maya de maintenir ses patients hors de vue. Je ne veux aucune confrontation. Pas dans l'immédiat.

Gabriel hocha la tête.

— Je vais m'en occuper.

Suivi par ses trois amis, Cain déboula ensuite dans le couloir.

**39**

---

De l'autre côté du hall d'entrée, la pièce commune des gardes, endroit où ils recevaient les ordres et traînaient entre les pauses, grouillait d'activité. Ils mettaient leur costume, attachaient leurs armes et se préparaient à la confrontation avec les membres du clan du Mississipi. Cain s'arrêta devant la porte ouverte et laissa traîner les yeux sur deux douzaines de vampires présents dans la pièce jusqu'à ce qu'il eût repéré John.

— John ! l'appela-t-il.

Le chef de la garde royale regarda par-dessus son épaule, le visage tendu.

— Oui, Votre Majesté ?

— Un mot. Dans mon bureau.

John fronça les sourcils.

— Ça ne peut pas attendre ? Je prépare mes hommes. N'êtes-vous pas au courant ? Les membres du clan du Mississipi sont en route. Et ils ne semblent pas amicaux. Je m'attends à une altercation.

Cain serra les mâchoires.

— Mon bureau. Maintenant, John !

Plusieurs têtes se tournèrent brusquement vers Cain, le dévisageant dans un silence empreint d'étonnement. En attendant que John se conformât à ses ordres, Cain regarda les hommes furieusement.

— Qu'est-ce que vous regardez ? Préparez-vous.

Les hommes se dépêchèrent d'obtempérer, tandis que John sortait de la pièce et pénétrait dans le couloir.

— Qu'est-ce que ça signifie ? demanda John.

Cain ne répondit pas et traversa simplement le foyer pour se rendre dans son bureau. Il attendit le chef de sa garde près de la porte, lui fit signe d'entrer, le suivit et referma derrière lui. Haven, Wesley et Blake les attendaient déjà, et ce dernier se plaça devant la porte afin de la bloquer.

John lança un regard curieux à l'humain avant de tourner de nouveau la tête vers Cain.

— J'ai retrouvé la mémoire, annonça Cain, sans préambule, tout en observant attentivement l'expression faciale de John.

À sa surprise, son garde personnel en parut réjoui. Ses paroles ne firent que souligner cette impression.

— C'est magnifique ! Que s'est-il passé ?

— Aucune importance maintenant, le coupa Cain.

Visiblement déconcerté par ce ton brusque, John plissa le front, mais ne fit pas de plus amples commentaires.

— Je sais ce que tu as fait, John. Je me souviens de chaque seconde de la nuit où on a failli m'assassiner.

Cain marqua une pause, attendant que le visage de John exprimât le fait qu'il avait été confondu. Mais, apparemment, John était le meilleur joueur de poker que Cain eût jamais rencontré.

— Qu'as-tu à dire pour ta défense, John ? Pourquoi as-tu fait ça ?

— Fait quoi ?

Cain secoua la tête.

— Je ne me serais jamais attendu à cela de ta part. Nous étions amis. Je te faisais confiance.

Ils avaient toujours surveillé leurs arrières, mutuellement, à l'époque où ils avaient, tous deux, été gardes. Cain avait toujours eu plus confiance en cet homme qu'en son propre frère. Il ressentait cette trahison comme un coup de poignard dans le ventre.

— Putain, mais de quoi parlez-vous ? Si vous avez retrouvé la mémoire, alors vous savez ce qui s'est passé.

Frustré par le refus de John d'avouer son crime, Cain bondit sur lui et le claqua contre le mur, l'y épinglant.

— Tu m'as leurré en me tendant un piège et, ensuite, quand l'assassin n'a pas pu m'achever, tu m'as visé avec ton pistolet et a appuyé sur la gâchette. Bon sang, tu as tiré sur moi !

— Je n'ai pas tiré sur vous !

Cain lui montra ses canines.

— Arrête de mentir et assume tes actes comme un homme, et pas comme un toutou pleurnichard. Tu m'as trahi !

— Jamais ! dit John, les dents serrées.

— Tu m'as envoyé dans ce piège.

— Non !

— Alors, tu nies m'avoir envoyé un texto, cette nuit-là, pour m'informer d'une conspiration ?

— Quoi ?

Le front de John se plissa et, d'incrédulité, sa bouche se tordit.

— Je ne vous ai jamais envoyé de texto, cette nuit-là.

— J'en ai la preuve !

John se poussa contre Cain, l'amenant ainsi à le relâcher.

— Vous n'avez aucune putain de preuve, parce qu'il n'y en a pas ! Parce que je n'ai rien fait !

— Laisse tomber, John. J'ai retrouvé mon vieux téléphone portable. Je peux prouver que c'était toi !

— Alors, montrez-le-moi ! Parce que vous n'avez rien ! Je suis innocent ! Je suis venu pour vous sauver !

Cain se moqua.

— En me tirant dessus, bordel ? C'est une façon bizarre de me sauver.

John continua à l'affronter stoïquement, les mâchoires serrées, les épaules raides.

— Montrez-moi ce que vous avez, et je vous prouverai que vous avez tort. Je visais l'assassin, pas vous. Je l'ai tué pour vous sauver. Vous devez me croire.

Cain fixa les yeux de son ancien ami. Mentait-il ? Ou était-ce vrai quand il affirmait être innocent ? Cain avait pensé que retrouver la mémoire aurait facilité les choses, mais non. Connaissant son passé avec John, la façon dont ils avaient combattu côte à côte, dont John s'était tenu à ses côtés pour vaincre l'ancien roi et sauver les vampires emprisonnés, y compris Faye, l'empêchait totalement de le condamner catégoriquement.

Cain retint longuement sa respiration.

— Suis-moi.

---

FAYE REGARDA par-dessus l'épaule de Thomas lorsqu'il alluma le téléphone portable qui était toujours relié à un chargeur. Le vampire spécialiste en informatique était assis à un petit bureau, dans sa chambre et, en attendant que l'écran de l'ancien cellulaire de Cain se fût allumé, il tapait sur son clavier.

— Bien, jetons un œil, alors, dit calmement Thomas en attrapant le téléphone et en passant le doigt sur l'écran.

Il leva les yeux vers Faye.

— Aucun mot de passe. Intéressant.

— Je suis certaine qu'avant, il en avait un, répondit Faye.

Quoiqu'elle n'en connût pas la combinaison, elle avait vu Cain l'encoder maintes fois.

Elle observa Thomas ouvrir rapidement la messagerie et sélectionner le dernier message reçu.

— Ici, ça doit être celui-ci.

Il l'ouvrit.

Faye le lut. C'était exactement ce que Cain leur avait dit. Il avait reçu un message disant qu'il devait se rendre à la vieille cuisine de la plantation pour être mis au courant d'une conspiration. Ses yeux se dirigèrent vers le haut du petit écran.

— John, lut-elle à voix haute.

Thomas hocha la tête, son visage arborant un air de déception.

— J'avais espéré que Cain ait tort.

Faye secoua la tête.

— J'ai toujours blâmé John après la mort présumée de Cain. Je lui en voulais parce qu'il ne l'avait pas protégé pour moi. Mais que John soit en réalité derrière tout ça est si difficile à croire. Ils étaient de tels bons amis.

Thomas fredonna, comme s'il réfléchissait à quelque chose.

— C'est étrange.

Il marqua une pause et fit dérouler les messages.

— Les messages plus anciens n'ont aucun sens. Je me demande—

Un bruit à la porte amena Faye à tourner violemment la tête. Maya s'y tenait en l'entrouvrant davantage.

— Je suis désolée, Faye, mais j'ai besoin de toi.

— Nous vérifions juste l'ancien téléphone de Cain, dit Faye, désireuse d'entendre ce que Thomas trouvait surprenant.

— Mes deux patients sont effrayés. Ils se préparent à s'échapper. Nous devons les convaincre de rester ici ou ils courront tout droit dans les bras des hommes de leur clan. Il faut que tu m'aides.

— Merde ! jura Faye. Elle avait déjà fait un pas vers Maya lorsque Thomas lui saisit le bras.

— Je suis censé te protéger.

Elle secoua la tête et désigna Maya.

— Je suis un vampire, Thomas. Je peux me protéger. De plus, Maya est avec moi. Ça va aller.

Thomas la dévisagea, mais il semblait visiblement distrait par le cellulaire qu'il tenait en main.

— Bien. Maya, assure-toi que Faye demeure en sécurité, ou Cain aura notre peau en guise de petit déjeuner.

Involontairement, Faye dut sourire suite aux paroles de Thomas. Cain avait toujours été surprotecteur avec elle, et elle avait la sensation que, maintenant qu'ils étaient liés par le sang, son besoin de la protéger atteindrait de nouveaux sommets. Un vampire lié par le sang donnait sa vie pour protéger son compagnon.

— J'ai appris que les félicitations étaient de rigueur, dit Maya, tandis qu'elles se précipitaient dans le couloir.

— Oui, merci. Finalement, Cain m'est revenu.

— Je suis très heureuse pour vous deux. Le lien par le sang est une chose merveilleuse.

Faye sourit à cette jeune femme qui était si belle qu'elle aurait pu avoir n'importe quel homme. Et pourtant, elle avait choisi Gabriel, dont la cicatrice sur le visage avait dégoûté Faye lorsqu'elle l'avait vu pour la première fois. Enfin, ceci ne la regardait pas du tout. Elle repoussa ces pensées de son esprit et se concentra sur la tâche qui l'attendait : maintenir David et Kathryn en sécurité.

Lorsque Maya voulut tourner vers l'escalier menant dans le hall principal, Faye la prit par le bras et désigna une autre direction.

— Prenons l'escalier de service. Il est plus proche de la cuisine.

Elle conduisit rapidement Maya vers cet escalier qui, tout comme elle s'y attendait, semblait désert. La plupart du personnel et des gardes devait être à l'avant de la maison, en train de se préparer à l'arrivée des membres du clan du Mississipi.

— Comment s'est déroulée l'opération ?

Maya lui lança un regard latéral et sourit.

— Je pense qu'elle s'est bien passée. Leurs canines n'ont pas encore totalement repoussé, mais de ce que j'ai pu en voir quand je les ai examinés, juste après le coucher du soleil, les racines sont là et, dans le cas de David, je peux déjà voir le début d'une dent. Je pense que ça marche. Peut-être encore deux ou trois cycles de sommeil, ainsi que du sang en abondance, et ils seront guéris.

Faye soupira de soulagement.

— Je suis si contente. Je te suis vraiment reconnaissante d'avoir fait ceci. Nous n'avons pas de médecin, ici. Enfin, tout au moins, aucun qui soit vampire. Et je ne pouvais vraiment pas les emmener chez un médecin humain. Cela aurait été compliqué.

— Ce n'est rien. J'ai été heureuse de le faire. J'en apprends toujours tellement sur notre espèce. Je vois ça comme de la recherche.

— De la recherche ? demanda curieusement Faye.

— J'étais médecin quand j'étais humaine. En urologie. J'ai fait beaucoup de recherches dans un hôpital universitaire, avant ma transformation.

— Et maintenant ?

— Oh, je fais toujours beaucoup de recherches, mais j'ai changé d'orientation pour la médecine reproductive chez les femmes.

— Les femmes vampires ?

Faye secoua la tête.

— Mais les femmes vampires sont stériles, ajouta-t-elle. Tout le monde le sait.

Maya lui fit un clin d'œil.

— Ce n'est pas tout à fait aussi simple que cela.

— Que veux-tu dire ?

— Que tout n'est pas blanc ou noir. Je suis sur le point de développer un traitement qui permettra aux femmes vampires de concevoir avec leur compagnon de sang-mêlé.

Faye s'arrêta au sommet de l'escalier qu'elles venaient juste d'atteindre.

— Quoi ?

Cette femme était-elle réellement en train de dire, qu'un jour, il serait possible, pour une femme vampire, d'enfanter ? Ses pensées se dirigèrent immédiatement vers Cain. Elle et lui pourraient-ils, un jour, devenir parents ?

— Eh bien, en termes simples, ce n'est pas impossible pour une femme vampire de concevoir, mais le problème vient toujours du fait que le fœtus ne peut pas se développer dans l'utérus, car le corps d'un vampire rejette l'œuf fécondé comme si c'était une blessure et la guérit ensuite durant le sommeil réparateur.

— Et comment vas-tu résoudre cela ?

— De la même façon que les humains préviennent le rejet d'un organe transplanté. En diminuant l'instinct naturel que le corps développe pour se guérir.

— Mais c'est impossible.

Maya sourit.

— Je suis sur le point de trouver une solution. Je peux le sentir.

Elle regarda ensuite autour d'elle.

— Par où va-t-on ? ajouta-t-elle.

Réfléchissant toujours aux paroles de Maya, Faye désigna une porte.

— Par là.

Quelques instants plus tard, elles se trouvèrent dans l'allée couverte qui reliait la maison principale à la cuisine de la plantation. Juste à temps, s'avéra-t-il : David et Kathryn se préparaient à partir.

Les yeux empreints de peur, les patients de Maya les regardèrent.

— Nous sommes si reconnaissants, commença David, vraiment, nous le sommes. Mais nous ne pouvons pas rester plus longtemps. Ils vont nous trouver et nous tuer. Vous devez nous laisser partir.

Maya désigna l'extérieur.

— Ils sont déjà en train de remonter l'allée. Vous ne pouvez pas sortir maintenant. Vous allez courir tout droit dans leurs bras.

Un sanglot déchira la poitrine de Kathryn, et elle enroula les bras autour de David. Elle s'accrochait à lui en se cachant le visage sur son torse, comme si cela empêcherait qu'on la trouvât. Faye éprouva de la compassion pour elle. Autrefois, elle avait également été effrayée à ce point. Elle savait ce que la fille traversait.

— J'ai une autre solution, dit Faye.

Elle savait qu'elle devait d'abord en parler à Cain et obtenir son approbation pour ce qu'elle s'apprêtait à faire, mais les vies de ces deux vampires dépendaient d'elle. Elle devait agir sans tarder.

Elle tendit la main vers Kathryn.

— Je vous maintiendrai tous deux en sécurité.

**40**

———————

Cain déboula dans la chambre de Thomas, John et les autres derrière lui. Thomas leva les yeux de son ordinateur.

— Le téléphone portable fonctionne ?

— Ouais, il est rechargé.

Cain regarda tout autour de lui, soudain alarmé.

— Où est Faye ?

— Elle est avec Maya.

— Je t'avais dit de la surveiller. Avec le clan du Mississipi juste à notre porte—

— Ne t'énerve pas sur moi. Tu n'es pas le premier vampire à soudain se trouver une compagne. Maya et elle savent ce qu'elles font. Elles s'assurent juste que les deux fugitifs ne foncent pas droit sur ces importuns qui nous rendent visite.

Cain hésita pendant un instant mais, d'instinct, il savait que Thomas avait raison. Il ne pouvait surveiller Faye vingt-quatre heures sur vingt-quatre, juste parce qu'il ne pensait pas pouvoir continuer à vivre sans elle.

*Faye, mon amour, tu vas bien ?*

Il lui envoya ses pensées par le biais de leur lien télépathique.

Il ne fallut que quelques secondes avant que de la chaleur ne se répandît en lui et, plutôt que d'entendre sa réponse, il la ressentit.

*Bien sûr, je vais bien. Quelque chose ne va pas ?*

Satisfait du bon fonctionnement de leur connexion mentale, il lui envoya une autre pensée.

*Tout va bien.*

Ensuite, il désigna brusquement John du pouce tout en s'adressant à Thomas.

— Montre-lui le texto. Montre-lui comment il m'a fait tomber dans le piège.

Thomas se leva et débrancha le chargeur du téléphone. Il balaya ensuite l'écran du doigt et navigua jusqu'à l'endroit ad hoc.

— Au fait, il n'y avait pas de mot de passe. J'appellerais ça un risque.

Cain sentit ses sourcils se froncer.

— J'ai toujours eu un mot de passe sur mon téléphone.

Il s'en souvenait très nettement.

Thomas tendit le téléphone à John.

— Voilà. C'est ce message.

John fixa l'écran et le lut. Ensuite, il releva la tête d'un coup et regarda furieusement Thomas.

— Qu'est-ce que c'est que ça ? C'est un coup monté ? Je n'ai jamais envoyé ce message, affirma-t-il en tapant le doigt sur l'écran.

— C'est marqué, juste là, répliqua Thomas en pointant le haut de l'écran, là où le nom de l'expéditeur apparaissait.

— John, ajouta-t-il, es-tu en train de nier que c'est toi ?

— Ce doit être un autre John. Ce n'est pas moi !

Il se tourna vers Cain, le suppliant des yeux.

— Vous devez me croire, poursuivit-il.

Déçu par le nouveau refus de John de cracher le morceau, Cain lui prit le téléphone de la main, appuya sur le bouton correspondant au contact dans le coin supérieur droit et, ensuite, sur le bouton d'appel.

— Il te faut une autre preuve ? demanda Cain.

Une sonnerie retentit dans le téléphone. Et retentit encore.

Cain amenait le téléphone à son oreille lorsque, soudain, il entendit un clic et la respiration de quelqu'un. Incrédule, il dévisagea John. Celui-ci n'avait pas bougé, n'avait pas sorti son téléphone de sa poche et, pourtant, quelqu'un avait décroché.

— Allô ? dit Cain dans l'appareil.

Mais l'appel fut brusquement coupé. Il pointa John du doigt.

— Qui a ton téléphone ?

John fouilla dans la poche de son pantalon et l'extirpa.

— Moi.

Il balaya l'écran du doigt, le déverrouilla à l'aide de son mot de passe et sélectionna le journal des appels avant de permettre à Cain d'y jeter un œil.

— Aucun appel de vous. Je ne sais pas qui vous venez d'appeler, mais ce n'était pas moi, dit-il en désignant le téléphone que Cain avait dans les mains.

— Tu as changé ton numéro pendant l'année ? demanda Cain en tentant de comprendre la situation.

— Mon numéro n'a pas changé.

Cain échangea un regard avec Thomas.

— Comment est-ce possible ?

Thomas soupira et se frotta la nuque.

— J'ai trouvé que les anciens messages de sa liste semblaient étranges.

— Que veux-tu dire ?

— Ils ne résonnaient pas comme des messages adressés par un garde à son roi.

Cain regarda l'écran une fois de plus et fit dérouler les messages, les scannant rapidement du regard. Il releva ensuite les yeux. Il se souvenait de certains d'entre eux.

— Ça ne se peut pas.

— Quoi ? demanda Haven en se rapprochant.

Cain leva la tête.

— Les plus anciens messages sont d'Abel.

Plusieurs halètements firent écho dans la pièce.

Cain regarda Thomas.

— Comment est-ce possible, techniquement ?

Thomas tendit la main pour prendre le téléphone et tapota quelque chose sur le clavier.

— Plus facile que tu ne le crois.

Il tint le téléphone en position verticale, montrant à présent l'entrée correspondant au contact *John*.

— Tu peux changer le nom d'un contact quand tu le veux. Admettons que tu as fait une erreur quand tu as encodé le nom d'un contact la première fois. Il t'est possible de retourner sur le nom de ce contact et de modifier le nom.

— Merde ! jura John, attirant tous les regards sur lui. Donc, c'est comme ça qu'il a fait ! Il s'est emparé de votre téléphone, a craqué votre mot de passe et a remplacé son nom par le mien dans la liste de contacts, de façon à ce que le message qu'il vous a envoyé pour vous faire tomber dans le piège ait semblé venir de moi.

— Également facile à prouver, poursuivit Thomas. Le numéro de téléphone identifiera toujours son propriétaire. C'est le numéro d'Abel ? demanda-t-il en désignant l'écran.

Cain se cogna presque la tête contre celle de John lorsque tous deux se penchèrent pour le déchiffrer.

— Oui, confirma Cain.

John hocha la tête en guise d'acquiescement.

— Il a probablement cru pouvoir récupérer ton téléphone après ta mort. Ensuite, il aurait effacé le message qu'il t'a adressé avant de modifier le nom du contact, supposa Thomas. Mais tu n'avais pas le téléphone sur toi quand tu es tombé dans le piège.

— Mon frère me veut mort.

Thomas haussa les épaules.

— Ce ne serait pas la première fois qu'un frère essaie de tuer l'autre pour le trône. Toute la royauté anglaise a, en permanence, été confrontée à cela.

— Mais celui-ci ne va pas réussir, dit Cain avec détermination.

---

ABEL REMIT son téléphone portable en poche.

— Merde ! jura-t-il dans sa barbe.

L'appel avait été donné depuis l'ancien cellulaire de Cain. Abel avait toujours pensé qu'il avait été détruit. En fait, il l'avait cherché après le supposé décès de Cain, afin d'effacer toutes les preuves qui auraient pu mener à lui. Mais il ne l'avait jamais trouvé et l'avait finalement oublié.

Mais, à présent, Cain l'avait. Et c'était lui qui avait appelé. Abel avait reconnu la voix de son frère.

Cela signifiait-il également que Cain avait tout compris ? Abel devait le découvrir, car l'entièreté de son plan dépendait des ordres qu'il avait proférés à John et que ce dernier devait exécuter. Cain devait donc demeurer dans l'ignorance la plus totale.

Refermant en douceur la porte de sa suite derrière lui, Abel traversa, d'un pas raide, le corridor et le hall adjacent qui menaient aux quartiers souterrains, à l'autre bout du palais, là où étaient situées les suites du roi et de la reine. Il avança avec légèreté, non désireux que l'on pût entendre ses pas.

La frustration lui retourna l'estomac. Il attendait cette opportunité depuis si longtemps et, maintenant si proche de son but ultime, il ne pouvait laisser quoi que ce soit se mettre en travers de son chemin.

En silence, Abel entrebâilla une autre porte et scruta le sombre couloir. Il vit un garde passer en direction des escaliers qui menaient au premier étage. Quelques secondes passèrent jusqu'à ce que le garde fût hors de portée de voix, et Abel put investir le hall sans être vu. Il s'approcha rapidement de la double porte de la suite du roi, prêt à plonger dans le premier placard au cas où quelqu'un se serait approché. Par chance, plusieurs placards à fournitures longeaient le couloir.

Mais il n'eut pas à recourir à de telles mesures de cache-cache. La double porte était entrouverte. Lorsqu'Abel y jeta un œil, il ne put voir personne dans la luxueuse zone de réception, mais il entendit des voix depuis la pièce sur sa gauche. La porte de la suite du chef de la garde royale était ouverte : celle-ci était à présent occupée par cet intrus de Thomas et son amant.

Abel voulut grogner, mais n'osa pas faire le moindre bruit. Quel déshonneur pour la race des vampires d'avoir deux vampires mâles pratiquant la sodomie ! Et sous son toit ! Comment Cain pouvait-il autoriser une telle chose ? Il n'était pas fait pour être roi s'il tolérait de tels actes disgracieux dans son palais.

Abel, tout en retenant sa respiration, se mut de manière à pouvoir écouter plus étroitement la conversation.

— Majesté, avant de faire quoi que ce soit...

C'était la voix de John. Il hésita pendant un instant avant de poursuivre.

— Abel me tient par les couilles.

Abel recula brusquement, désireux de jurer, mais aucun son ne sortit de sa bouche. Il pinça plutôt les lèvres. John était sur le point de le trahir en révélant ce qu'il était censé faire pour lui, malgré le fait que cela fût synonyme de mort pour sa maîtresse.

Abel serra les poings. Il n'y avait à présent plus de temps à perdre.

Changement de plans.

Il se retourna et se précipita dans la direction d'où il était venu.

Il devait agir rapidement et sauver ce qui pouvait l'être. Dorénavant, il ne prendrait plus de gants et donnerait le coup de grâce.

Fini de jouer au chic type.

## 41

John laissa retomber la tête.

— Il tient Nicolette captive afin de me forcer à obéir à ses ordres.

Cain expulsa un souffle.

— Putain !

Des jurons similaires émanèrent de ses collègues.

— Je suis désolé, Majesté.

— Tu peux cesser de m'appeler Majesté, John, tu es mon ami.

John releva la tête, les yeux exprimant à présent du regret et de la douleur.

— Dès qu'il découvrira que je ne te tuerai pas, il l'assassinera. Il va la faire souffrir.

Témoin de l'angoisse de John, Cain éprouva de la compassion pour son vieil ami. Il était prêt à sacrifier la femme qu'il aimait pour son roi.

— Il ne faut pas que ça en arrive là. Nous neutraliserons Abel avant qu'il ne puisse faire quoi que ce soit.

John secoua la tête tout en soulevant une main tremblante.

— Je suis censé te tuer quand le clan du Mississipi sera ici. Ainsi, il pourra mettre ça sur leur dos et commencer une guerre bien en règle. Dès qu'il réalisera que je n'exécute pas ses ordres, il ordonnera à Baltimore de tuer Nicolette. Nous ne pourrons pas la sauver à temps.

— Une guerre avec le clan du Mississipi ? Tu en es sûr ?

— Il ne l'a pas dit catégoriquement, mais c'est évident, non ? S'il leur met ton meurtre sur le dos, tous tes sujets seront derrière lui pour te venger.

Cain posa une main sur l'épaule de John et la serra.

— J'apprécie ton sacrifice en me disant la vérité, John. Vraiment. Et je ferai tout ce qui est en mon pouvoir pour sauver Nicolette.

John ferma les yeux, les mâchoires crispées, la poitrine se soulevant comme s'il devait se retenir de pleurer. Lorsqu'il rouvrit les yeux, ils étaient au bord des larmes.

— Je combats cette décision depuis que j'y ai été confronté. Chaque minute depuis qu'Abel l'a capturée. Elle est attachée dans une espèce de cabane, quelque part dans le bayou, effrayée. Je lui ai promis que rien ne lui arriverait. Que je reviendrais pour elle.

Une larme coula le long de sa joue.

— Mais ça ne se produira pas, ajouta-t-il. Car je ne peux pas tuer un homme que j'aime et que j'admire depuis que je l'ai rencontré. À cause de toi, je ne peux pas sauver la femme que j'aime.

Sa mâchoire se figea.

— Et en ce moment même, je te hais pour ça, Cain !

Avant que ce dernier n'eût pu réagir à cette larmoyante confession, la main de John se dirigea vers l'intérieur de sa veste. À la vitesse de l'éclair, John en extirpa un pieu.

Cain bondit sur le côté mais, plutôt que de le diriger vers son roi, John orienta brusquement le pieu vers sa propre poitrine.

— Noooon ! cria Cain en se ruant sur lui, claquant le poing contre le bras de son ami. Sous l'impact, John relâcha le pieu.

Au même moment, Haven attrapa John par derrière en tentant de le plaquer au sol, tandis que Thomas lui assénait un coup de pied dans les jambes, le faisant ainsi tomber à la renverse.

Quelques instants plus tard, Haven et Thomas avaient immobilisé John sur le sol. Cain s'accroupit près de lui.

— Ce n'est pas une solution, John ! Tu m'entends ? Nous allons sortir Nicolette de là.

— Comment ? cracha John, tout son corps manifestement empreint de colère et de désespoir.

Cain n'avait jamais vu un homme frappé par une telle douleur émotionnelle. Il espéra ne jamais avoir à vivre ce que John traversait en ce moment.

— Euh, dit Wesley en s'éclaircissant la gorge.

Cain tourna brusquement la tête vers lui et lui lança un regard surpris.

Wes leva un doigt, comme s'il était en seconde année, pour demander la permission de parler en classe.

— Est-ce que Nicolette est humaine ?

John tourna la tête, son visage arborant un regard impatient.

— Pourquoi est-ce si important ?

— Eh bien, ça l'est, parce que je suppose que tu ne sais pas où elle se trouve exactement, pas vrai ?

— Quand ils m'ont emmené la voir, ils m'ont bandé les yeux et ont fait de même quand ils m'ont libéré. Je sais seulement que c'était une espèce de cabane dans le bayou. Peut-être à quarante-cinq minutes du palais.

Wesley hocha la tête.

— Eh bien, puisqu'elle est humaine, ce ne devrait pas être trop difficile de la retrouver. Je peux utiliser *ma boule de cristal*, ce que je ne pourrais pas faire si elle était un vampire.

John fit mine de s'asseoir et, d'un signe de tête, Cain invita ses amis à le relâcher.

Pour la première fois, une lueur d'espoir apparut dans les yeux de John.

— Tu peux réellement faire ça ?

Wesley hocha la tête fièrement.

— Je suis un sorcier. Bien sûr que je le peux.

John soupira.

— Et qu'est-ce qu'on fera une fois qu'on saura où elle est ? Il se peut tout de même que nous arrivions trop tard.

Cain tendit la main à son fidèle garde et l'aida à se relever.

— De cette façon, au moins, nous avons une petite chance. Nous pouvons y envoyer quelques gars, discrètement, pendant que tu continues à feindre que tu fais ce qu'Abel attend de toi.

— Euh, en fait, lança Wesley, attirant de nouveau l'attention sur lui, nous avons plus qu'une simple petite chance. Dès que je connaitrai la localisation de Nicolette, je pourrai la protéger à l'aide d'un charme afin que celui qui la surveille soit incapable de lui faire du mal.

— Je me rappelle que tu as mentionné être en train de travailler sur un charme quand nous étions en chemin depuis San Francisco, mais pas que tu l'avais, en fait, perfectionné, dit John, une grande dose de scepticisme dans la voix.

Wes roula des yeux.

— J'ai eu beaucoup de temps pour travailler ma sorcellerie. Alors, pourquoi est-ce que tout le monde, ici, doute constamment de mes capacités ?

À la surprise de Cain, Blake gratifia son collègue d'une tape sur l'épaule, un sourire sur le visage.

— Peut-être qu'il est temps de te racheter en leur montrant à tous que tu n'es pas simplement bon à tout faire foirer.

Wesley échangea un regard presque complice avec Blake.

— Peut-être que tu as raison. Montrons à ces vampires de quoi nous autres sommes faits. Tu veux m'aider ?

Blake gloussa.

— Tant que tu ne me transformes pas en cochon durant le processus.

Wes claqua la langue.

— En parlant de cochon, Blake, rends-moi service. La prochaine fois que tu veux m'emprunter une de mes potions, demande-moi d'abord, plutôt que de mettre la pagaille dans toutes mes affaires.

— Euh ?

Blake sembla vraiment ne rien comprendre.

— Bien, ça ne fait rien. Je vois pourquoi tu éprouves la nécessité de t'armer d'un peu de magie pour te défendre. La prochaine fois, demande d'abord.

Wesley se détourna ensuite de Blake et fit signe à John.

— J'ai besoin de quelque chose qui appartient à Nicolette. As-tu quelque chose qu'elle ait porté, ou une mèche de cheveux, quelque chose dans lequel elle aurait transpiré ou sur lequel il y aurait son odeur ?

John tendit la main vers son cou et tira une chaîne de dessous sa chemise, laissant ainsi apparaître une petite fiole qui balançait en son extrémité.

— Est-ce que ça fonctionnera avec son sang ?

— Tu te moques de moi ? dit Wes, la main déjà tendue. Ça facilitera tellement les choses.

Cain jeta un œil à la fiole contenant le liquide rouge.

— Tu transportes son sang sur toi ? Pourquoi ?

— J'ai besoin de la sentir proche de moi. Tu comprends ça, n'est-ce pas ?

Cain acquiesça légèrement de la tête. Il comprenait. John n'avait pas pu se lier par le sang avec la femme qu'il aimait, à cause de l'ancienne règle qui stipulait que le chef de la garde royale n'était pas autorisé à avoir une relation. Il avait donc eu recours à ce qu'il avait pu trouver de mieux : toujours avoir son sang sur lui pour se souvenir d'elle.

Cain serra le bras de John.

— Une fois que tout ceci sera terminé, je promets que tu pourras la faire tienne si c'est ce que tu désires.

Leurs regards se suspendirent, et ce fut à ce moment que leur vieille amitié reprit vie.

Cain se tourna ensuite vers Wesley.

— Combien de temps durera le charme ?

— Vingt-quatre heures.

— Bien. Cela devrait être suffisant. Mets-toi au travail. Et fais vite. Blake t'aidera.

Et il espéra que le sorcier sût ce qu'il faisait. Pour le bien de tous.

— Et pour les autres, allons chercher Abel et neutralisons-le.

Le téléphone portable dans sa poche se mit à sonner. Cain le sortit impatiemment et jeta un œil à l'écran, puis répondit.

— Oui, Gabriel ?

— Tu ferais bien de venir ici.

— Fais-les patienter.

— J'ai bien peur de l'avoir fait aussi longtemps que je l'ai pu.

Cain jura.

— Je serai là dans une minute.

Il mit fin à l'appel et regarda ses amis.

— Ordres maintenus. Trouvez Abel et empêchez-le de passer un coup de fil à celui qui garde Nicolette. Et soyez discrets afin que personne ne se rende compte de ce que vous faites. Nous ne connaissons pas les gardes qui sont loyaux à mon frère. Je ne veux pas que quelqu'un le prévienne que nous sommes au courant de ses intentions.

Sans attendre la réponse, Cain se précipita hors de la pièce et gravit l'escalier en courant. Lorsqu'il atteignit le vestibule de l'étage du dessus, il put déjà sentir la tension qui rendait l'air si épais qu'il aurait pu le découper à l'aide d'un couteau.

Deux gardes bloquaient la porte d'entrée. Ils s'écartèrent immédiatement lorsque Cain s'approcha.

Gabriel, Eddie ainsi que deux gardes se tenaient sur le porche, le dos tourné au palais. Cain se plaça entre eux et dévisagea les six vampires présents dans l'allée, juste au bas des marches. Derrière eux, trois SUV noirs étaient stationnés, et les fenêtres teintées empêchaient de voir le nombre de vampires qui se trouvaient à l'intérieur. Impossible également de connaître le nombre de ceux qui se cachaient dans la forêt qui bordait les terres du palais.

Cain jeta un coup d'œil rapide tout autour. Plusieurs de ses gardes étaient présents le long de l'allée et des terres, prêts à faire feu s'il le fallait.

Les visiteurs du Mississipi étaient similairement armés, leurs armes à la ceinture en signe d'agression.

Cain descendit les marches et se dirigea vers leur chef présumé, lequel parut surpris de le voir. Il se ressaisit toutefois rapidement.

— Victor. Puisque tu mènes la meute, je suppose que tu représentes ton roi ?

Victor, dont la peau avait la couleur du chocolat au lait, gloussa. Ses yeux étaient d'un éclatant bleu-gris, preuve de ses antécédents métis.

— Je *suis* le roi.

— Je vois.

Apparemment, il y avait eu un changement inattendu de leadership, au Mississipi.

— Ce qui est bon pour l'un l'est aussi pour l'autre, répondit le vampire, un petit sourire suffisant sur le visage.

Cain reconnut l'allusion au fait qu'il avait tué le roi de son propre clan, sans la moindre hésitation.

— Tu es un jour à l'avance. Les célébrations données en l'honneur de mon retour ne commencent pas avant demain soir. Alors, que veux-tu ?

Victor grogna.

— N'est-ce pas évident ? Tu héberges deux traîtres, et je suis venu les reprendre.

— J'ai peur de ne pouvoir t'y aider.

— Pouvoir ou vouloir ?

— Prends tes hommes et pars. Il n'y a rien à discuter.

Victor serra les dents.

— Il y a plein de choses dont nous devons discuter. Mais d'abord, livre-moi les traîtres.

Il regarda ses hommes.

— Ou nous ne nous contenterons pas de mots, mais bien d'actions pour clarifier notre position, ajouta-t-il. Si tu veux la paix entre nos deux royaumes, ne porte pas atteinte à mes règles en hébergeant des traîtres.

En dépit des mots de Victor, Cain savait que ce clan ennemi n'était pas venu pour faire la paix. Ils prétextaient le fait qu'il abritait, sous son toit, les deux vampires édentés pour réduire à néant les négociations de paix avant qu'elles n'eussent même commencé. Mais, dans l'immédiat, Cain ne pouvait se permettre cette distraction.

— Ils ne sont pas ici.

Il fit signe aux gardes derrière lui.

— Indiquez le chemin de la sortie à nos visiteurs.

Victor plissait les yeux lorsque son regard s'aventura au-delà de Cain, et qu'un sourire se dessina sur son visage.

Cain tourna la tête et aperçut Lee, un des gardes présents sur le porche en train d'incliner la tête en direction de la partie du palais où était située la cuisine de la plantation. Cain grinça des dents de mécontentement.

— Il semble que quelqu'un ait repéré les membres égarés de mon clan, dit sèchement Victor en passant à côté de Cain. N'irions-nous pas voir où ils se cachent ?

N'ayant à présent plus le choix, Cain suivit Victor, communiquant silencieusement des yeux avec Gabriel afin que ce dernier le couvrît. Victor avança avec assurance jusqu'à l'allée couverte qui reliait la partie principale du bâtiment à la cuisine de la plantation et ouvrit la porte.

— Puis-je ? demanda presque poliment Victor.

Cain sentit ses propres gardes, de même que les autres hommes, le suivre.

— Après toi.

Victor pénétra dans la cuisine.

— Bien, voyons qui nous avons—

**42**

—Par ici, murmura Faye à David et Kathryn, tandis qu'elle les guidait à travers le corridor tout en jetant un œil par-dessus son épaule afin de vérifier que les deux vampires demeuraient bien tout près d'elle.

Dans quelques instants, ils seraient dans sa suite et, de là, elle pourrait les faire sortir clandestinement du palais et les mettre en sécurité en utilisant les tunnels. Cain serait furieux qu'elle eût révélé la localisation des souterrains à des étrangers, mais elle avait le sentiment de ne pas avoir pas le choix. Elle avait vu les membres du clan du Mississipi par la fenêtre. Ils étaient lourdement armés, et elle était certaine qu'ils n'abandonneraient pas avant d'avoir capturé les deux malheureux vampires édentés. De plus, leurs canines n'ayant pas encore totalement repoussé, ces deux-là ne feraient pas le poids dans un combat contre les hommes de leur clan.

Elle s'arrêta au coin du couloir et regarda tout autour. Son souffle se coinça dans sa gorge. Abel arrivait en courant. Il ouvrit brutalement la porte de la suite de Faye et s'y engouffra sans regarder ni à gauche ni à droite. Que cherchait-il dans sa chambre ? Et il n'avait même pas frappé ! Tout ceci ne sentait pas bon.

À présent, elle ne pouvait plus y emmener David et Kathryn afin qu'ils pussent accéder à l'entrée des tunnels. Abel ne pouvait en avoir connaissance. Après tout ce qui s'était passé et toutes les choses qu'il avait faites pour les maintenir éloignés, Cain et elle, elle sut, d'instinct, qu'on ne pouvait lui faire confiance. Qu'allait-elle faire, maintenant ? Si les membres du clan du Mississipi trouvaient les deux évadés, ils les emprisonneraient et les tortureraient. Une mort certaine s'ensuivrait.

Faye se tournait vers eux, un doigt sur les lèvres pour leur ordonner de demeurer silencieux, lorsqu'une idée lui traversa l'esprit. Les cellules. Cain s'en était échappé via les tunnels. Elle savait dans laquelle Cain et Robert s'étaient retrouvés enfermés. Ce ne devait pas être trop difficile de trouver l'entrée secrète du souterrain.

Elle fit signe à David et Kathryn de la suivre, tandis qu'elle se précipitait dans la direction opposée à sa suite. Ladite cellule n'étant actuellement occupée par personne, elle s'attendait à ne trouver aucun garde à cet endroit. De plus, ils devaient tous se trouver à l'étage, en train de surveiller le clan adverse.

Prudemment, afin de ne faire aucun bruit, Faye bifurqua au coin suivant et atteignit l'entrée du bloc pénitentiaire. Elle jeta un œil à l'intérieur. Il était vide. Un soupir de soulagement s'échappa de sa bouche.

— Venez.

David et Kathryn hésitèrent à la vue de l'endroit où ils entraient. Kathryn se figea.

— N'ayez pas peur. Il y a une sortie, par là.

Faye désigna la cellule préalablement occupée par Robert.

— Faites-moi confiance, ajouta-t-elle.

Elle s'avança vers la porte ouverte et fit un pas à l'intérieur, trébuchant presque sur le seuil. Elle baissa les yeux et vit que le bois avait pourri au fil du temps et était détaché, créant ainsi un risque de chute.

Faye se retourna afin de jeter un coup d'œil aux autres cellules. Les portes de celles-ci étaient également ouvertes et, derrière la dernière, il y avait une petite pièce que les gardes utilisaient comme réserve à fournitures. Elle entra complètement dans la cellule et regarda par-dessus son épaule.

Avec hésitation, David et Kathryn la suivirent, mais demeurèrent à l'entrée, visiblement effrayés de pénétrer dans cet endroit lugubre. Faye ne les pressa pas immédiatement. De toute façon, elle devait d'abord trouver le point d'entrée du tunnel, et il n'était pas nécessaire que les deux autres fussent à l'intérieur en attendant qu'elle y parvînt.

— Attendez là, leur donna-t-elle pour instruction avant de se mettre au travail.

Méthodiquement, ses mains parcoururent les murs, percevant chaque renfoncement, chaque rainure. Elle les examina avant de changer de section. Elle savait ce qu'elle cherchait : une série de cavités qui s'adapteraient à ses doigts et qui, en appuyant dans un ordre précis, permettrait de déverrouiller le mécanisme d'ouverture du passage secret. Elle savait que, tant la porte secrète de la suite du roi que la sienne, s'ouvraient de cette façon, et elle n'avait aucune raison de penser que celle-ci fonctionnerait différemment.

Inhalant l'air vicié de la pièce, elle tenta de demeurer calme. Se précipiter ne l'amènerait qu'à passer à côté des cavités qu'il lui fallait trouver.

— Es-tu sûre qu'il y a une sortie ? murmura David depuis la porte.

Faye regarda par-dessus son épaule.

— Oui, il doit y en avoir une.

Cain l'avait utilisée. Et s'il l'avait trouvée, alors qu'il souffrait toujours d'amnésie, elle le pouvait également.

Elle sentit son cœur lui marteler la poitrine, sa cage thoracique en proie à la rapidité des battements de celui-ci. Les souvenirs de sa propre souffrance aux mains d'un roi cruel refirent surface et l'amenèrent à redoubler d'efforts. Elle devait aider ces vampires. Personne ne méritait de souffrir comme ils l'avaient fait.

Son index glissa dans une rainure. Elle se figea. Ensuite, son pouce trouva prise.

— Là, chuchota-t-elle en poussant sur le mur de pierre.

Elle sentit un déclic et recula, un sentiment d'accomplissement se répandant déjà en elle.

— Quelqu'un arrive, murmura soudain David.

Faye tourna la tête et vit la façon dont le vampire attrapait Kathryn. Elle se précipita vers lui, mais il emmenait déjà sa jeune amie vers le fin fond du bloc pénitentiaire, là où se situait la réserve. Au bruit des pas se rapprochant, Faye se figea pendant une fraction de seconde. Elle s'apprêtait à se ruer derrière David et Kathryn afin de se cacher dans la réserve lorsqu'elle repensa à la porte du tunnel. Elle se retourna et vit que celle-ci était complètement ouverte.

Quiconque entrerait dans la cellule l'apercevrait. Elle replongea à l'intérieur de celle-ci, mais se prit le pied dans le seuil irrégulier et trébucha.

Elle cherchait à retrouver son équilibre en tendant les mains lorsque la personne qui arrivait dans le bloc se dirigea vers elle.

Un bras l'attrapa par la taille, tandis qu'elle retombait en arrière.

— Quelle chance !

La froideur de cette voix lui glaça le sang.

— Abel, parvint-elle à répondre en se redressant. Elle se retourna rapidement en espérant lui bloquer la vue afin qu'il ne pût apercevoir la porte ouverte menant au tunnel.

Mais lorsqu'elle vit son visage, elle sut qu'il était trop tard.

— Bien, bien, bien. C'est donc comme ça qu'il est sorti.

La respiration de Faye se bloqua. Les paroles d'Abel ne pouvaient signifier qu'une seule chose. C'était lui qui avait essayé de tuer Cain.

— C'était toi !

Avant qu'elle n'eût pu faire ou dire quoi que ce soit, Abel lui fourra une fiole dans la bouche et en fit couler le contenu dans sa gorge. Le liquide amer lui provoqua un choc dans l'organisme, la faisant involontairement convulser. Ses mouvements ralentirent ensuite et, bien qu'elle tentait de repousser Abel et refusait d'avaler, son corps n'obéit pas à l'ordre que lui dictait son esprit.

Elle se concentra afin de retrouver ses forces et envoyer un message mental à Cain, mais elle ne parvint pas à rassembler ses pensées.

— Maintenant, je t'ai.

Ce fut la dernière parole qu'elle entendit d'Abel avant que l'obscurité ne l'engloutît.

— Oh, bonjour, puis-je vous aider ? demanda Maya, interpelant ainsi le vampire du Mississipi.

Cain suivit Victor dans la cuisine et regarda autour de lui. Seule Maya était présente. Il soupira de soulagement. Les deux vampires édentés avaient disparu, tout comme la moindre preuve de l'opération qui avait eu lieu la nuit précédente. L'endroit semblait impeccable, une touche d'eau de javel flottait dans l'air. Maya avait visiblement nettoyé à fond afin de se débarrasser de l'odeur de David et Kathryn.

Victor se tourna vers Cain et fixa la porte, là où s'étaient rassemblés les autres. Il lança un regard contrarié à l'un des vampires qui se tenaient là. Cain n'eut pas à se retourner pour savoir avec qui il communiquait. Lee s'était déjà révélé loyal envers Abel en menant Victor à l'endroit où il pourrait trouver les deux traîtres.

— Bien, je me suis visiblement trompé, dit calmement Victor en hochant la tête. Nous allons donc partir.

Cain fit un pas sur le côté.

— Un malentendu, j'en suis sûr.

— Ce n'est pas fini.

— Ça l'est, pour le moment.

Sans autre mot, Victor quitta la cuisine. Dès qu'il fut hors de portée de voix, Cain regarda furieusement Lee avant de proférer un ordre à Gabriel.

— Ligote-le.

— Mais, Votre Majesté…

Gabriel l'attrapa et l'emmena.

— Où sont-ils ? demanda Cain en regardant Maya.

— Faye essaie de les faire sortir de la propriété.

— Comment ? répliqua-t-il, le cœur battant déjà avec fracas.

— Elle ne l'a pas dit.

— Putain ! jura-t-il, devinant ce que Faye planifiait.

Elle allait les faire sortir par les tunnels.

*Faye !* l'appela-t-il via le lien télépathique qui les unissait. *Faye, où es-tu ?*

Mais il n'y eut aucune réponse. Pas étonnant. Elle devait savoir, pour avoir révélé l'un des secrets les mieux gardés du royaume, qu'il était furieux envers elle. Mais ce n'était même pas la raison des martèlements de son cœur tel un marteau-piqueur : Faye prenait un risque en empruntant, seule, les tunnels. Elle ne saurait quelle sortie choisir et pourrait courir droit dans les bras des membres du clan du Mississipi en train de quitter la propriété. De plus, Cain était certain qu'ils avaient dispersé plusieurs de leurs hommes à l'orée de la forêt afin de les surveiller. S'ils venaient à attraper Faye occupée à faire sortir clandestinement les deux vampires édentés, ils la captureraient.

— Gabriel, Eddie, la suite de la reine ! ordonna-t-il en repartant à toute vitesse vers le palais. Une fois à l'intérieur, il dégringola l'escalier de service et courut à travers le couloir, comme si le soleil était sur ses talons.

Durant tout ce temps, il adressa ses pensées à sa compagne.

*Faye, ne prends pas les tunnels. Reviens ! C'est trop dangereux.*

Mais il n'y eut aucune réponse.

*Je ne serai pas fâché. Reviens, s'il te plaît.*

Il n'y eut toujours pas de réponse.

La porte de la suite de Faye était grande ouverte. Cain déboula à l'intérieur, Gabriel et Eddie sur ses talons. La pièce était vide. Sans la moindre réticence quant à la confidentialité des tunnels, il toucha le mécanisme d'ouverture de la porte camouflée devant ses deux amis. Dès que la porte s'ouvrit, il la poussa et entra dans le passage.

— Faye ! l'appela-t-il, sa voix faisant écho dans cet espace confiné.

Il inhala profondément. Il ne put sentir que l'odeur de Faye et la sienne, preuve que personne d'autre n'était passé par le passage secret qui menait aux tunnels. Surpris, il se figea, alors qu'Eddie et Gabriel pénétraient dans le couloir.

— Quoi ? demanda Gabriel.

Cain se tourna vers lui.

— Elle n'a pas pris ce chemin.

— Lequel alors ?

— Je ne sais pas.

Il ne lui avait jamais révélé la localisation des autres portes secrètes, bien qu'il eût prévu de le faire dès qu'elle serait devenue reine. Mais il n'en avait jamais eu l'opportunité.

— Elle ne connaît aucun autre passage secret.

— Combien y en a-t-il et où sont-ils ?

— Merde ! jura Cain, réalisant soudain que Faye connaissait une autre issue. La cellule. Je lui ai dit comment je m'étais évadé de la cellule. C'est par là qu'elle doit vouloir passer pour accéder au tunnel.

Mais avec un peu de chance, il lui faudrait un certain temps pour trouver le mécanisme d'ouverture de la porte. Cela la ralentirait et conférerait une chance à Cain de l'arrêter.

Gabriel et Eddie sortirent en précipitation de la suite de la reine, Cain derrière eux. Il se mit à courir plus vite, les dépassa au coin suivant et, à présent devant eux, se rua vers le bloc pénitentiaire. Il y parvint quelques instants plus tard.

La porte de la cellule dans laquelle il s'était retrouvé avec Robert était ouverte. Cain se rua à l'intérieur. Elle était vide, mais une odeur étrange persistait. Cela lui rappelait quelque chose, mais il ne pouvait dire quoi.

Il laissa vagabonder ses yeux vers l'endroit où était cachée la porte secrète, mais celle-ci était fermée. Faye n'était-elle pas encore arrivée ici ? Ou l'avait-elle fermée derrière elle pour s'assurer que personne ne pût la trouver ? Cette dernière possibilité était le scénario le plus probable.

Voulant à tout prix arrêter Faye, Cain se dirigea vers le mur et posa une main sur le mécanisme camouflé.

— Votre Majesté, attendez !

Il pivota et vit David se précipiter dans la cellule. Cain soupira de soulagement. Faye n'était pas encore parvenue à franchir le passage secret.

— Oh, Dieu merci ! lâcha Cain, presque désireux de serrer David dans ses bras. Faye ?

Il regarda derrière le vampire plus âgé pour la chercher du regard.

— Où est-elle ? demanda-t-il.

David baissa les paupières.

— Quelqu'un l'a emmenée.

Le cœur de Cain s'arrêta et la bête rugit en lui.

— Qui ? Qui l'a emmenée ?

— Votre frère. J'ai entendu qu'elle prononçait son nom.

— Putain !

Pourquoi ne l'avait-elle pas appelé au secours ? Pourquoi n'avait-elle pas fait usage de leur lien télépathique pour lui signaler qu'elle avait besoin d'aide ?

Respirant difficilement, il prit une inspiration à laquelle se mêla l'odeur amère qui planait dans l'air. À présent, il la reconnaissait.

— La potion de Wesley.

Il dévisagea Gabriel et Eddie, tous deux regroupés dans la cellule.

— Il l'a mise KO avec la potion de Wesley.

Cain se tourna vers la porte secrète incrustée dans le mur de pierre.

— Je dois la sauver.

**43**

───────

En suivant l'odeur de Faye et d'Abel, Cain avait pu découvrir l'embranchement du vaste réseau de tunnels qu'ils avaient emprunté. Mais il avait perdu leur trace dans la zone boisée où ils étaient ressortis, à environ cinq kilomètres du palais.

Il jura et se tourna vers John. Le chef de la garde royale semblait tourmenté, et Cain en connaissait la raison.

— À l'heure qu'il est, Abel aura eu amplement le temps de prendre ses dispositions pour que son geôlier fasse du mal à Nicolette, dit John en l'implorant du regard.

— Wesley l'a protégée avec son sortilège, pas vrai ?

John opina de la tête.

— Mais il n'y a aucun moyen de savoir si ça a fonctionné. S'il te plaît, donne-moi quelques hommes et laisse-moi la libérer. Wesley sait où elle se trouve.

John se passa une main à travers ses cheveux noirs et poursuivit.

— Et qui sait ? Peut-être qu'Abel est également en route. Baltimore gardait Nicolette quand ils m'ont attrapé et, sachant que tu l'as banni du palais quand il est revenu, on peut supposer qu'il soit retourné là-bas et ait relevé ses hommes. Il est le plus proche ami d'Abel. Si quelqu'un sait ce que ton frère prévoit, c'est bien Baltimore.

Bien qu'il sût que John dirait n'importe quoi afin de défendre son idée d'aller rapidement sauver sa maîtresse, Cain ne pouvait nier qu'il marquait un point au sujet de Baltimore. Si quelqu'un savait où Abel pouvait se cacher ou où il allait, ce devait être son bras droit.

C'était là leur seule piste. Faye ne répondait toujours pas à ses appels télépathiques, et il ne pouvait que supposer qu'elle fût toujours inconsciente suite à l'absorption de la potion de Wesley. Néanmoins, il était étrange que la mixture du sorcier eût un tel effet durable. Sur les vampires édentés, la potion n'avait pas agi plus de quinze minutes. L'idée qu'Abel eût pu faire plus que simplement la mettre KO le fit frissonner de tout son corps. Il ne voulait pas penser à cela.

— Agissons rapidement.

Il fallut vingt minutes avant que les deux SUV noirs ne pussent arriver dans le bayou. L'un d'eux transportait Cain, John, Wesley et Eddie. Gabriel, Blake et Haven se trouvaient dans l'autre. Thomas et Maya étaient restés au palais pour maintenir l'ordre.

— Est-ce que Thomas a commencé à interroger le garde qui a signalé au clan adverse que David et Kathryn se trouvaient dans la cuisine ? demanda Cain.

Eddie hocha la tête.

— Il vient juste de commencer.

— Ça servira à quoi ? demanda Wesley.

John, tout recroquevillé tant il était mort d'inquiétude, répondit à la place de Cain.

— J'ai toujours soupçonné Lee d'être loyal à Abel. On lui a, plus que probablement, ordonné de dévoiler la cachette des deux vampires dans le but de causer des troubles. En fait, Abel n'a invité le clan du Mississipi que pour faire diversion.

Il tenta un contact visuel avec Cain.

— Et pour s'assurer qu'il pourrait revendiquer le trône aussitôt que tu serais mort, ajouta-t-il.

Cain opina de la tête, comprenant immédiatement ce à quoi John faisait allusion.

— S'il pouvait accuser le clan adverse de mon assassinat, la guerre serait déclarée, et il deviendrait roi sans devoir attendre, une fois de plus, la fin de la période de deuil.

Wesley souffla entre les dents.

— Un gentil frère que tu as là.

— On ne choisit pas sa famille, convint Cain. Mais on peut choisir ses amis.

— Combien d'autres gardes penses-tu qu'Abel a de son côté ? demanda Wesley, au volant.

Cain haussa les épaules.

— Difficile à dire. Certainement Simon, mais il est mort. C'était lui qui était en service dans le bloc pénitentiaire lorsqu'Abel est venu pour nous tuer, Robert et moi. Mais quand nous nous sommes échappés par les tunnels, il a dû réaliser qu'il devait brouiller les pistes. Il ne pouvait pas se fier à Simon qui aurait pu le balancer pour sauver sa propre vie. Alors, il l'a tué.

— Lee est un lâche, ajouta John. Il balancera tous ceux qui sont fidèles à Abel, qui qu'ils soient. Nous ferons le nettoyage quand nous rentrerons.

Cain hocha la tête à l'intention de John.

— Je n'aurais jamais dû douter de toi.

Un triste sourire traversa le visage de John.

— Tu en avais le droit. J'étais compromis. Maintenant, je comprends pourquoi le chef de la garde royale ne devrait jamais avoir de famille. Pourquoi il devrait—

— Arrête, l'interrompit Cain. Tout le monde a droit au bonheur. Je ne vais pas te refuser le tien. Je veux que tu demeures le chef de ma garde. Et je maintiens ma décision. Je vais supprimer les anciennes règles.

Bientôt, beaucoup de choses changeraient dans son royaume. Dès qu'il retrouverait Faye. Car, sans elle, il ne pouvait aller de l'avant.

Le silence régna dans la voiture pendant un moment, et tout ce que Cain put entendre, ce fut le bruit du moteur, la respiration de ses amis et ses propres battements de cœur.

— Nous y sommes presque, annonça Wesley en désignant le GPS de la voiture. Il y a un virage dans quelques centaines de mètres. Nous devrons nous garer là, sinon, on risquerait de nous voir depuis la cabane.

— Mets-toi sur le côté, lui dit Cain.

Dès l'instant où la voiture s'arrêta, Cain ouvrit la portière et bondit hors du véhicule. Ses amis le suivirent. Derrière eux, le deuxième SUV marqua l'arrêt. Gabriel, Haven et Blake en sortirent.

— C'est là ? demanda Gabriel en extirpant son revolver de l'étui.

Wesley désigna un endroit au loin.

— La cabane doit être à environ cinq ou six cents mètres après le virage.

— Je propose qu'on se sépare, dit Cain. Gabriel, prends Haven et Wesley et approchez par l'arrière. Assurez-vous que personne ne s'échappe par là. John, Eddie et moi irons par devant.

— Et moi ? demanda Blake.

— J'ai besoin que tu restes près des voitures pour nous alerter si Abel approche. Il est difficile de louper sa Ferrari rouge. As-tu encodé tous nos numéros de téléphone dans un groupe ?

Blake hocha la tête.

— N'importe quel texto vous parviendra à tous, simultanément.

— Bon. On y va. Et je veux Baltimore en vie. Mort, il ne nous sert à rien. Est-ce clair ?

Tous opinèrent de la tête en silence.

Avec John et Eddie à ses côtés, Cain coupa à travers les buissons, évitant ainsi le chemin de terre qui menait au baraquement. Il avança à pas comptés, évitant adroitement toute branche morte susceptible de faire un bruit audible depuis la cabane branlante. Celle-ci était juste visible à travers les arbres. Elle n'avait pas plus de cinq mètres sur cinq, avec un toit qui fuyait probablement et une porte qui aurait pu être enfoncée par un gamin de cinq ans.

Cain inhala profondément en approchant, tentant de déterminer si Abel s'était trouvé ici dernièrement. Mais il ne put ni sentir l'odeur de son frère ni celle de Faye. Les différentes effluences du bayou tout proche étaient trop fortes. Et les odeurs de Faye ou d'Abel n'auraient pu persister que dans un endroit clos. En plein air, les senteurs se volatilisaient trop rapidement.

Cain fit une pause pendant quelques instants et fit signe à Eddie et John d'en faire de même pendant qu'il attendait que Gabriel et les autres fussent en position. Lorsqu'il vit Haven lui faire un signe de main depuis le côté de la chaumière afin de lui signaler qu'ils étaient prêts, il hocha la tête à l'intention de John.

Cain remarqua qu'il prenait une profonde inspiration. Ensuite, les canines de John s'allongèrent, et il sortit un couteau de sa gaine.

— Ne le tue pas, compris ? Peu importe ce qu'il a fait, l'avertit Cain.

Il savait que John serait imprévisible si on avait fait du mal à sa maîtresse.

Sans bruit, Cain et ses amis se faufilèrent jusqu'à la masure. Ils s'arrêtèrent un instant près de la porte. Cain écouta si des bruits provenaient de l'intérieur et entendit quelqu'un marmonner. Il se concentra.

— Toi, sale garce ! Je t'aurai.

C'était Baltimore qui crachait ces mots entre deux bruits sourds.

Un regard paniqué traversa le visage de John et, une fraction de seconde plus tard, il ouvrit brusquement la porte et se précipita à l'intérieur, Cain sur les talons. Ce dernier observa John foncer vers Baltimore, lequel rampait à terre, cognant un manche à balai sous le lit.

Baltimore se retrouva rapidement dos au sol, le couteau de John sur la gorge, alors que Cain avait à peine eu le temps d'entrer dans la cabane. Il regarda tout autour de lui, à la recherche de la femme. Il se pencha pour regarder sous le lit. Mais, bien que planât l'odeur d'un humain, il n'y avait personne.

— Qu'as-tu fait d'elle ? demanda John, les dents serrées, enfonçant d'un centimètre la lame de son couteau en argent à l'endroit le plus mou sous le menton de Baltimore. Du sang s'écoula de la blessure.

— Où est-elle ? répéta-t-il.

Baltimore le regarda furieusement.

— Sale garce !

John grogna.

Du coin de l'œil, Cain vit son ami se ruer dans la cabane.

— Tu l'as eu ? demanda Gabriel.

Cain regardait par-dessus son épaule, lorsque John cria une fois de plus.

— Putain, mais qu'est-ce que tu lui as fait ?

— Wes ? intervint Cain en regardant furieusement le sorcier.

Wesley avait-il à nouveau échoué ?

Celui-ci s'approcha.

— Le charme a fonctionné, je te le dis. Elle doit s'être échappée.

— Si tu lui as fait du mal, je vais te tuer, espèce de salaud ! hurla John à Baltimore.

Il regarda ensuite furieusement Wesley.

— Et tu es le prochain !

Un mouvement sous le lit attira soudain le regard de Cain. Il tourna brusquement la tête dans cette direction. Un rat en sortit en courant et fonça sur John avant de lui sauter sur la cuisse. John effectua un mouvement des hanches vers l'arrière tout en maintenant le couteau sur la gorge de Baltimore. Sous l'effet de l'argent, la peau du vampire grésillait.

— Oh, putain ! dit soudain Wesley en s'accroupissant.

Il désigna le rat.

Cain échangea rapidement un regard avec lui avant de reposer les yeux sur le rat.

— Tu te moques de moi, Wes ? N'est- ce pas ?

Wes haussa les épaules.

— Oops.

Cain posa une main sur l'épaule de John.

— John, elle va bien. Nicolette est sauve.

Il fit signe à Haven et Eddie.

— Ligotez Baltimore.

Tandis que les deux hommes de Scanguards s'occupaient du bras-droit d'Abel, forçant dès lors John à ôter le couteau de sa gorge, Wes tendit la main vers le rat qui était toujours assis sur la cuisse du chef de la garde.

— Viens, Nicolette.

L'animal tourna la tête vers Wesley.

Incrédule, John dévisagea le rat, puis Wesley.

— Oh, mon Dieu, qu'as-tu fait ?

Il en demeura bouche bée.

— Es-tu en train de me dire que c'est Nicolette ? ajouta-t-il.

Wes lui lança un regard penaud.

— Désolé. Juste un petit incident.

— Incident ? dit John, les dents serrées, une envie de meurtre scintillant dans ses yeux. Tu as transformé ma femme en rat !

— Cela l'a maintenue saine et sauve, non ?

— Et maintenant ? Putain, qu'est-ce que je vais faire, maintenant ?

Wes tendit la paume de sa main, et la bête grimpa dessus.

— Ne t'inquiète pas. Je peux la retransformer.

— Je pense, ajouta-t-il, timidement.

— Tu penses ?

John se rua vers le sorcier, mais Cain s'interposa entre eux.

— Laisse-le essayer.

Wesley déposa le rat sur ses genoux et mit la main dans la poche de sa veste. Il en sortit une petite fiole.

— Ça devrait fonctionner avec ceci.

— Qu'est-ce que c'est ? demanda John, visiblement méfiant.

— Une espèce de contre-potion. Qui fait disparaître n'importe quel sort auquel on est soumis. Tu vois, genre la flèche retour en arrière d'un ordinateur.

Cain roula des yeux. Wesley ouvrit la fiole et versa une minuscule quantité de la potion sur l'animal. Un instant plus tard, le jeune homme se retrouva couché sur le dos. Une belle femme à la peau mate était assise sur ses genoux.

— Nicolette, s'exclama John en l'arrachant à Wesley pour la prendre dans ses bras. Ses lèvres se posèrent sur celles de la jeune femme avant que Cain n'eût même le temps de cligner des yeux.

— Oh, John ! Tu es venu.

Les larmes coulèrent sur le visage de Nicolette.

John lui pressa la tête contre sa poitrine et lui caressa les cheveux.

— Toujours, mon amour. Je serai toujours là pour toi.

Cain se redressa. Il était heureux pour John mais, maintenant, il était temps de retrouver Faye. Il se tourna vers Baltimore qui était à présent attaché au cadre de lit métallique.

— Où est Abel ?

Baltimore cracha.

— Je ne sais pas.

Cain taillada le visage de Baltimore à l'aide de ses griffes, y laissant de profondes coupures. Du sang suinta de celles-ci, emplissant la cabane de l'odeur du sang de vampire.

— Essaie encore. Où a-t-il emmené Faye ?

— Je ne sais pas.

— Il ment, l'interrompit Nicolette.

Cain tourna la tête vers elle.

— Que sais-tu ?

— Il a reçu un coup de fil, il y a peu de temps. J'étais déjà sous la forme de rat. Il pensait donc que je ne pouvais pas l'entendre.

Le rythme cardiaque de Cain accéléra.

— Qu'est-ce qu'il s'est dit ?

— Je n'ai pu entendre que ce que, lui, disait. Abel doit être quelque part à La Nouvelle Orléans.

— Où ?

Nicolette secoua la tête, les yeux empreints de regret.

— Je ne sais pas.

Elle désigna Baltimore et poursuivit.

— Il a demandé « lequel ? », mais c'est tout ce que j'ai entendu.

Cain ressentit un pincement au cœur tant il avait peur pour sa compagne. Il attrapa Baltimore par la gorge.

— Où est-ce qu'il la retient ?

— Va en enfer !

— Toi d'abord !

Baltimore laissa échapper un rire diabolique.

— Parle ou je te tue ! ajouta Cain.

— De toute manière, même si je parle, tu me tueras.

Cain dévisagea son adversaire, mais il savait que le plus fidèle disciple d'Abel connaissait la chanson : une fois qu'il aurait divulgué ce qu'il savait, soit John, soit Cain le tuerait.

— Bien, fais comme tu veux.

Il se tourna vers Gabriel.

— Utilise la méthode appropriée pour le faire parler. Eddie restera avec toi. Les autres, allons-y, ajouta-t-il.

Cain regarda autour de lui dans la pièce et repéra ce qu'il cherchait. Il saisit le téléphone portable de Baltimore sur la table. Il sortit ensuite le sien de sa poche et composa le numéro de Thomas. Le génie de l'informatique répondit immédiatement.

— Thomas, as-tu pu tracer le téléphone d'Abel par satellite ?

— Pas encore. Il ne l'a pas utilisé depuis une heure.

— Je vais m'assurer qu'il le fasse. Reste en ligne.

Il déposa son téléphone et commença à taper un texto sur le portable de Baltimore.

— Voyons si tu mords à l'hameçon, petit frère.

**44**

———————

Faye sentit qu'elle reprenait tout doucement connaissance. Lorsque, consciente, elle inspira pour la première fois, un persistant goût amer dans la gorge lui donna la nausée. Au même moment, de l'air vicié lui remplit les poumons, et de la poussière lui tapissa l'intérieur du nez.

Tandis qu'elle se redressait, elle ouvrit brusquement les yeux, mais quelque chose la retint. Simultanément, une douleur se fit ressentir dans ses poignets. À sa grande stupéfaction, elle réalisa qu'elle était étendue sur une grande dalle de pierre, les poignets et les chevilles y attachés par une chaîne en argent, le seul métal qu'un vampire ne pouvait briser. Le contact avec ce matériau toxique lui brûlait la peau. Des boursouflures s'étaient déjà formées autour de ses poignets mais, heureusement, la peau de ses chevilles était protégée par son jean.

Elle regarda autour d'elle, tournant la tête autant qu'elle le pût dans sa position, et examina l'environnement. Il faisait noir mais, grâce à sa vision de vampire, elle n'éprouva aucun problème à réaliser où elle se trouvait : dans une crypte, enchaînée à une tombe.

Tentant de se calmer, elle s'efforça d'être rationnelle. Abel n'était pas présent, ce qui signifiait, plus que probablement, qu'il l'avait laissée pourrir ici. Mais elle savait que Cain se mettrait à sa recherche. Elle devait l'aider à la retrouver.

Elle rassembla ses pensées et lui adressa un message mental.

*Cain ! Cain, aide-moi.*

Presque immédiatement, elle sentit une chaleur dans son esprit, et une voix lui répondit.

*Faye, mon amour ! Tu es vivante !*

Elle soupira de soulagement. Cain l'avait entendue.

*Je suis enfermée.*

*Où es-tu ?*

*Dans une crypte.*

*Tu sais où ?*

Elle secoua la tête.

*Abel m'a assommée. Je ne sais pas où il m'a emmenée.*

*Peux-tu lire un nom sur les pierres tombales ?*

*Je suis enchaînée à l'une d'elles.*

Elle regarda tout autour d'elle, une fois de plus, ajustant sa vision.

*Oh merde !*

*Quoi ?*

Le cœur de Faye se mit à battre avec fracas, et ses paumes de mains devinrent soudainement moites.

*Il y a des miroirs tout autour de moi.*

Elle ne les avait pas immédiatement remarqués, tant à cause de l'absence de son reflet en eux, que de lumière.

*Des miroirs ? Mais c'est quoi ce bordel ?*

Faye se trémoussa sur la dalle.

*Partout*, confirma-t-elle.

*Tu ne peux vraiment pas trouver de noms ? Nous devons savoir dans quel cimetière tu te trouves. Il y en a trop à La Nouvelle Orléans.*

Faye se tortilla, se contorsionna en tentant de se pencher sur le côté afin de pouvoir jeter un œil à la pierre tombale placée sous elle. L'argent lui brûla les poignets, la faisant gémir de douleur. Mais elle ne se laissa pas détourner de sa mission. Elle devait découvrir où elle était.

*Faye ! S'il te plaît !*

Les larmes lui montèrent aux yeux, mais elle les ravala et se déplaça davantage sur le côté, exposant ainsi une partie de la dalle. Elle ajusta sa vision.

*M*, pensa-t-elle. *Un nom commençant par M.*

Elle inspira et continua à se tortiller. *MON*. Elle expira brusquement. *MONT. C'est tout ce que je peux voir.*

Ensuite, elle se détendit, et ses yeux scrutèrent le plafond. Son cœur s'arrêta.

— Oh, Dieu, non !

*Tu dois te dépêcher, Cain ! Tu dois me trouver ! Il y a un trou dans le mur et un autre dans le plafond. Quand le soleil se lèvera, sa lumière me frappera directement.*

À cause des miroirs, tout rayon pénétrant à l'intérieur de la crypte la toucherait avec certitude, peu importe leur angle d'entrée. Le soleil n'aurait pas à être au zénith pour causer des dommages.

*Oh Dieu !*

— Eh bien, hello, regarde qui est éveillée !

La voix menaçante d'Abel se fit entendre derrière elle.

Faye se tordit le cou et le vit émerger par-delà un des miroirs. Elle prit mentalement note que la sortie devait se trouver derrière celui-ci.

Le rire qui roula sur les lèvres d'Abel la glaça jusqu'aux os et la fit frissonner. Et la façon dont il était vêtu le faisait ressembler au diable. Il était paré d'un équipement en kevlar de haut en bas, les mains gantées de cuir noir, les pieds protégés par de lourdes bottes. Dans une main, il tenait un casque de moto avec visière polarisée.

— Il semble que la potion du sorcier soit plus puissante quand on l'avale.

— Abel.

— Oui, Faye. C'est moi, mais il faut dire que tu le sais depuis longtemps, pas vrai ? Tu ne m'as jamais fait confiance.

Il avait raison. Au plus profond d'elle-même, elle n'avait jamais été capable de lui faire confiance, quoique, jusqu'au retour de Cain, il n'eût jamais rien fait qui justifiât son hésitation à s'ouvrir à lui.

— Cain te tuera.

— Je serais déçu qu'il n'essaie pas. Maintenant, voyons si Cain t'aime plus que son royaume.

LA PARTIE du nom que Faye lui avait communiqué ne pouvait signifier qu'une seule chose.

— Elle est dans la crypte des Montague. La crypte de notre famille. Abel peut y accéder facilement.

De par-dessus l'épaule, Cain regarda Haven, lequel était assis sur le siège arrière. Wes conduisait. Blake se trouvait dans le second SUV, avec John et Nicolette. Ils s'étaient séparés pour se rendre dans divers quartiers de La Nouvelle Orléans, afin de couvrir le plus grand secteur possible et intervenir plus rapidement dès qu'ils connaîtraient la position d'Abel. Mais Thomas n'avait pas pu localiser précisément le téléphone portable du frère du roi. Ce dernier n'avait pas répondu au texto que Cain lui avait envoyé avec le cellulaire de Baltimore, suspectant probablement l'arrestation de son subordonné.

— Où est-elle ? demanda Haven.

— Cimetière Saint-Louis, numéro 3. C'est sur Esplanade Drive, juste au sud du City Park.

Cain jeta un œil à l'horloge du tableau de bord.

— Il nous reste moins de vingt minutes avant le lever du soleil. Wes, je vais conduire ! ajouta-t-il.

Cain tendit la main vers le volant et fit signe à Wes de changer de place avec lui. Wesley s'enfonça dans l'espace situé entre les deux sièges avant, tandis que Cain bloquait la pédale de l'accélérateur du pied et glissait sur le siège conducteur. Il connaissait bien cette ville et, dans l'immédiat, chaque seconde comptait. Ils devaient parvenir jusqu'à Faye avant que les rayons du soleil n'eussent une chance de pénétrer dans la crypte.

— Haven, appelle John pour qu'on se retrouve là-bas. Il connaît la crypte. Dis-lui qu'Abel a creusé un trou dans le plafond et le mur, et qu'il a enchaîné Faye à une tombe juste en-dessous.

À l'idée de ce qu'elle pourrait subir s'il n'arrivait pas à temps, tout son corps se mit à frissonner.

— Merde ! jura Haven. Putain de trou du cul !

Il sortit son téléphone et appela John.

— John, écoute, nous avons localisé Faye. Retrouve-nous...

Cain n'écouta pas le reste de la conversation, car son propre cellulaire s'était mis à sonner. Il jeta un œil à l'écran. Le nom d'Abel s'affichait.

Il répondit.

— Toi—

— Oh, épargne-moi ton serment, s'il te plaît. Nous n'avons pas de temps pour ça. Tu as à peu près quinze minutes pour sauver ta précieuse Faye, alors allons droit au but.

Cain enfonça la pédale de l'accélérateur, amenant la voiture à une vitesse de plus de cent-vingt kilomètres à l'heure sur la presque déserte chaussée du lac Pontchartrain. Il n'y avait que de l'eau de chaque côté de la route.

— Qu'est-ce que tu veux ? cracha Cain dans le téléphone.

— Tu sais ce que je veux. Mon royaume. Il a toujours été censé m'appartenir. C'est ce dont nous avions convenu quand nous nous sommes débarrassés de l'ancien roi.

Cain ne se souvenait que trop bien de ce plan.

— Le peuple ne voulait pas de toi comme roi. Il m'a choisi à ta place.

— Parce que tu as joué au héro. Mais cette fois, il n'a pas droit à la parole. Je serai roi. Et tu y veilleras. Ou Faye brûlera jusqu'à la mort. C'est ça que tu veux ?

— Tu touches un cheveu de sa tête et je—

— Ouais, ouais, ouais. J'ai déjà entendu ça par le passé. Qu'est-ce que tu essaies de faire ? M'ennuyer à en mourir ?

Un gloussement diabolique traversa la ligne.

— Maintenant, écoute bien, poursuivit Abel. Tu vas retirer tous tes hommes du palais et de ses terres, immédiatement. Cela inclut tous les membres de ta garde personnelle. Appelle-moi quand ce sera fait.

— Tu dois avoir perdu l'esprit ! Les membres du Mississipi sont toujours dans le coin. Cela mettrait le palais sans défense.

— Mais là est justement la question, pas vrai ? C'est ce qui s'appelle faire d'une pierre deux coups. Victor n'aura que ce qu'il mérite. Et ne joue pas au plus malin, ou je jouerai avec ta femme. Je fais surveiller le palais pour m'assurer que tu obéisses.

— Merde, jura Cain.

Pourquoi son frère rendrait-il le palais vulnérable à une attaque du clan du Mississipi ? Il devait savoir qu'ils le prendraient d'assaut dès l'instant où les gardes l'auraient déserté. Mais il n'avait pas le temps de s'inquiéter de ce qu'Abel avait voulu dire par son sous-entendu à propos du chef de l'autre clan. Faye était plus importante que son royaume.

— J'ai entendu, confirma Haven. Fais ce qu'il dit. Je vais nous faire gagner du temps. Combien de temps encore avant d'arriver au cimetière ?

— Cinq minutes.

— Je vais appeler Thomas, répliqua Haven. Wes, tu ferais mieux d'être à la hauteur avec un de tes sorts pour nous donner un coup de main.

---

Le cimetière baignait toujours dans l'obscurité mais, à l'horizon, Cain put déjà voir naître le nouveau jour. Il sauta de la voiture.

— Il devrait y avoir un équipement de sécurité à l'arrière, dit-il à Haven, en ouvrant le coffre. Ce dernier se précipita à ses côtés et, ensemble, ils fouillèrent dans les articles à leur disposition : une veste noire, un sweat à capuche et des gants.

— Merde.

Il regarda Haven.

— Tu vas devoir rester ici, ajouta-t-il. J'ai besoin de la veste pour Faye.

Cain enfila le sweat à capuche, attrapa la veste et mit les gants tout en se précipitant déjà vers le cimetière, les yeux à la recherche du SUV de John. Mais le véhicule n'était pas encore là. Cain se rua sur le sentier principal. Il n'était pas venu ici depuis des décennies, mais il se souvenait bien de la localisation de la crypte.

Celle-ci ressemblait, de l'extérieur, à une petite chapelle et se trouvait à l'extrémité du cimetière. Avec des murs d'un bon trois mètres de hauteur, elle était entourée d'une barrière en fonte afin de prévenir les vandales de toute dégradation.

*Faye, je suis là.*

La réponse de Faye lui parvint un instant plus tard.

*Dépêche-toi, le soleil, je sens qu'il se lève.*

Chaque vampire possédait ce même sens : l'instinct de survie. Ce dernier envoya un signal d'alarme à travers le corps de Cain, lui indiquant que, dans un moment, le soleil franchirait l'horizon et que les premiers rayons transformeraient la nuit en jour.

*Fais attention ! Abel est tout près.*

L'avertissement de Faye arriva à point. Le bruit du moteur emballé d'une moto provint de l'arrière de la crypte. Cain tourna la tête dans cette direction et vit une sombre silhouette sur la moto tentant de se frayer un chemin à travers l'étroit sentier situé entre la crypte des Montague et la tombe sur la gauche de celle-ci. Cain se positionna sur la route de la moto, lui faisant face, tandis que le pilote, dont le visage était caché derrière un casque, tentait de passer en force.

Cain tendit les mains vers le guidon et le poussa violemment sur le côté, faisant ainsi perdre l'équilibre à l'engin. Alors que la roue avant venait s'écraser contre la jambe de Cain, le faisant tomber à terre, le motard fonça sur lui à toute allure avant d'atterrir sur sa poitrine.

Bien que l'assaillant fût camouflé, Cain put identifier l'aura de son frère.

De l'avant-bras, Cain bloqua le premier coup asséné par Abel et, d'un coup de pied, le fit rouler sur le côté tout en se redressant dans le même mouvement. Il pivota pour lui faire face, mais Abel s'était relevé tout aussi rapidement. Il avait toujours été agile. Cain se rua sur lui et le claqua contre la barrière en fonte qui entourait la crypte. Le métal gémit sous l'impact et céda un peu.

Abel grogna et riposta, les poings dirigés vers le visage non protégé de Cain, lui balayant la tête sur le côté et lui faisant craquer les vertèbres de façon audible. Abel venait de gagner du temps, et il l'utilisa pour s'éloigner de la barrière. Mais Cain se ressaisit rapidement : il fit s'écraser un uppercut sous le menton d'Abel, la seule portion de la tête qui n'était pas protégée par le casque.

Le coup n'ayant causé aucun dommage, la tête d'Abel ne fut projetée vers l'arrière que durant un court instant. Furieux, Cain visa le cou de son frère, mais les gants empêchèrent ses griffes de trancher la partie exposée de la chair. Le haut de son corps était trop bien protégé. L'épaisse veste en kevlar était pratiquement impénétrable.

Cain dirigeait la main vers le couteau accroché à sa ceinture lorsqu'un coup sur l'épaule le fit brusquement pivoter. Un rayon de soleil le touchait au visage au même moment. Il hurla de douleur. Se ruant vers Abel, dos tourné au soleil levant, il put enfin saisir son couteau, et il l'extirpa de son fourreau. Il frappa vers le bas.

Tandis que l'arme s'enfonçait dans la cuisse de son frère, ce dernier arracha la capuche de la tête de Cain afin de l'exposer au soleil. Il ressentit la brûlure comme si quelqu'un le visait avec un lance-flammes.

Les odeurs du sang d'Abel et des cheveux calcinés de Cain se mélangèrent. Les mâchoires serrées, Cain retira le couteau d'un coup sec et tenta de l'enfoncer sous le menton d'Abel. Mais le bras de son frère l'en empêcha.

*Cain ! Le soleil ! Aide-moi !*

L'appel à l'aide mental de Faye lui transperça la tête.

— Nooooon ! criat-il.

Une seconde plus tard, le poing d'Abel fit tomber le couteau de la main de Cain.

— Cain ! Aide-moi !

Le cri étouffé de Faye lui parvint à présent de la crypte.

Il n'avait pas le choix. Il devait sauver Faye. Abel le savait également, à en croire le rire diabolique qu'il lâcha sous son casque.

Tuer son frère devrait attendre. Cain se libéra de son emprise, le dépassa à toute allure et sauta par-dessus la barrière en fonte.

La serrure de la crypte était cassée. Il poussa la porte et déboula à l'intérieur. La lumière entrait déjà par le trou présent sur le flanc est du bâtiment. Elle se reflétait dans les nombreux miroirs placés le long des murs de la crypte.

— Faye !

Elle était étendue sur une dalle en pierre posée en plein milieu de la crypte, tentant de se tortiller afin d'empêcher les rayons du soleil de l'atteindre. Mais les chaînes enroulées autour de ses poignets et de ses chevilles l'empêchaient de bouger.

Elle percuta Cain du regard.

— Cain !

Des larmes coulaient sur son visage, et ses traits étaient marqués par la douleur.

— Oh, Dieu, non !

Se précipitant vers elle, il remarqua, à sa grande horreur, que durant son combat contre son frère, il avait perdu la veste qu'il avait emportée pour elle. Il n'avait plus rien pour la couvrir. Il ôta son sweat noir et le lança sur elle, lui couvrant ainsi le visage et le haut du torse du mieux qu'il le put.

Mais les rayons du soleil s'abattaient encore sur elle et la blessaient. Tout comme ils commençaient à le brûler, lui. Et pourtant, en ce moment, il ne pouvait penser à sa personne. Il devait sauver Faye.

— Tiens bon, chérie ! lui dit-il, tandis qu'il assénait un coup de pied dans un des miroirs, le faisant voler en mille éclats.

— Cain !

Les cris de Faye se poursuivirent, l'odeur de la chair et des cheveux brûlés devenant à présent plus intense, tandis qu'il visait le miroir suivant et le brisait également. Il sentit ses mouvements ralentir lorsqu'il détruisit le troisième miroir, mais il ne pouvait abandonner. Il sauverait Faye ou mourrait en essayant d'y parvenir.

Le coup de pied suivant fit à peine craquer le miroir. Il se vidait de sa force, tandis que son corps se couvrait encore et encore de boursouflures et commençait à se consumer. Conscient de sa propre perte, une seule pensée comptait à présent : il devait maintenir Faye en vie suffisamment long-temps, jusqu'à ce que ses amis lui vinssent en aide.

Puisant dans sa dernière once de force, il courut vers le centre de la crypte et sauta sur elle, la recouvrant de son corps afin de l'abriter du soleil.

— Je t'aime, Faye. Je t'aimerai toujours.

Des larmes lui piquèrent les yeux, et la douleur irradia dans sa colonne vertébrale, tandis qu'il était le premier touché par les rayons du soleil.

L'obscurité retomba soudain sur la crypte, et il sut que sa fin était proche. Il mourrait dans ses bras.

— Cain, dit-elle en sanglotant.

Il pouvait toujours sentir son corps sous le sien, pouvait toujours entendre les battements de son cœur, sentir sa respiration. Mais il savait que, dans quelques instants, il se transformerait en cendres et qu'elle n'au-rait plus aucune protection contre le soleil. Un seul espoir demeurait : qu'il y eût un paradis pour les vampires afin qu'ils pussent s'y retrouver.

— Oh, putain !

Une voix masculine pénétra le brouillard présent dans son esprit.

Cain tenta de se concentrer en réalisant qu'il connaissait cette voix.

— Cain ! Putain, tu fais peur à voir !

Il souleva involontairement la tête et la tourna en direction de la voix. Un Blake tout flou se précipitait vers lui.

Était-il en train de délirer ?

Une main lui toucha ensuite le bras.

— Doucement, doucement, dit Blake. Nous sommes là. Tout va bien.

Les yeux de Cain s'ajustèrent, et il remarqua soudain qu'il faisait sombre dans la crypte. La lumière du soleil n'entrait plus.

— Qu'est-ce qui s'est passé ? dit-il en s'étouffant.

Sous lui, Faye avait la respiration lourde et, avec l'aide de Blake, tant il se trouvait en état de faiblesse, Cain s'arc-bouta rapidement sur les genoux pour la libérer du poids de son corps.

— Nicolette et moi avons réussi à camoufler les trous en lançant une bâche par-dessus. Wes nous a aidés avec un charme, parce que le toit du bâtiment était trop haut à atteindre.

Levant les yeux, Cain vit, en effet, que les deux trous, tant celui du plafond que celui du mur opposé, étaient recouverts par quelque chose de noir. Soulagé, il revêtit le sweat à capuche qui cachait le visage de Faye. Sa peau était rouge et couverte de brûlures, des larmes roses au bord des yeux. Mais elle rencontra le regard de Cain, et il sut alors que tout irait bien.

— Cain, murmura-t-elle. Tu es venu pour moi.

— Toujours.

Elle tourna ensuite la tête vers Blake.

— Merci.

La porte s'ouvrit, et deux personnes de plus entrèrent : Nicolette et Wesley. Ils claquèrent la porte derrière eux.

— Tous les deux semblez avoir besoin de sang, affirma Wes. À ce que je vois, vous avez trois donateurs volontaires, ici. Faites votre choix.

Cain tenta de s'asseoir, mais son corps tout entier trembla. Blake enroula un bras autour de lui afin de le soutenir.

— Peux-tu trouver des outils pour libérer Faye de ses chaînes ? demanda Cain, sachant qu'elle souffrait toujours à cause du contact permanent de l'argent avec ses poignets.

— Suis déjà sur le coup, confirma Wes. John a rentré la voiture par la barrière principale, pour la rapprocher. Il prendra une pince pour couper la chaîne.

Cain hocha la tête.

— Et Abel ?

— On l'a vu s'éloigner en moto. Haven le poursuit en voiture. Mais—

La sonnerie du cellulaire de Cain l'interrompit. Cain le sortit de sa poche et regarda l'écran. Il l'effleura du doigt.

— Thomas ?

— Est-ce que Faye est sauve ?

— Oui.

— Bon, alors j'espère que, maintenant, ça ne te dérangera pas qu'on défende ton royaume.

— Le clan du Mississipi attaque ?

— Oui, mais ils ne font pas que nous attaquer, ils s'en prennent aussi à leur propre chef : Victor.

Cain se remémora instantanément les paroles d'Abel.

— Oh, Dieu, c'est ce qu'Abel voulait.

— Quoi ?

— Abel a les gardes du Mississipi dans sa poche. Vous devez sauver Victor.

**45**

Cain regarda par-dessus les têtes de ses sujets et des autres invités rassemblés dans la grande salle de bal du palais et amena le verre de sang à ses lèvres. Il en prit une petite gorgée. Un sentiment de soulagement et de bonheur le remplit, tandis qu'il observait ses semblables, quelques humains et un sorcier, se mélanger et enfin se détendre après les heures angoissantes de la nuit précédente.

À côté de lui, Victor, le roi du clan du Mississippi, posa son verre sur une table toute proche.

— Je vous suis très reconnaissant, à toi et tes hommes, de m'avoir sauvé la vie.

Cain le regarda, inclinant légèrement la tête.

— Je suis content que Thomas ait pu agir si vite.

Victor secoua la tête.

— Je ne peux toujours pas le croire. Mes propres hommes. Ton frère est parvenu à infiltrer ma garde royale pour les convaincre de me tuer.

— Son avidité de pouvoir n'avait aucune limite. Il a cru qu'il pouvait prendre les deux royaumes d'un seul coup : me destituer en me forçant à retirer les gardes qui m'étaient fidèles, pour ensuite te laisser prendre le palais avec tes hommes avant que ceux-ci ne te tuent.

Victor fronça les sourcils.

— Tu penses qu'il avait déjà planifié cela quand il m'a invité à venir ? Il a parlé de négociations de paix.

Cain se moqua.

— Mon frère n'a jamais été pour la paix, bien que je croie qu'il ait planifié les choses différemment. De ce que John m'a raconté, je sais qu'il avait l'intention de vous coller mon assassinat sur le dos, à toi et ton clan, afin de provoquer une nouvelle guerre...

— Durant laquelle mes gardes m'auraient poignardé dans le dos.

— Précisément, conclut Cain.

— Alors, pourquoi n'as-tu pas obéi à l'ordre d'Abel et retiré tous tes hommes du palais ?

— Je l'ai fait.

Il désigna Thomas, lequel se tenait dans la foule, en train de parler à John et Eddie.

— Mais j'ai peur que certaines personnes ne sachent simplement pas comment exécuter un ordre direct.

Victor gloussa.

— J'appellerais ça de l'insubordination.

— Ai-je entendu insubordination ? demanda Gabriel en se faufilant entre eux. Il n'y a pas si longtemps, je connaissais quelqu'un qui n'acceptait pas les ordres non plus.

Cain gratifia le chef de Scanguards d'un sourire en coin.

— C'est parce que ce quelqu'un n'est pas destiné à suivre les ordres, mais bien les donner.

Victor hocha la tête à l'intention de Gabriel.

— J'ai appris que c'est toi qui as tué Baltimore. Je suppose que tu n'as pas pu le faire parler.

— Oh, nous l'avons fait parler. C'est pour ça que Thomas a pris quelques gardes, et qu'ils se sont cachés au palais. Il savait qu'il allait se passer quelque chose.

Bien que Gabriel ne le dît pas, Cain savait que Thomas avait emmené quelques loyaux gardes pour se cacher dans les tunnels afin d'être prêts à regagner le palais une fois qu'il aurait appris que Faye était en sécurité.

— Dès que Baltimore nous a donnés toutes les informations nécessaires, il n'y avait plus aucune raison de le maintenir en vie, ajouta Gabriel.

Cain se tourna vers Victor.

— Baltimore a confirmé le plan d'Abel et la façon dont il a essayé de te manipuler en te faisant savoir que nous abritions deux membres de ton clan ici, pour que tu entames un acte d'hostilité.

Il prit une profonde inspiration avant de poursuivre.

— Ce qui m'amène à un problème dont nous devons discuter.

Victor leva une main pour l'interrompre.

— Avant que tu ne continues, laisse-moi dire ceci. Je n'approuve pas cette méthode d'extraction des canines. C'est indigne de moi.

— Pourquoi l'as-tu fait, alors ?

— Tu me permets d'abord d'expliquer quelque chose, s'il te plaît ?

Cain hocha la tête.

Mon ancien roi n'était pas bien mieux que le tien. Beaucoup d'entre nous en avaient assez de lui et de ses cruautés. Alors, nous avons décidé de nous débarrasser de lui. J'ai été choisi pour lui succéder. Mais ce n'est pas pour autant que les cruautés ont cessé. Il y a toujours des factions au sein de notre clan qui suivent les principes de l'ancien roi. Tout comme pour l'extraction des canines de ces deux malheureux : ce n'est pas moi qui ai fait cela. Apparemment, ce sont les gardes qu'Abel a mis dans sa poche qui ont pris sur eux d'envoyer ces deux vampires à la boucherie.

Surpris par cette révélation, Cain haussa un sourcil.

— Tu dis que ce n'est pas toi qui as ordonné ça ?

D'un mouvement de tête, Victor répondit par la négative.

— Alors, pourquoi as-tu exigé que je te livre David et Kathryn ?

— J'avais besoin d'eux pour qu'ils me disent qui avait pratiqué cet acte de barbarie sur leur personne. Il fallait que je découvre qui étaient les traîtres de mon royaume. Mais je ne pouvais faire confiance à personne. Donc, je me suis prêté à cette mascarade en appelant David et Kathryn des traîtres. Je suis désolé de t'avoir déçu. J'espère que ça ne sera pas un obstacle entre nous quand nous discuterons des négociations de paix.

Cain déposa son verre et tendit la main.

— J'attends ces négociations avec impatience.

Victor lui serra la main et s'inclina.

— Moi de même. Maintenant, si tu veux bien m'excuser, j'aimerais remercier personnellement l'homme qui m'a sauvé la vie.

Dès que Victor fut hors de portée de voix, Cain s'adressa à Gabriel.

— Quoi de neuf ?

Avec regret, Gabriel hocha la tête.

— Je suis désolé, dit-il. Nous l'avons perdu. Abel connaît mieux la ville que Haven. Il n'a pas pu l'attraper.

Cain serra les mâchoires, tentant de ne pas laisser cet échec le mettre de mauvaise humeur.

— Un jour, je l'aurai, et je le ferai payer pour ce qu'il a fait.

— S'il tient à sa vie, il ne croisera plus ton chemin, dit Gabriel en posant une main sur l'avant-bras de Cain. Essaie d'oublier ce que tu ne peux changer.

Il jeta un œil sur le côté. Faye approchait.

— Tu as une merveilleuse vie devant toi. Ne laisse pas la haine empoisonner ton bonheur.

— Non, promit-il à Gabriel en se dirigeant vers Faye.

Il ouvrit les bras et l'enlaça.

— Ma reine.

Faye était ravissante dans sa longue robe bustier rouge, la même qu'elle avait portée dans les rêves de Cain.

— Mon roi, répliqua-t-elle, les lèvres à quelques centimètres des siennes.

— Je pense qu'il est temps de partir.

Faye gloussa.

— Tu ne peux pas quitter si tôt ta fête de bienvenue. Tes sujets sont venus expressément pour te voir.

— Je suis le roi. Je peux partir quand je le veux. Il la souleva dans ses bras.

— Cain ! Dépose-moi. Tout le monde regarde.

Cain observa la foule et vit des têtes se tourner.

— Je m'en fiche.

Ce que tout le monde pensait de lui parce qu'il portait sa compagne dans les bras pour sortir de la salle de balle lui importait peu. Tout ce qui comptait, c'était qu'il voulait à présent être seul avec elle.

Grâce au sang de Blake et de Nicolette, ils étaient tous deux guéris et, maintenant, il était temps de renouer avec leur amour.

D'un coup de pied, Cain referma la porte derrière lui et amena les lèvres près de celles de Faye.

— J'ai fait un rêve.

— Oui ?

Il la porta jusqu'au lit et s'arrêta devant celui-ci.

— Tu portais cette robe, mais tu n'avais rien en-dessous.

Un léger rire roula sur les lèvres de Faye.

— Mon amour, tu as une imagination très coquine.

— Vraiment ?

Il l'étendit sur les draps douillets.

— Ou ai-je une femme très coquine ?

Faye battit des cils.

— Peut-être que tu devrais vérifier tes affirmations.

Cain dénoua brusquement sa cravate et la lança à terre avant de faire glisser sa veste d'un haussement d'épaules.

— Ouais, peut-être que je le devrais, répondit-il en plaisantant. Dès que je me serai débarrassé de mes vêtements.

Elle l'observa en train de se libérer de sa chemise.

— J'ai toujours aimé te voir te déshabiller.

Cain se surprit à se voir lui sourire, tandis qu'il déboutonnait son pantalon et ouvrait la fermeture éclair.

— Marrant. Dans mon rêve, c'était moi qui disais ça.

Il sortit de ses chaussures et ôta ses chaussettes avant de baisser son pantalon.

Dans un souffle, les lèvres de Faye s'entrouvrirent, tandis qu'elle laissait courir les yeux sur ce corps presque dénudé. Cain baissa le regard sur son caleçon. Les contours de son érection étaient nettement visibles sous le tissu noir. Soulevant un rien les paupières, il regarda son épouse.

— Tu veux que je l'enlève aussi ?

Elle avait les yeux scintillant d'un désir non dissimulé.

— Ne me taquine pas. Montre-moi ce que je veux voir. Laisse-moi te sentir, dit-elle en tendant les bras.

Cain accrocha les pouces à son caleçon et le baissa lentement, observant, avec joie, la façon dont la poitrine de Faye se soulevait et dont ses mamelons se durcissaient sous le fin tissu soyeux de sa robe.

Lorsqu'il se débarrassa enfin du dernier vêtement pour se retrouver complètement nu devant elle, l'air frais parvint à son sexe. Sa poitrine se souleva à chaque respiration, et son cœur pompa davantage de sang dans son membre, son impatient appendice pointant dès lors vers son nombril.

— C'est ça que tu veux, mon insatiable reine ?

Faye ouvrit plus grand la bouche. Les canines dépassaient à présent de ses gencives supérieures, descendant lentement sur toute leur longueur. Jamais, il n'avait eu vision plus érotique.

— Maintenant, montre-moi si mon rêve était exact, exigea-t-il.

De manière provocante, elle se caressa depuis le haut du torse. À mi-cuisse, elle rassembla le tissu dans ses mains et le souleva, révélant d'abord ses mollets, puis ses genoux.

— Encore, exigea Cain, la voix à présent plus rauque.

Elle s'y conforma en silence et repoussa le tissu plus en haut. Les cuisses dénudées apparurent. Elle les écarta juste un peu, puis souleva le tissu de quelques centimètres au-dessus de ses hanches, révélant ainsi le trésor par-dessous.

La bouche de Cain s'assécha. Tout comme dans son rêve, elle était nue. Un sombre nid de poils était seul gardien de son sexe. Il leva la tête et leurs regards se suspendirent.

— Satisfait ? murmura-t-elle.

— Dans un instant, nous le serons tous les deux, lui promit-il en saisissant sa robe.

Elle l'aida à l'en dépouiller avant de reposer le dos sur le lit. Il se mut au-dessus d'elle et, du genou, lui écarta les cuisses afin de se créer de l'espace.

Lorsqu'il sentit qu'elle enroulait les bras autour de lui pour l'attirer plus près, il sut que le monde allait de nouveau bien. Sans un mot, il ajusta son angle et s'enfouit en elle.

Un gémissement au bord des lèvres de Faye vint rebondir contre le sien.

— J'ai failli te perdre. Je n'ai jamais eu aussi peur de ma vie, confessa Cain en lui effleurant les lèvres des siennes.

— J'ai eu si peur quand j'étais attachée à cette tombe. Mais quand j'ai entendu ta voix dans ma tête, cela m'a donné de la force.

De la main, elle lui caressa la nuque, le faisant frissonner de plaisir.

— Maintenant, je te garderai en sécurité, mon amour. Comme je te l'ai promis, il y a longtemps.

Cain pressa les lèvres sur les siennes et l'embrassa. Ses hanches commencèrent à se mouvoir en synchronisation avec le corps de Faye, poussant, puis se retranchant, glissant en va-et-vient à l'intérieur du soyeux fourreau tout en se connectant avec elle. Leur lien les avait sauvés, tous les deux. Sans celui-ci, il n'aurait pas pu la retrouver à temps. Il les avait rendus plus forts.

Le feu qui brûlait entre eux serait toujours plus vif, tout comme il l'était en ce moment, tandis que leurs mouvements devenaient plus pressants, plus exigeants, et que leur besoin d'une ultime intimité était à son comble.

Cain écarta les lèvres de celles de Faye et laissa ses canines émerger, tandis que son membre s'enfonçait en elle en coups implacables et que les cuisses de sa partenaire l'emprisonnaient au centre de sa féminité. Les yeux de Faye brillaient d'un rouge éclatant, tout comme les siens. À présent, ils étaient tous deux guidés par leurs besoins les plus primaires. Une seule chose pouvait venir s'ajouter au plaisir qui circulait déjà à travers tout son corps et le satisfaisait complètement.

— Mords-moi ! exigea-t-il en enfonçant ses canines dans l'épaule de Faye tout en lui offrant son cou.

Dès l'instant où les canines de sa reine pénétrèrent dans sa chair, Cain frissonna violemment. Une décharge aussi forte qu'un millier d'éclairs le percuta dans tout le corps, jusqu'au bout de son sexe. Il explosa.

*Mon amour, ma reine, ma vie.*

Une vague vint s'écraser contre lui, et il sut que l'orgasme de Faye avait atteint son paroxysme.

*Mon amour, mon roi, ma vie*, répondit-elle.

Elle représentait tout ce dont il aurait jamais besoin. Ce qui se passerait, à l'avenir, dans son royaume lui importait peu. Tant qu'il aurait Faye, il serait heureux.

Ordre de Lecture des séries Vampires Scanguards et Gardiens de la Nuit.

## Les Vampires Scanguards

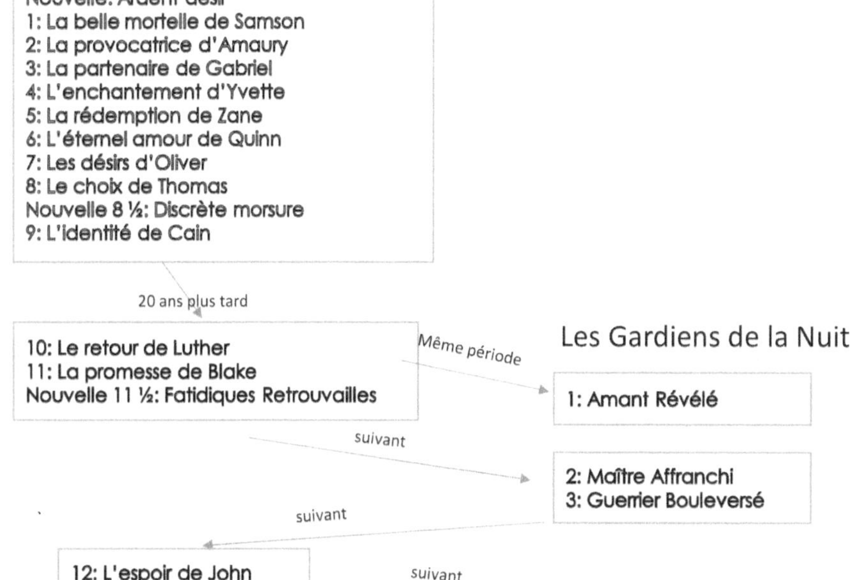


## Hybrides Scanguards

Les Scanguards hybrides seront également numérotés dans la série des
Scanguards vampires (SV 13 = SH 1) afin de préserver la continuité.

SH 1 (SV 13): La tempête de Ryder
SH 2 (SV 14): La conquête de Damian
SH 3 (SV 15): Le défi de Grayson
SH 4 (SV 16): L'amour interdit d'Isabelle
SH 5 (SV 17): La passion de Cooper
SH 6 (SV 18): Le courage de Vanessa

# À PROPOS DE L'AUTEUR

De nationalité allemande, Tina Folsom vit depuis plus de 25 ans dans des pays anglophones. Elle a d'ailleurs épousé un Américain et s'est établie en Californie en 2002.

Depuis 2008, elle a publié plus de 50 livres en anglais et des douzaines dans d'autres langues (français, allemand et espagnol).

tina@tinawritesromance.com
https://tinawritesromance.com

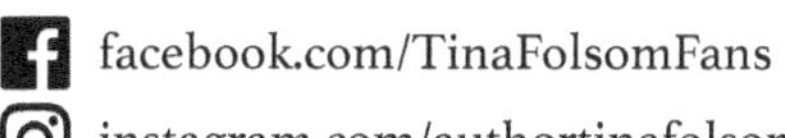
facebook.com/TinaFolsomFans
instagram.com/authortinafolsom